어떠한 비극, 어떠한 절망 속에서도
인생은 아름답고, 살만한 가치가 있다는
확신이 필요합니다.

2023년 초여름

제주도우다

1

제주도우다

현기영

장편소설

1

창비

차례

프롤로그

내 이름은 임창근, 나이는 서른두살, 전주가 고향이고, 한살 아래인 안영미는 제주가 고향인데, 우리 둘은 결혼한 지 이년 반밖에 안 된 풋내기 부부이다. 오랜 우정의 결과로 맺어진 결혼이다. 우리는 같은 대학의 미술과 동기생으로 십년 이상 사귀었고 다큐멘터리 필름 제작의 동업자이기도 하다. 사실 나는 다큐 제작만큼이나 소설 창작에도 신경을 쓰고 있다. 재작년에 단편소설로 어느 문학지의 신인상을 받기도 했는데, 영미는 그런 나를 보고 두마리 토끼를 쫓다간 집토끼도 산토끼도 다 놓치고 만다고 여간 불만스러워하지 않는다. 생활비를 마련하기 위해 영미는 서울 지하철 망원역 근처에서 조그만 카페를 운영하고, 나는 구청이나 기업체의 홍보 동영상 제작 아르바이트를 한다. 아직은 습작이나 다름없는 이십분, 삼십분짜리 단편 다큐 제작에 머물러 있는 초짜 아티

스트이지만 앞으로 일년 안에 반드시 아주 그럴듯한 장편 하나를 만들어낼 작정이다.

이 이인(二人) 프로덕션에서 감독은 내가 맡고, 영미는 작품 제작에 필요한 제반 프로그램을 꾸려 실행하는 피디 역할을 한다. 피디가 하는 일들 중에 가장 중요하고 힘든 것이 제작비를 끌어오고 완성된 작품을 세상에 알려 팔리도록 기획하는 것, 그러니까 주로 사람 만나는 일이다. 거친 파도가 뱃멀미를 일으키듯이 사람들 속에서 이리저리 오래 부딪히다보면 사람멀미가 일어나게 마련인데, 그러나 그녀는 별로 넌덜머리를 내는 일이 없다. 사람 만나는 일이 제 성미에 잘 맞는다고 말한다. 어려운 일일수록 해결되었을 때의 가슴 벅찬 성취감을 좋아한다고. 그녀는 곱상한 얼굴에 허리가 가늘어 좀 가냘파 보이는 인상이지만 의외로 강단이 세다. 성격도 단순명료한 것을 좋아하고 교활한 것은 극도로 싫어한다. 팔 힘이 세어서, 한번은 내가 무슨 일로 꼭지가 돌아 대들었다가 그녀의 강력한 팔 꺾기에 제압당한 적도 있다. 그녀는 집에서도 카페에서도 예사로 망치 들어 못을 박고, 드라이버로 전기 소켓을 벽에 박아넣곤 한다. 제주 출신이어서 그럴까? 그 고장 출신 여자들은 부지런하고 씩씩하고 때로는 사납기도 하다는 평판을 듣는다는데, 그렇다면 그녀가 바로 그 전형이라고 할 만하다. 영미의 할아버지가 하는 말을 들으니 영미는 왕고모를 많이 닮았다고 한다. 그녀는 처녀 몸으로 말떼를 배에 싣고 육지부로 무역을 다닐 정도로 대찬 여자였다는데, 스물네살의 그녀가 그만 그 사건 통에 행방불명이 되고 말았다. 그녀를 기억하는 사람은 이제 동생인 영미의 할아버지뿐이다. 노인은 그 사건으로 누나와 외삼촌을 한꺼번에 잃었고 그 자신도 죽음의 문턱 바로 앞까지 끌려갔었다고 한다. 그의 나이 열여섯살에 일어난 일이었다.

우리의 회심작 장편 다큐는 영미 할아버지의 증언을 바탕으로 그 참사를 형상화해내려 한다. 우리는 결혼 전부터 거의 삼년 동안 그 사건에 대한 자료와 증언집 들을 찾아 꼼꼼히 읽고 토론하면서 착실히 사전 준비를 했는데, 그 과정에서 느낀 것은 거기에 등장하는 증언자들이 하나같이 아직도 정신적으로 그 사건의 공포에 사로잡혀 있다는 점이었다. 이것저것 눈치를 보며 낮은 목소리로 떠듬거린, 너무도 조심스러운 증언들이었다. 그 공포 속에 가라앉은 이야기를 건져올리는 것, 그것이 제일 먼저 할 일이었다. 우리는 현장에서 석달 동안 집중적으로 작업할 요량으로 제주로 갔다. 차를 몰고 서울에서 완도까지 가서 거기에서 차를 싣고 카페리를 탔다. 겨울철 그 고장의 칼바람은 매서웠다.

영미를 끝으로 자식 셋을 모두 결혼시켜 내보낸 나의 장인 장모는 호젓해진 집에서 노인을 모시고 조용히 생활하고 있었다. 장인은 노인의 외아들로 몇달 전에 초등학교 교사직을 정년 퇴임한 뒤 쉬는 중이었다. 노인은 가족의 비참한 죽음의 기억과 자신이 당한 모진 고문의 후유증을 평생 앓고 있었다. 장인이 말하기를, 그분은 평생 그 사건에 영혼이 붙들린 채 남몰래 그것과 혈투를 벌여 온 것 같다고 했다. 그 기억을 억눌러 묻어버리려고, 잊어버리려고 무진 애를 썼다는 말이다. 젊어서 고향 조천리를 떠나 거처를 공항 서쪽 외도리로 옮긴 것도 그 때문이었다. 그렇게 그 사건의 기억은 노인에게 불가항력의 절대적 존재였다. 그 사건에 대해 발설한다는 것은 반세기 넘도록 무서운 정치적 금기였고, 그것이 어느 정도 풀린 지금에도 노인은 닫힌 입을 좀처럼 열려고 하지 않았다. 마지못해 몇마디 말로 흘렸을 뿐 그 끔찍한 일을 더 알아서 뭐 하겠느냐고, 몰라야 좋다고 하면서 자식에게도 말하기를 꺼렸다. 막무가내였다.

한때 노인은 자신의 기억을 파괴하려고 폭음을 하기

도 했으나, 나중에는 취하면 오히려 더 그 일이 생각난다고 아예 술을 입에 대지 않았다. 방에 틀어박힌 채 책을 읽거나 붓글씨를 쓰고, 집 뒤의 작은 공터를 임대해서 푸성귀를 가꾸었다. 거동이 조심스러웠고 말수가 적었다. 입을 열어도 부드럽고 조용히 말했다. 노인은 정적 속에 혼자 있기를 좋아했다. 정적 속에 편안함이 있었다. 정적이 깨지면 간신히 지탱해온 자신이 붕괴되어버릴까 두려워하는 것 같았다. 그러나 장인은 언젠가 노인이 삼복더위에 혼자 채마밭에서 김을 매면서 그 정적 속에서 소리 죽여 우는 것을 목격하고 크게 놀란 적이 있다고 했다.

그렇게 잊으려고 애썼고 그래서 어느 정도는 잊고 사는 것처럼 보였는데, 작년 봄부터 야릇한 불안 증세가 나타나기 시작한 것이다. 늙어 쇠약해진 탓에 오래 억눌려 있던 기억이 이제 걷잡을 수 없는 힘으로 불끈거리며 솟구쳐올랐다. 작은 호리병 속에 오래 갇혀 있던 요정 지니가 병마개를 따고 나와 거대한 재앙의 검은 구름으로 변신해 내려덮치는 형국이라고 할까. 지병인 심장병이 심해지고, 그때 그 가해자들이 꿈자리에 나타나는 악몽에 자주 시달렸다. 그때마다 노인은 비명을 지르며 깨어났고, 깨어보면 땀으로 이불이 흠뻑 젖어 있었다. 전에는 악몽을 물리치려고 낫을 머리맡에 놓고 잤는데, 식구들이 끔찍하게 여기니 나중에는 낫 대신 큰 재단 가위를 갖다놓았다고 한다. 손잡이를 싸맨 헝겊에 손때가 짙게 밴 그 가위는 노인의 모친, 그러니까 영미의 증조할머니가 미싱 일로 생계를 꾸려갈 때 사용하던 물건이었다. 한밤중 악몽 속에 나타나는 가해자들은 때때로 대낮에도 나타나서, 한번은 채마밭에서 일하다가 헛것을 보고 "검은 개들 온다! 검은 개들이 온다!" 하고 소리를 지르면서 미친 듯이 돌을 던지고 집 안으로 뛰어든 적도 있었다. 최근에는 대인기피증까지 생겨서 바깥출입을 꺼렸고, 식구들과도 잘 어울리지 않았다. 이따금씩 찾아와 술판을 벌이는 장인의 벗들은 얼핏 나타났다 사라지는 노인의 그림자나 옷자락을 보면 흠칫 놀라 대화를 멈추곤 했다.

노인은 우리한테 말하기를, 그 사건을 당하고 나서 자신의 삶은 거기에서 멈춰버린 것 같다고 했다. 사건 이후의 삶에서는 그 무엇도 중요하지 않고, 모든 게 헛것처럼 보였다고 했다. 노인이 거처하는 방의 한쪽 벽면은 여러 종류의 책들이 빼곡하게 채워져 있었다. 특히 시집과 소설집이 많아서 물었더니, 중학생 때부터 문학 책 읽기가 취미였노라고 노인은 쑥스러운 듯이 씨익 웃음을 지었다. 노인은 손녀사위인 나를 장인이 그러듯이 처음에는

'임서방'이라고 부르다가, 더 친근해진 뒤에는 이름으로 불러주었다.

"영미야, 창근아, 이 할아비도 어릴 적엔 꿈이라는 게 있었다. 허어, 황당한 꿈이주만, 중학생 시절에 나는 시인이나 소설가가 되고 싶었주. 그런데 그 무서운 사건이 내 꿈을 완전히 박살 내버린 거라. 그 사건 후로는 모든 게 헛것으로 보여 무얼 쓸 수가 없었어. 모든 것이 헛것이고 그 사건만이 진실인데, 당최 그걸 쓸 엄두가 안 나는 거라, 무서워서. 그걸 글로 써야 하는데, 그걸 쓰고 싶은데 무서워서 말이야. 어, 지금도 무서워……"

예상했던 대로 인터뷰는 쉽지 않았다. 노인은 손녀인 영미를 퍽 귀여워했지만 그녀의 설득에도 도통 입을 열려고 하지 않았다. 우리는 서두르지 않고 참을성 있게 기다리기로 했다. 그의 어두운 내면에 다가가려면 시간이 필요했다. 낮 시간 동안 영미와 나는 무비카메라를 들고 들판과 해변, 여러 마을을 다니면서 그 참사와 관련된 인터뷰와 유적 탐방에 열중했다. 칠십여년이 지난 지금, 그 사건에 대한 기억은 먼 옛날의 전설인 양 흐릿한 자취로만 남아 있었다. 그 사건을 겪었던 사람들과 장소들은 대부분 지상에서 사라졌다. 사람들은 늙거나 병들어 죽었고, 장소들은 사라지거나 다른 것으로 변했다. 노인의 향리인 조천리를 찾아갔을 때 우리가 발견한 기억의 장소라곤 당시 피의자 수용소로 사용되었던 정미소 하나뿐이었다.

조천에서는 마을 경로당 어른들을 찾아가 취재했는데, 처음에 나는 그들의 표정과 말투가 매우 퉁명스럽게 느껴져서 적이 의기소침해질 수밖에 없었다. 툭툭 내뱉는 듯 거친 말투에 화난 것처럼 언성이 높았던 것이다. 그 퉁명스러움을 영미가 능숙하게 무마했다. 그녀의 입에서 나온 그 고장 사투리 덕분이었다. 영미가 사투리로 자신이 그 고장 토박이임을 입증해 보이자 그분들은 대번에 표정이 달라졌다. 그러나 표정만 누그러졌을 뿐 말투는 여전히 투박하고 거칠었다. 워낙 그 고장 사투리가 그런가보았다. 영미도 그 어른들과 말을 섞을 때는 똑같이 거친 말투로 마치 화난 사람처럼 큰 소리로 말했는데, 서울 생활에서 영미가 사투리로 말하는 것을 거의 들어본 적이 없는 나로서는 그녀가 딴사람인 양 낯설게 느껴졌다. "우리 할아븸 성함이 안창세마씸. 알아지지예? 지가 그 할아븸 손지우다게."

화나지 않았는데도 화난 것처럼 큰 소리로 말하고, 툭툭 말을 토막 쳐 거칠게 내뱉는 사람들. 거친 땅, 거센 바람의 풍토가 그렇게 만들어놓았을 것이다. 바람을 뚫고도 들리도록 목소리가 높아지고, 바람에 말끝이 날아가지 않게 연결어미가 축소되었을 것이다. 그렇게 해서 '가서 보고 와서 말하라'가 '강 봥 왕 말하라'가 되었다. 화산도의 거친 땅과 거센 바람이 그 고장 사람들의 심성을 거칠게 만들어놓았다면, 그 거칢과 완강함에는 먼 조상에서 유전된, 유배와 망명으로 추방당한 자의 포한도 섞여 있는 것은 아닐까? 그 어른들과 영미가 주고받는 말 중에서 내가 알아들을 수 있는 것은 아마 절반도 되지 않았을 것이다. 그 절반도 알아들을 수 없는 사투리 속에 칠십여년 전 사건의 진실이 숨어 있을 것 같은 생각이 문득 들었다. 하지만 그 노인들도 4·3에 대해 말하기를 몹시 꺼렸다. 어렵사리 몇마디 말을 한숨과 함께 토해냈을 뿐이다. "우린 그때 살아도 살아 있는 걸로 생각 못 했어. 하늘로도 도망 못 가고, 땅으로도 도망갈 데가 없었주." 우리는 4·3 당시 서북청년단에 몸담았던 한 노인을 소개받아 취재하기도 했다. 그는 자신의 고향 말인 평양 말을 버리고 제주 말을 쓰고 있었다. 악명 높았던 서청 집단 속에서 드물게도 양심적인 행동으로 주민들의 호감을 산 그이는 그 마을에 동화되어 착실히 정착해 있었다.

영미와 나는 서둘지 않고 서서히 할아버지에게 다가갔다. 노인은 이틀에 한번꼴로 저녁식사 뒤에 막걸리를 한병씩 마시곤 했는데, 작년부터 수시로 출몰하는 악몽을 달래려고 오랫동안 끊었던 술을 다시 시작했던 것이다. 그 시간이야말로 그에게 접근할 수 있는 좋은 기회였다. 영미와 나는 우리 몫의 막걸리 통을 챙기고 들어가 허튼소리로 재롱을 떨면서 노인의 마음을 풀어보려고 애썼다. 장인도 자주 자리를 같이했는데, 노인을 설득하는 일에 오히려 우리보다 더 적극적이었다. 장인은 이 기회에 부친이 아들인 자신에게까지 함구해온 그 사건의 자세한 내막을 듣고자 했다. 또한 다큐 제작을 위한 인터뷰가 노인의 마음을 치유하는 데도 꼭 필요한 일이라고 생각하는 것 같았다.

“영미 아방아, 그 이야길 왜 말하지 않는지 너도 잘 알지 않느냐.” 노인이 말했다. “알면 괴로운 일, 차라리 모르는 게 낫다고 생각했주. 일점혈육, 너는 죽음 가운데서 얻은 귀한 생명이니 그런 비참한 이야기를 들어선 안 되는 거라. 그 일을 알면 마음이 너무 괴로워서 살 수가 없어. 난 그저 네가 무사하게 살아주기가 소원이었다. 이 늙은이가 별나서 그런 게 아니여. 그 사건을 심하게 겪은 사람들은 다 같아. 아무도 그때 이야기를 안 하주. 모두들 자기 가슴속에 꼭꼭 묻어놓고 발설을 안 하는 거라."

괴로운 듯 노인의 메마른 얼굴에 일순 파르르 경련이 일었다.

"난 애당초 죽은 사람이여. 그 사태 때 이미 죽은 사람이라. 너희들 눈에는 내가 살아 있는 사람으로 보이겠지만, 난 허깨비여. 이미 죽은 사람이란 말이여."

노인이 꺼질 듯이 한숨을 내쉬고 말을 이어갔다.

"죽을 목숨이 어쩌다 살아나긴 했주만, 산 게 산 게 아니라. 어떻게든 살아보려고, 억울하게 죽은 사람들의 몫까지 내가 살아내야 한다는 일념으로 이를 악물고 살았주. 그렇게 열심히 살젠 노력했어도 이 세상을 절반밖에 못 산 것 같아. 절반을 4·3에 묶여 딴 세상에 살았고, 말도 절반밖에 하지 못하는 반벙어리로 살았주. 몸은 여기에 있지만 마음은 언제나 거기에 가 있었어. 아방아, 물론 너를 낳아 키우고 손주들 보는 재미가 있기는 했지만, 내 마음 한구석에는 언제나 그 슬픔이 있었주. 그렇게 평생을 견디면서 살아왔는디, 작년부터 자주 악몽을 꾸게 됐잖여. 그놈들이 자꾸 꿈에 나타낭 총검으로 가슴팍을 팍팍 찌르는 거라. 내가 아직도 죽지 않고 살아 있다고 다시 죽이겠다는 거라. 아이고, 죽이려면 그때 죽이지 왜

살려두었는가 말이여. 죽지 못해 살아 있는 것이 죄란 말인가. 나쁜 놈들!"

노인이 길게 한숨을 내쉬었다. 이제 더이상 그 사건의 기억을 제압할 수 없을 정도로 기력이 쇠한 듯했다. 그런 노인을 돕는 것이 우리가 할 일이었다. 가슴속 깊은 곳의 그 어두운 기억을 입 밖으로 시원하게 토로하도록 도와야 했다. 그러나 노인은 여전히 무섭다고 도리질이었다.

"아버님, 그건 공연한 걱정이우다." 장인이 말했다. "걱정 맙서. 세상이 달라졌는데 영화에 그런 말 좀 한다고 누가 잡아갑네까? 가슴속에 쌓여 묵은 것 몬딱(모두) 털어놔붑서. 이 아이들, 영미랑 임서방 앞에 몬딱 털어놔붑서. 그래야 마음이 편안해집니다게."

영미가 무릎걸음으로 다가앉으면서 힘주어 말했다.

"할아버지, 말해줍서게! 할아버지가 글로 쓰지 못한 거 우리가 영화로 만들어내쿠다!"

"어허, 영미 요놈, 참 겁 없는 아이구나. 그런 영화 만들엉 무사하지 못한다."

"하이고, 할아버지, 지금은 그때 그 세상이 아니라마씸. 민주화된 게 언젠데……"

"민주화된 건 나도 안다. 그래도 난 무섭구나. 언제 세상이 또 뒤바뀔지도 모르고…… 하긴 네 말이 맞다. 내가 공연히 무서워하는 거라. 이 할아비가 병들어서 그렇구나. 하지만 영화 만드는 거, 그게 가능하카? 그 엄청난 걸 영화로 만들 수 이시카? 그건 천하 인간 세상에 없던 일이여. 바로 지옥이주, 지옥! 아무리 내가 말해주어도 느네들은 당최 모른다게. 당해보지 못한 느네들이 어떵 그 엄청난 걸 이해할 것고. 모르고서는 좋은 영화 못 만들주. 엉터리밖에 못 만들어."

할아버지의 말 속에는 그때 그 사태를 겪지 않은 사람은 아무리 설명해주어도 결코 그 참상을 이해하지 못할 것이라는 깊은 단절감이 있었다.

"예, 할아버지, 맞는 말씀이우다. 잘 몰라선 좋은 영화 못 만들주마씸. 그래서 사전 준비를 많이 했수게. 그 사건을 연구한 사람들을 찾아가 인터뷰도 하고예, 기록물도 뒤지고, 증언집도 여러권 나온 게 있어서 그것도 꼼꼼히 읽어봐서마씸. 내용을 거의 외울 정도로 여러번 반복해서 읽어마씸. 그리고 여기 내려와서도 생존자들 이 사람 저 사람 만나면서 취재를 열심히 하고 있수게. 옛 사진들을 모으고 그걸 뚫어지게 들여다보면서 그때 그 시절 속으로 뚫고 들어가보려고 노력도 했주마씸. 그때 한라산 피란민들이 처했던 비참한 상황을 조금이라도 체험해보려고 컴컴한 동굴에도 들어가보고예, 깜깜한 밤중에 손전등 하나 들고 중산간 벌판 눈보라 속을 걸어보기도 하고예, 눈 쌓인 한라산에 들어가 총격에 쫓겨 깊은 눈 속에서 허겁지겁 도망치는 피란민들을 상상하멍 맨발로 눈 위를 걸어보기도 했수게."

"하이고, 고생햄구나게. 하지만, 글쎄…… 난 아직도 무서워. 가슴속에 묵은 것들 털어놔시민 좋겠지만 아직도 무서워……"

나는 소각당한 채 폐허가 되어버린 중산간의 어느 마을을 찾아갔을 때 겪은 신비로운 체험에 대해 노인에게 말했다. 스물다섯 가구의 작은 부락이었는데, 아흔명 남짓한 주민 중 절반이 넘는 쉰명가량이 희생당한 곳이었다. 그 터는 흰 눈 속에서 잡목과 덤불로 뒤덮여 이미 거친 자연으로 돌아갔고, 덤불 속에 숨어 있는 무너진 돌담과 대숲만이 한때 사람들이 살았음을 알려주고 있었다. 무너진 돌담 밑 풀숲 속에 검은 숯토막들이 있었고, 부서진 채 덤불 속에 버려진 연자방아가 발견되기도 했다. 집도 인간도 가축도 길도 사라진 그곳에 있는 것은 커다란 공허였다. 그것이 입을 벌리고 나를 빨아들이는 것 같았다. 거기에 끌려 나는 무릎을 꺾고 주저앉았다. 영미도 뒤따라 무릎을 꿇었다. 잠시 눈을 감고 묵념하고 있는데, 뭔가 이상한 땅울림이 들려오는 것 같았다. 나는 엎드려 땅에다 귀를 댔다. 그때 나는 들을 수 있었다, 그 땅에 매장되어 있는 불 소리, 총소리, 외침, 비명, 울부짖음의 메아리가 다시 살아나는 것을. 그리고 어느 순간인가 갑자기 지독한 한기가 내 몸을 엄습했다. 온몸이 와들와들 떨리고 정신이 혼몽해지고 입에서 말이 나오지 않았다. 제대로 걸을 수도 없어 영미의 부축을 받으며 차를 세워둔 곳까지 한시간 반가량을 걸어 간신히 내려왔는데, 희한하게도 그 몸살은 차에 몸을 싣고 얼마 지나지 않아 감쪽같이 사라져버렸다. 참으로 야릇한 체험이었다. 한시간 반의 짧은 시간 동안 나를 급습했다 사라진 그것은 무엇이었을까? 나는 할아버지에게 그것은 단순한 몸살기가 아니었다고 말했다. 몸살 증세는 사라졌지만 그 대신 내 몸속에 뭔가 강력한 것이 들어와 자리 잡은 느낌, 무언가 도무지 어찌할 수 없는 강한 힘에 끌려 소환당하고 있는 느낌이었다. 그때 일종의 빙의, 귀신에 씐 것이 분명하다고 나는 눈물을 글썽거리면서, 울먹거리면서 말했다. 그 폐촌의 음습한 그늘에 깃든 원명의 영혼들, 그들이 지금 내 몸속에 들어와 자신들의 얘기를 들어달라고 강하게 요구하고 있다고, 그러니까 그때 비명에 돌아가신 분들을 대신해서 할아버지가 그 이야기를 들려주지 않으면 안 된다고, 반드시 좋은 작품을 만들어내고 말겠노라고 간절하게 말했다.

그렇게 여러날에 걸쳐 간청한 끝에 노인은 마침내 닫혔던 입을 열었다. 벽장 서랍 속에서 만년필을 꺼내 보이면서 그가 말했다. 양미간이 좁아져 깊은 골이 파이면서 표정이 침통해졌다.

"이 만년필은 말이다, 소학교, 그러니까 지금의 초등학교인데, 그때 담임이었던 정두길 선생이 쓰던 만년필이라. 그해 겨울 선생은 한라산 깊은 눈 속으로 사라져부렀주. 행방불명되기 직전에 이 만년필을 나한테 주멍 말했어. '창세야, 너 작가가 되고 싶댄 했주이? 부디 넌 죽지 말앙 꼭 살아남으라이. 살아남아서 이 만년필로 좋은 글을 써라이. 나도 좋은 글 쓰고 싶었주만, 이젠 허사가 되고 말았구나.' 그게 마지막이었어." 할아버지는 꺼질 듯이 한숨을 내쉬더니 다음 순간 눈을 부릅뜨고 목청을 높였다.

"작가가 되고 싶었는데, 이 만년필로 글을 쓰고 싶었는데, 아아, 글을 쓰고 싶었는데 그만 벽에 부딪히고 말았주. 글을 쓸 수가 없었어. 먼저 그 참사에 대해서 쓰지 않고서는 다른 글을 쓸 수가 없다는 걸 깨달은 거라. 아아, 영미야, 창근아, 이 할아비는 육신은 살아 있지만 영혼은 죽은 거나 다름없다. 그 사건 이후론 모든 것이 헛것으로

만 보이는 거다. 모든 것이 헛것이고 그 사건만이 진실인데, 그 이야기를 써야 하는데, 그건 당최 무서워서 엄두가 나질 않았던 거다…… 그래, 오냐오냐, 이제 그 얘길 해보자! 영미야, 창근아, 이 만년필을 줄 테니 받아라. 정두길 선생이 나한테 이 만년필을 줄 때는 내가 살아남아서 그 참사에 대해 써주기를 바랐을 것이다. 그래, 나를 대신해서 너네들이 해보거라, 내 자세히 말할 테니. 자, 그럼 그 얘기를 해보자! 모진 세월 내 가슴을 썩여온 그 얘기를 해보자. 그 얘기를 내가 얼매나 말하고 싶었던고!"

노인이 부릅떴던 눈을 지그시 감고 목소리를 낮췄다. 낮은 말소리와 함께 감은 두 눈에서 눈물이 흘러내려 주름살을 타고 두 뺨에 번졌다. 소리 없는 눈물, 애간장이 다 녹은 눈물, 바위가 흘리는 것처럼 고통도 슬픔도 보여주지 않는 눈물이었다. 흐르는 눈물과 함께 노인의 몸속에 갇혀 있던 과거의 기억들이 반짝거리면서 줄지어 나오기 시작했다. 노인은 이야기를 시작하자 갑자기 기운이 나는 듯 얼굴빛이 밝아졌다. 칠십여년 세월에도 노인은 당시의 일들을 소상히 기억하고 있었다. 잊으려고 애썼고 많이 잊었다고 생각했는데, 세세한 기억들까지 새록새록 떠올라 스스로도 놀랍다고 말했다. 냄새, 소리, 색깔 등 감각적인 것도 기억해냈고 그때 느꼈던 감정도 생생하게 되살려내곤 했다. 영미와 나는 그동안 착실히 공부해둔 덕택에 노인이 잘못 알고 있는 사건들의 시기나 사실관계 등 세부 사항을 바로잡고 잊힌 것을 떠올리도록 거들 수 있었다. 노인의 이야기는 거의 열흘 동안 저녁마다 계속되었다.

내 이름은 안창세, 순흥 안씨여. 이 섬고장엔 유배객과 망명객 자손들이 많은데, 우리 안씨도 그중 하나주. 오래전에 조천포에 뿌리박고 살았어. 조천 토박이라. 모르긴 몰라도 아마 우리 안씨가 조천에서 그중 오래된 성씨일 거여. 조천포는 아주 작은 포구였던 시절에는 '새콧알'이라 불렸어. 지금도 조천포에 가면 갯가에 새콧알할망당이라고 불리는 당(堂)이 있는데, 그 당의 내력이 우리 순흥 안씨의 먼 조상과 관계가 있거든. 그 할망당 본풀이 사설에 그 이야기가 나와.

1부

옛날 옛적, 장차 조천포라고 불리게 될 갯마을 새콧알에 크고 작은 배 여러척을 가진 안씨 선주가 살았다. 그는 돛이 셋 있는 덩치 큰 풍선(風船) 몇척으로 해상무역을 하는 부자였는데, 작은 배들은 이 포구 저 포구의 가난한 이들에게 먹고살라고 헐값에 빌려줄 정도로 마음씨가 후덕하였다.

그런데 어느 해인가 큰 가뭄이 제주섬을 뒤덮어 섬 백성이 다 죽게 되었다. 아마도 정조 임금 시절, 밭마다 곡식이 거멓게 타 죽고 밭담 구멍에나 박혀 겨우 살아난 것으로 이듬해 종자로 삼았다는 갑인년 흉년과 비슷했던가보았다. 갑인년 흉년에 거상(巨商) 김만덕 할망이 그랬듯이, 이때를 당하여 천금을 쾌척하여 굶는 사람들을 구휼하려고 나선 사람이 바로 안씨 선주였다. 우선 이 포구 저 포구에 빌려주었던 배들을 모두 새콧알에 거둬들인 다음 자신의 돈 창고를 열었다. 육지로 나가 곡식을 사오기 위해서였다.

종이돈이 아니고 쇠로 만든 엽전을 쓰던 시절, 엽전 백 개가 한냥, 그래서 열냥이면 조랑말로 운반해야 할 정도로 무거웠다. 엽전 가운데 뚫린 구멍을 질긴 끈으로 꿰어 이은 것이 엽전 꾸러미인데, 작은 돈은 허리에 차고 다니고 큰돈이면 등짐으로 날라야 했다. 안선주의 돈 창고에는 그러한 오래 묵어 녹슨 엽전 꾸러미들이 서리서리 똬리 튼 구렁이떼처럼 가득 들어 있었다. 큰 구렁이를 대맹이라고 했다. 돈 창고 문이 열리자 똬리 튼 대맹이 떼 같은 그 돈 꾸러미들을 마을 사람들이 모여들어 등짐으로 날라다 배에 실었다. 박씨, 송씨 선주도 돈은 보태지 못했지만 배를 내어 그 일에 참여했다. 아홉척의 돛배가 선단을 이루어 거친 제주 바다를 건너서 영산강 유역의 영암 배진 고달도 포구에 가닿았다.

안선주는 흉년의 굶주린 백성들을 위해 양곡을 보관하는 기민창(飢民倉)을 찾아 나주 고을로 올라갔다. 그 무거운 엽전 꾸러미는 영암에서 쉰명의 삯꾼을 빌려 등짐으로 날랐다. 나주 기민창 두 창고에는 삼년 묵은 쌀 일천섬이 쌓여 있었다. 그런데 그 많은 쌀을 옮기는 일이 또한 큰 문제였다. 나주에서 영암 배진 고달도 포구까지는 꽤 먼 거리여서, 어떻게 하면 두 창고의 일천섬 쌀을 운반해가서 배에 실을 수 있을지 걱정이었다. 생각 끝에 안선주가 꾀를 내었다. 창고의 쌀 한섬으로 막걸리를 빚어 큰 통에 담고 바가지를 띄워 거리마다 골목마다 노상에 갖다놓고서 누구든지 마음대로 떠먹게 했다.

그렇게 해서 나주 고을 길바닥에 막걸리 잔치가 벌어졌다. 사람들이 술통 앞에 모여들어 바가지로 술을 퍼먹으면서 왁자지껄 흥청거렸는데, 그 잔치가 열흘간 계속되었다. 그 많은 술이 동날 무렵 박씨, 송씨 선주가 이 술판 저 술판을 휘젓고 다니면서 그 엄청난 술을 낸 사람이 누구이고 무슨 곡절로 이런 잔치를 베푸는가를 큰 소리로 선전했다. 그러잖아도 궁금해하던 나주 고을 사람들은 술을 낸 주인공이 굶주린 백성을 살리기 위해 사재를 털어 나주 기민창 양곡을 사러 온 사람인 줄 알게 되자 그 선행에 감복하여 너도나도 안선주를 돕겠다고 나섰는데 그 수가 수백명이었다. 수백명이 행렬을 이루어 등짐으로 쌀가마를 배진 고달포로 날라다 배에 실어주었다. 안선주가 고맙다고 머리를 연신 조아리며 눈물을 철철 흘렸다. 마침 잔잔한 명주 바다에 실바람이 불어 배 띄우기 좋은 날씨였다.

“어서 총총 돛 올려라! 닻 감아라! 배 놓아 어서 가자!"

포구에 하얗게 모여든 나주 사람들이 손을 흔들고 안선주도 적삼을 벗어 휘두르며 아쉬운 이별을 고하는데, 뜻밖의 일이 생겼다. 배를 출발시키려고 뭍에 잇댄 발판을 막 거두려는 참에 전송하는 흰옷 무리 속에서 별안간 여남은마리의 쥐가 나타나 발판을 타고 쏜살같이 배 안으로 들어와 흩어졌다. 곡식을 따라다니는 쥐들이었다. 게다가 바로 그 뒤로 웬 아가씨가 불쑥 나타나 발판을 사뿐히 딛고 배에 오르는 게 아닌가! 연반물 치마저고리를 곱게 차려입고 땋은 머리에 빨간 갑사댕기를 드린 아리따운 아가씨였다. 안선주의 눈이 휘둥그레졌다. 저 고운 아가씨가 웬일일까? 내게 무슨 할 말이 있나? 아가씨는 쌀가마니가 잔뜩 쌓인 배 안으로 치마를 끌며 미끄러지듯 스르르 들어오는가 싶더니 금세 사라지고 보이지 않았다. 안선주가 황급히 뒤따라가 쌀가마니들 사이 여기저기를 살펴보았지만 종적이 없었다. 헛것을 봤나? 드디어 아홉척의 배가 일시에 돛을 올려 바람을 담았다. 깃발을 올리고 덩덩 북을 치면서 일천섬의 곡식을 나눠 실은 배들이 차례차례 영암 배진 고달도 포구를 떠났다. 돛대 끝의 흰 기가 남서 방향을 가리키고, 실바람 불어 바다 물결은 부드럽게 남실거리고, 감물 들인 갈색의 돛폭들은 바람을 안고 만삭 여인의 배처럼 둥그렇게 부풀었다.

안선주가 탄 배를 선두로 배들은 빠르게 다도해를 빠져나갔다. 다도해 밖은 거친 파도의 바다가 일망무제로 아득하게 펼쳐져 있었다. 그 바다는 센 바람이 아니어도 원래 파도가 높은 곳이었다. 첩첩이 일렁이는 거친 파도, 바람 먹어 살진 파도가 뭉클뭉클 넘어오면서 천굽이 만굽이로 굽이치는데, 마치 몸통 굵은 푸른 대맹이떼가 몸을 뒤채는 형용이었다.

이여싸 이여싸나
요 파도야 뭘 먹고 둥긋둥긋 살쪘느냐
바람통 먹었느냐, 구름통 먹었느냐
뭉클뭉클 잘도 올라온다
이여싸나 넘고 가자 이여싸나

뱃사람들이 뱃노래를 부르고 배들은 수말처럼 뛰면서 경쾌하게 파도를 타고 넘었다.

그렇게 한참 별 탈 없이 순항하는데, 저녁이 가까워 바람이 거세지면서 불길한 징후가 나타났다. 바람이 일으킨 흰 파도들이 토끼 뛰듯이 뛰놀기 시작하더니 배 안의 쌀가마니들 틈에 숨었던 여남은마리 쥐가 나타나 이리 호록 저리 호록 미친 듯이 내달리는 것이었다. 쥐들은 불안하게 찍찍 울면서 뱃전 위를 달리며 배 주위를 뱅뱅 돌다가 돛폭을 타고 돛대 끝까지 올라갔다 내려오기를 반복했다. 거친 풍파를 예고하는 징후였다. 곡식 무역선에는 아무리 없애려고 해도 살아남는 쥐들이 있게 마련인데, 그것들은 악천후를 미리 아는 초감각을 갖고 있었다.

아닌 게 아니라 해가 수평선 밑으로 떨어지자마자 홀연 광풍이 들이닥쳤다. 삽시에 사방에서 어둠이 올가미 조이듯이 죄어왔다. 무섭게 천둥이 치고 번개가 암흑을 찢어발기며 거대한 하늘의 뿌리처럼 번쩍 나타났다가 사라지곤 했다. 잇따라 산더미같이 밀려오는 파도를 타면서 배들이 가파롭게 곤두박질쳤다. 노가 부러지고, 돛대가 부러졌다. 뱃사람들이 비바람 거세게 몰아치는 어둠 속에서 돛을 내리려고 이리저리 허둥대는 가운데, 안선주가 탄 큰 배에서는 세 돛 중 둘은 간신히 내렸으나 다른 하나는 손댈 새 없이 세찬 바람에 돛폭이 찢어졌고, 배가 기우뚱 돌면서 돛대가 우지끈 부러져 뱃사람 하나가 그 돛대에 호되게 맞아 숨졌다. 배는 당장 뒤집힐 듯이 파도 위에서 이리 뒹굴 저리 뒹굴 사정없이 흔들리더니 기어코 암초에 부딪혀 밑창이 터지고 말았다. 잠깐 사이에 벌어진 일이었다. 그렇게 한바탕 북새통을 만들어놓고 돌풍은 언제 그랬느냐는 듯 가뭇없이 사라져버렸다. 다른 배들은 모두 무사한데 유독 안선주가 탄 배만 밑창 어딘가에 구멍이 터져 바닷물이 들어왔다. 쌀가마니뿐만 아니라 사람 목숨도 물에 잠길 판이었다. 미친 듯 내달리던 쥐들은 돛대 꼭대기에 올라가 달라붙은 채 발발 떨고 있었다.

구름 걷힌 밤하늘에는 다시 별이 총총 돋아났다. 사람들은 무릎까지 차오르는 바닷물을 연신 죽을 둥 살 둥 바가지로 퍼내고, 안선주는 밤하늘을 우러러 하늘님을 부르면서 울부짖었다. 북두칠성이 밤하늘에 밝은 빛을 뿌리며 떠 있었다. 꼬리 부분이 둥글게 말린 기다란 구렁배암의 형체인 북두칠성은 간절히 기구하면 바다에 내려와 난파선을 구해준다고 했다. 밤 깊어 바다 위로 한껏 기울어진 북두칠성이 뱀의 몸으로 난파선의 돛대 꼭대기를 타고 내려와서는 그 터진 구멍을 둥글게 똬리 틀어 막아낸다는 것이었다.

안선주가 북두칠성을 우러러 눈물을 흘리며 두 손을 비비면서 애원했다. "명천 같은 하늘님아, 제발 덕분 살려줍서. 이 불쌍한 백성 살려줍서. 이 양곡이 무사히 제주에 들어가사 굶는 백성들 살릴 게 아닙네까. 명천 같은 하늘님아, 부디 이 배들을 고이고이 제주 땅으로 인도

해줍소서." 그 간절한 애원성이 하늘에 가닿아 하늘님이 들었는지, 가라앉던 배가 다시 둥둥 떠올랐다. 안선주가 어떻게 된 일인지 너무 놀라 얼떨떨해 있는데, 터진 구멍을 살피러 갔던 뱃사람이 그를 소리쳐 불렀다. "선주님아, 선주님아, 저것 봅서! 저것 봅서!" 안선주가 와락 달려가 보니 밑창의 터진 구멍을 커다란 누런 구렁배암, 대맹이가 빙빙 똬리를 틀어 물이 못 들어오게 막고 있는 게 아닌가! 몸통이 팔뚝만큼 굵었고, 하품을 하려고 딱 벌린 아가리가 어찌나 큰지 위턱은 하늘에 붙고 아래턱은 땅에 붙은 듯이 무섭고 끔찍했다. 안선주가 소리쳤다. "오호, 곡식 있는 곳에 쥐가 있고 쥐가 있는 곳에 배암이 있게 마련. 저 배암이 우리 곡식을 지켜주었구나! 아이고, 우리 조상님이여, 우리 조상님이로구나! 조상님이 우릴 살렸네. 조상님, 고맙수다, 고맙수다!"

조상님이라니요?

흠, 씨족의 조상도 조상이주만, 예전 우리 고장 풍습에 집안 잘되게 해주고 재산을 지켜주는 수호신을 조상이라고 불렀어. 배암을 조상으로 모시는 신당들도 더러 있었주.

그렇게 구사일생의 곡경을 치른 안선주의 배들은 다

시 깃발을 높이 올리고 의기양양하게 새콧알 포구로 귀환했는데, 배를 포구에 붙여 발판을 놓자마자 안선주는 버선발로 내달려 집으로 갔다. 마중 나온 마을 사람들의 인사도 받지 않고 냅다 집으로 달려간 그는 대나무칼로 머리카락을 잘라 단발하고, 아내에게 망개나무 숯불에 울릉도 자금향과 청감주를 준비시켜서 다시 배 있는 데로 갔다. 발판에 깨끗한 흰 면포를 깔고는 배 밑창으로 내려가 터진 구멍을 막고 똬리를 튼 대맹이 앞에 엎드려 숯불에 향을 피우고 청감주를 따라 올린 다음 머리를 조아렸다. "조상님아, 조상님아, 우리에게 내려진 조상이거들랑 어서 발판에 올라 저희 집으로 가옵소서." 그러나 구렁배암은 큰 몸집을 똬리 튼 채 눈을 감고 꼼짝도 하지 않았다. "조상님아, 조상님아, 그러면 들에 가시겠습네까, 산으로 가시겠습네까, 물로 가시겠습네까?" 그러나 배암은 꼼짝하지 않았다. 아마도 밝은 대낮에 자신의 무섭고 끔찍한 몸을 사람들에게 내보이고 싶지 않은가보았다.

그렇게 반나절 동안 애를 태우더니, 해 떨어지고 밤이 되자 대맹이는 안선주가 흰쌀과 맑은 술을 뿌리면서 인도하는 대로 발판을 타고 넘어 느릿느릿 기어서 그의 집으로 갔다. 그러나 그 집에 들어가 울담 안을 돌아본 배암은 몸 감출 곳이 마땅치 않았는지 도로 밖으로 나왔다. 박씨, 송씨 선주가 차례로 자기 집으로 인도했으나 역시 마땅한 곳이 못 되는가보았다. 그렇게 밤 깊이 대맹이를 모시고 여기저기 인도하며 다니던 선주들은 멀고 험한 뱃길의 여독을 이기지 못해 모두 새콧알 만년 팽나무 아래 쓰러져 잠이 들었는데, 그들의 꿈에 똑같이 그 아가씨가 나타났다. 영암 배진 고달도 포구에서 본, 연반물 치마저고리를 곱게 차려입고 땋은 머리에 빨간 갑사댕기를 드린 바로 그 아가씨였다.

"선주들아, 선주들아, 너희들이 몸이 고단하여 잠이 들었구나. 나는 나주 기민창에서 굶주린 백성이 먹을 양곡을 지키던 조상이다. 양곡을 축내는 쥐를 잡아 없애고, 양곡을 축내는 쥐 같은 양반 도둑도 막아내면서 기민창을 지키다가 이제 나주 기민창이 비워지니 그 양곡을 따라 이 제주 땅에 왔도다. 너희들 집에 들러 울담 주변을 둘러봐도 내 몸 감출 곳이 없어 이리저리 찾아다니다가 여기 새콧알 만년 폭낭(팽나무) 아래 좌정하기로 했노라. 나는 앉아서 천리를 보고 서서 만리를 보는 신통력을 가졌노라. 나를 섬겨라. 그러면 마을을 돌보고 해상에 궂은일이 없게 해주마. 안씨 선주는 상단골이 되고, 박씨 선주는 중단골이 되고, 송씨 선주는 하단골이 되어 일년에 한번 내게 제사상을 바치면 좋은 재산 일구어주고 자손 만발하게 해주겠노라. 조천포에 가는 배 오는 배 모두 내가 차지하고 삼천 어부 일만 해녀 내가 다 거느리겠노라."

선주들이 동시에 화들짝 놀라 꿈에서 깨어났는데, 그들의 눈에 어슴푸레한 새벽빛 속에서 구렁배암, 누런 대맹이가 새큿알 만년 팽나무 아래 왕바위틈의 컴컴한 구멍 안으로 스르르 기어들어 그 무섭고 끔찍한 몸을 감추는 모습이 보였다.

그러니까 그 대맹이는 하늘의 북두칠성에서 내려온 것이 아니라 나주 진휼청에서 곡식을 따라온 배암이었다. 영암에서 출발 직전 배 안으로 쥐떼가 우르르 뛰어들고 그 뒤를 쫓아 들어온 아가씨가 바로 그 배암이었던 것이다. 크게 감복한 안선주는 박선주, 송선주와 함께 땅에 엎드려 머리를 조아렸다. 이 섬고장 사람들에게 구렁배암은 집안의 재물을 지켜주는 업신(業神)이었다. 이 집 저 집 초가지붕 속에는 구렁배암이 잘 깃들었는데, 곳간의 곡식을 쥐들이 축내지 못하게 지켜주었다.

그리하여 나주 기민창의 큰 구렁배암은 조천 마을의 양식을 지켜주는 업신, 새큿알할망이 되었다. 힘이 세고 맑고 고운 여신이었다.

나주 기민창의 구렁배암이 마을 조상이 되어 좌정한 그 당은 새콧알할망당이라 불렸다. 창세네 조상 순흥 안씨는 물론 마을에서 고기잡이하거나 해녀 물질하거나 본토와 무역을 하거나 간에 바닷일을 하는 사람들이 모두 그 할망을 조상으로 모셨다.

그 할망당이 내린 영검 덕분인지 그 포구는 해상 영업이 번창하였다. 지명도 새콧알에서 조천포로 바뀌더니, 나중에는 왜구의 침입을 방어할 목적으로 포구의 널찍한 터전에 둥그렇게 높은 돌성을 쌓아올려 조천진을 만들었다. 남쪽 성벽 위의 감시 망대에 연북정(戀北亭)이란 이름의 정자를 세웠는데, 바다 건너 머나먼 북녘에 있는 왕을 연모한다는 뜻이었다. 이 포구로 들어오는 유배객들은 우선 이 정자에 올라 자신을 내친 왕을 향해 그래도 사랑한다고 북향사배하곤 했다. 유배 일번지인 제주섬은 물 건너 한번 들어오면 다시 나가기 어려운 망망대해, 거친 파도 속의 원악도(遠惡島)였다.

바다 건너 북녘을 그리워하는 마음은 섬 백성들도 마찬가지였다. 왕을 그리워해서가 아니라 왕의 가렴주구를 피해 육지로 도망가고 싶은 그들이었다. 왕실의 과도한 진상 요구에 시달리는 그들에게 섬 땅은 유배객들과 마찬가지로 물 위에 떠 있는 감옥이었다. 물로 뱅뱅 둘린 섬에서 수평선은 섬 백성의 목에 걸린 올가미였다. 그렇게 육지와 동떨어져 있다는 깊은 격절감이 거녀(巨女) 설문대할망의 전설을 만들어냈다.

창근아, 영미야, 생각해보라. 물로 막힌 섬에서 오죽 살기가 팍팍했으면 그런 이야기를 지어냈을꼬. 우리 조천 마을 갯가에 '엉장메코지'라고 있주. 연북정에서 동북쪽으로 얼마쯤 걸어가면 나와. 바당으로 삐죽이 뻗어나간 곳인데, 거기에 암석들이 동산처럼 높이 쌓여 있어. 그것이 설문대할망이 제주와 육지를 연결하려고 갖다놓은 암석들이라는 거라.

그 전설은 창세가 세상에 태어나서 제일 먼저 들은 옛이야기 중 하나였다. 외할머니가 옛이야기를 많이 들려주었는데, 워낙 구변이 좋은 분이라 이야기가 졸졸거리는 냇물처럼 쉬지 않고 즐겁게 입에서 흘러나왔다.

설문대할망은 몸집이 매우 컸다. 어찌나 크던지 한라산 백록담을 엉덩이로 깔고 앉아 두 다리를 바닷물에 뻗고서 추자도를 빨래판 삼아 빨래를 하고, 오백명의 아들을 먹이기 위해 백록담 분화구를 가마솥 삼아 죽을 끓일 정도였다. 활활 타오르는 화산의 불로 붉은 용암의 팥죽을 끓였다. 그녀는 자신이 입은 치마에 흙을 담아다가 바다 한가운데에 부어서 제주 땅을 만들었다. 흙을 날라다 들판을 만들고 한라산을 만드는 동안 치마가 여기저기 닳고 해어져 구멍이 뚫렸는데, 그 구멍들로 새어나간 흙은 들판에 떨어져 올망졸망 아름다운 오름들이 되었다. 옷이 한벌밖에 없었기 때문에 자주 빨래를 해야 했다. 바닷물에 단벌옷을 빨다가 가끔 오줌을 싸곤 했는데, 그 때문에 바닷물이 찝찔해지고 섬의 동쪽 땅 일부는 그녀의 세찬 오줌발에 밀려나가 우도가 되고 성산일출봉이 되었다. 그렇게 해서 마침내 섬 창조의 대역사가 끝나고 사람들이 살기 시작했을 때, 그녀의 치마는 닳고 닳아 속살을 가리지 못할 정도로 그랑그랑(너덜너덜) 넝마가 되어버렸다. 입은 것 그대로 단벌옷밖에 없는 그녀는 우도 해변의 고래굴같이 거대한 자신의 음부를 제대로 가릴 수가 없었다. 그래서 섬 백성들과 약속하기를, 옷 한벌을 만들어주면 바다 건너 육지까지 다리를 놓아주겠다고 했다. 그 거대한 몸에 맞게 옷 한벌을 지으려면 명주 백통이 필요했다. 하지만 섬 백성들이 아무리 노력해도 모을 수 있었던 것은 한통이 모자란 아흔아홉통, 그래서 연륙(連陸)의 꿈은 허사가 되고 말았다.

그런데 조선 후기에 와서 이 '물 위의 감옥'은 비유가 아니라 문자 그대로 감옥이 되어버렸다. 과도한 진상 요구에 견디지 못한 백성들이 섬 밖으로 도망하는 사례가 늘어가자 왕은 조천포를 제외한 모든 포구를 출륙(出陸) 금지령으로 묶어버렸다. 순조 때까지 무려 이백년에 걸친 출륙 금지였다. 그 이백년 동안 제주섬은 바다 위의 거대한 감옥이었고, 섬 백성은 그 감옥에 갇힌 죄수들이었다. 그에 따라 육지와 소통할 수 있는 유일한 관문이 된 조천포는 자연히 해상무역에서 독점적 지위를 누리게 되었다. 도민의 불행이 조천리의 일부 토호들에게는 오히려 기회가 되어, 관권과 결탁한 그들은 해상무역으로 떼돈을 벌었다

구한말에 이르러 조천리의 여러 성씨 중에서 가장 두각을 나타낸 토호는 김해 김씨였다. 창세네 씨족은 새콧알할망당 신화의 주인공이었음에도 웬일인지 별로 기를 펴지 못했다. 김해 김씨 문중은 해상무역의 강자로 개인 영업 외에 관용 물품 수송도 독점하다시피 했다. 부가 쌓이면서 그 씨족이 부챗살 펴지듯이 번성해갔다. 통이 굵고 둥근 기둥의 기와집에 각시도 둘이요 머슴도 둘, 부엌데기도 둘, 맷돌도 둘이고 마당의 빨랫줄엔 물색 고운 옷가지가 가득 널려 만국기처럼 기세 좋게 나부꼈다. 재력이 있으니 얼마든지 첩을 얻을 수 있었다. 각시 둘을 두면 두 여자는 서로 경쟁하듯이 아이를 낳았고, 능력이 있

어 첩을 하나만 아니라 양첩, 삼첩도 거느릴 수 있었으니 거기서 번성한 자손들이 이 마을 저 마을로 퍼져나가 큰 문중을 이루었던 것이다. 그뿐인가, 돈이 있으면 가히 귀신도 사귈 수 있는 법, 입신양명의 귀한 사람도 만들 수 있었다. 재력이 있었으므로 자식들을 글공부시켜 과거를 보게 했고, 돈으로 엽관(獵官)운동도 할 수 있었다. 그리하여 매관매직이 흔했던 구한말에 해미 군수, 여산 군수, 평창 군수, 제주 판관, 대정 군수, 정의 군수 등 벼슬아치가 그들 가운데서 수두룩하게 나왔다.

글만 알고 곡식을 모르는 그들은 가난한 농사꾼이 대부분인 제주의 다른 선비들과는 확실히 구별되는 존재였다. 차별받는 변방 땅의 가난한 선비들에게 귀하다는 것은 본래 그 의미가 달랐다. 가난하지만 개결한 선비, 그들은 그러한 성품을 귀하게 여겼다. 그들 대부분은 조그마한 농토를 엎었다 뒤집었다 하면서 농사짓는 가난한 선비들이었으나 가난을 슬퍼하지 않았다. 가난을 부끄러워하지도 않았고, 가난 때문에 기죽지도 않았다. 수백년간 가난했기 때문에 이미 가난에 익숙해 있었다. 그러니까 그들에게 글 읽기란 다른 뜻은 없고 오직 교양과 자기수양을 위한 것이었다. 바람 많은 고장이라 흰옷은 흙먼지에 쉬이 더러워져 비록 감물 들인 갈옷을 입고 밭

일을 하며 글을 읽었지만 가슴에는 귀한 옥을 품은 선비, 즉 피갈회옥(被褐懷玉)이기를 그들은 원했다. 농번기에는 일옷인 갈옷을 입은 그대로 향교 출입을 해도 탈 잡는 사람이 없었다.

사람은 그 산천을 닮는다고 했거니와, 그들을 가난하게 만든 화산섬의 척박한 풍토는 그들의 심성을 거칠게 만들기도 했다. 농사를 지으면서 자연에 익숙해 있던 그들은 자신이 키우는 소나 말처럼 말이 없으면서도 깊고 굳센 눈빛을 지니고 있었다. 그 땅 도처에 해묵은 팽나무들이 많은데, 그곳 사람들의 생리가 바위틈에 억세게 뿌리를 내린 채 버티고 서서 사나운 강풍을 견뎌내는 그 나무들을 닮았다. 게다가 그곳 선비들 중 상당수는 유배객과 망명객의 후손이었으니, 그들의 핏속에 조상으로부터 물려받은 분노의 씨앗이 감춰져 있기도 했을 것이다. 출륙 금지에 의한 이백년간의 유폐 생활이 그러한 심성을 더욱 조장했을 것이다. 그 선비들은 교활을 싫어하고 단순명료를 좋아해서 어떤 일이 옳다고 생각하면 주저 없이 받아들이고 목숨까지 바치기도 했다. 관권의 침학을 더이상 견딜 수 없어 민란이 일어났을 때, 몸 바쳐 그 무리를 이끈 장두(狀頭)들이 바로 그들 중에서 나왔다. 예언서 『정감록』에 등장하는 진인(眞人)이 바로 그런 모습이 아니겠느냐고, 서당 훈장인 창세의 작은할아버지는 학동들에게 말했다.

조선 후기에 제주섬에는 이삼십년 간격으로 민란이 일어났는데, 부패한 관권의 침학을 막고 공동체를 정화하기 위해서는 그것 외에 다른 방법이 없다고 그 선비들은 생각했다. 태풍이 바닷물을 크게 뒤집어 오염된 갯가를 맑게 정화하고 해물의 번식을 돕는 것처럼 민란이 사회의 부패를 씻어내준다고 생각했던 것이다. 그러니 김해 김씨 문중의 관권과 결탁한 출세주의가 이 선비들의 마음에 들었을 리 만무했다. 비록 그들의 치부의 수단이 해상무역이어서 별로 민간에 침학한 바 없다 하더라도 처신에서 방자함은 삼가야 했다. 척박한 섬고장인지라 부자는 드물고 가난이 평등한 공동체였다. 그래서 부자라도 민심을 헤아리고 눈치를 보면서 신중하고 검소하게 생활하는 것이 이 섬고장의 풍습이었다. 구한말 이재수의 난 직전에 있었던 방성칠의 난 당시 김해 김씨 중 어느 집안이 난민들에 의해 큰 피해를 입어 한 사람이 살해당하고 기와집 여덟채가 불태워진 일이 있었는데, 그것은 그들이 민심을 배반하고 부패한 관권에 빌붙었기 때문이었다.

창세의 작은할아버지는 이재수의 난 때 열대여섯살

소년으로 민군을 따라 주성(州城) 안 관덕정 마당까지 쳐들어갔던 경험을 가끔 자랑 삼아 학동들에게 말해주었다. 창세도 학교에 가기 전 한해 동안 그 서당에서 한문을 배웠다. "탐관오리가 발호하여 민심이 흉흉터니, 마침내 오대현, 강우백, 이재수가 장두로 나서서 대중을 이끌고 주성을 함락하니 참으로 통쾌무비하더라. 자신의 이해를 돌보지 않고 만인을 위해 저 한 몸 바쳤으니, 그들이야말로 진인이 아니고 무엇이겠느냐. 그때 이재수가 열아홉살이었는디, 몸이 참 날래었어. 진군하는 민군들의 어깨를 밟고 앞뒤로 왔다 갔다 움직이면서 지휘하더라."

그렇게 이전 시대의 삶이 팍팍하긴 했지만 일제강점기에 비하면 견딜 만한 것이었다. 그런대로 평온하고 순조로운 삶, 아이를 낳아 키우고, 자기가 태어난 땅에서 목숨이 다할 때까지 살며, 살기 위해서 쟁기를 잡고 일하는 삶이었다. 아이가 자라서 쟁기가 손에 익숙해지면 흙도 그 손에 길들여지고 말도 소도 그 손에 길이 들었다. 그러한 삶을 일제가 깨뜨렸다. 식민지 제주도. 느슨하고 유순한 심성이 일제의 가혹한 압박으로 사나워졌고, 수많은 사람들이 제 땅에서 뿌리 뽑힌 채 유민이 되어 일본 땅에 흘러들어가 노예노동을 하게 되었다.

그런데 일제강점기 젊은 김해 김씨들의 처신은 그들의 아비 세대와는 사뭇 달랐다. 조천포의 상권이 대부분 일본인들에게 넘어가고 왜구의 침노를 막기 위해 마련된 조천진과 국왕을 기리던 연북정이 그들의 주재소가 되어버린 상황이었다. 젊은 김해 김씨들은 관권에 빌붙었던 아비 세대와 달리 일제의 관권을 철저히 증오하고 부정했다. 그 아비들이 서울과 일본에 보내 유학시킨 자식들이 일제의 권력에 저항하는 투사가 되었던 것이다. 조천리에서 시작해 도내 여러 지역으로 퍼져나간 기미년 3·1만세운동의 주역 대부분이 조천리 중심의 김해 김씨 청년들이었다. 일본자본주의에 저항한 그들은 일제 치하의 자본가인 자신들의 아비들에게도 반감을 가졌다. 일제에 대해서도 아비에 대해서도 반역아였던 셈인데, 그들은 신학문이 가르쳐준 자유와 평등 사상에 심취했다. 일제에 국토를 빼앗긴 식민지 조선 백성은 일제에 예속된 소작인이나 다름없기에, 그 청년들 대다수는 일본자본주의에 대항하기 위한 무기로 사회주의를 택했다. 해방과 독립을 꿈꾸는 그들에게 탄압은 혹독했으니, 투사를 배출한 김해 김씨 집안사람 상당수가 경제적으로 급격히 몰락의 길을 걷게 되었다. 부자가 망해도 삼대는 먹고산다지만, 그들은 당대에 망하고 말았다.

그리하여 조천면의 여러 마을 중 하나인 조천리는 제주도의 어느 지역보다도 항일 투사를 많이 배출한 곳으로서 반역의 땅, 즉 역향(逆鄕)이란 별명을 얻게 되었다.

영미야, 창근아, 솔뫼 김명식 선생에 대한 것도 조사해 봔?

조천리 김해 김씨의 젊은 반역아 집단을 대표하는 최초의 인물은 솔뫼 김명식과 목우 김문준이었다. 솔뫼는 이론가였고 목우는 현장 활동가였다. 처음에는 서울의 같은 단체에서 함께 일하던 두 젊은이는 곧 헤어져 한 사람은 서울, 다른 한 사람은 일본 오사카로 활동 영역을 달리했다. 김명식은 『동아일보』 창간 역원(役員)이면서 1면의 논설란을 거의 전담하다시피 한 열정적인 논객이었다. 자유가 무엇이고 평등이 무엇인지, 제국주의가 무엇인지, 루소와 몽테스키외가 누구이고 맑스가 누구인지 아는 이가 별로 없던 그 시절에 그의 논설은 새로운 사상에 목마른 청년들에게 특히 인기가 있었다. 나중에 신문사를 떠나 정치조직운동에 투신한 그는 조선 최초의 사회주의 필화사건을 일으켜 세간의 이목을 모은 바 있었다. 그 사건으로 투옥된 그는 모진 고문과 옥독(獄毒)으로 병을 얻어 형기 중간에 출감했지만, 이미 몸은 형편없이 망가져 반신불수에 청각장애인이 되어 있었다.

일본으로 건너간 김문준은 오사카에서 제주 출신 이주노동자의 권익을 위해 조직운동가로서 활동했다. 일제의 가혹한 수탈에 시달린 수많은 조선인들이 유민이 되어 일본 노동시장에 흘러들어와 있었다. 그중에 특히 제주 출신이 많았는데, 당시에는 젊은이라면 남녀 불문하고 일본에 일하러 다녀오는 것이 유행이 되다시피 하여, 그 수가 오만명에 가까웠다. 노동하면서 신학문을 배우려는 고학생들도 많았다. 노예노동이었다. 임금이 현지 일본인의 절반밖에 안 되고 노동환경이 극히 열악해서 산재사고와 폐결핵 같은 전염병이 빈발했다. 창세의 모친 양미영도 결혼 직전 한해 동안 오사카의 피복 공장에서 일하다가 각기병에 걸려 돌아온 사연이 있었다. 양미영이 일본에 간 것은 관동대지진이 발생하고 일년 뒤였는데, 이런 노래가 유행하고 있었다.

조선 사람 가엽구나, 싸움 지고 나라 잃고
지진 탓에 집 무너져 납작궁납작궁

조선 사람 가엽구나, 넝마 주워 하루 5전
밥 모자라 배때기가 호올쭉호올쭉

1930년대에 오사카에서 이주노동자 인구는 제주 출신이 약 오만명으로 경남 다음으로 많았는데, 경남 사람들은 대개 막노동을 했지만 제주 사람들은 거의가 공장 노동자였다. 제주인들은 자연히 자신의 권익을 보호하기 위해 가난한 자의 철학을 깨우치고 조직적으로 뭉쳐 집단행동을 하게 되었다. 노예 임금을 거부하려면 새로운 지식과 지혜와 실천이 필요했고, 그것이 노동조합이고 노동운동이었다. 김문준은 그들을 조직하여 선두에서 싸운 명망 높은 투사였다.

창근아, 영미야, 느네들은 잘 모를 거다, 놈들의 착취가 얼마나 가혹했는지! 사람은 웬만해서는 자기 땅을 떠나지 않는 법이다. 사람은 말이여, 자기가 태어난 땅에서 아이를 낳고 키우고 목숨을 다할 때까지 살당 가는 것이 행복인 것이여. 오죽했으면 자기 땅을 떠나 남부여대 유민이 되었겠느냐 말이다. 그 당시 우리 조천 사람들도 일본에 노동하레 참 많이 갔주. 군대환(기미가요마루)이란 큰 배가 한달에 세번 오사카에 직항 왕래하멍 사람들을 실어날랐어. 그 당시 우

리 조천리는 대략 가옥 칠백호에 인구 사천명이 되는 큰 마을이었주.

조천리가 배출한 또 한 사람의 탁월한 활동가 고순흠, 그는 한때 김명식과 결의형제를 할 정도로 뜻이 같았고 함께 활동한 서울의 사상계에서 김명식에 못지않은 두각을 보여주었으나 나중에 사회주의의 다른 갈래인 무정부주의 노동운동가로 변신한 인물이었다. 그의 활동 무대는 김문준과 마찬가지로 오사카의 제주 출신 노동자 공동체였다. 그는 주로 방직 공장, 고무 공장, 피복 공장 등에서 일하는 제주 출신 이주노동자의 권익을 보호하기 위해 활동했는데, 피복 공장 노동자 양미영의 소속이 바로 고순흠이 활동한 조직이었다. 비밀 집회 때 밖에서 망보는 역할을 하기도 한 그녀에게는 그때 외쳤던 구호와 저항가가 영원히 지워지지 않는 기억으로 남아 있었다. "단결력은 우리의 무기다. 우리의 힘은 단결이다. 지켜라, 우리의 단결을! 백색테러 집단, 첩자, 배신자는 우리의 단결을 두려워한다. 지켜라, 우리의 단결을!"

양미영의 공장 생활은 각기병으로 몹시 고생스럽긴 했어도 그때 배운 미싱 기술은 결혼 후 생계 수단이 되어주었다. 그녀는 집에서 미싱 페달을 밟으면서 공장 노동자 시절에 불렀던 저항가를 낮은 목소리로 흥얼거리곤 했다. 대도시 도쿄를 완전히 작살냈던 관동대지진 당시 조선인 수천명이 일제에 학살당한 울분이 그 노래에 담겨 있었다. 창세가 아기였을 때 자장가 삼아 불러준 것도 그 노래였다.

동경(도쿄)은 지진에 결딴이 나고요,
이제는 대판(오사카)이 제일이라 한다네
동경 대판 걸짝쟁이 왜놈의 종자들
너희 나라 무명하다 자랑 말아라
이순신이 거북선을 휘날릴 적에
다 죽다 남은 것이 너희 아니냐
우리나라 독립되면 너희는 죽는다
만세 만세 만만세 우리 조선 만만세

김명식, 김문준, 고순흠은 창세 또래의 아이들에게도 한겨울 밤하늘에 빛나는 삼태성 별자리의 세 별처럼 걸출한 영웅들이었다. 아이들은 그들 모두가 조천리 출신인 것을 여간 자랑스러워하지 않았다. 제주 다른 지역 출신의 명망 높은 투사들, 강창보, 문도배, 오문규, 김한정, 오대진, 문창래 등과 함께 그 세 인물의 투쟁이 제주 청년들에게 끼친 영향은 대단히 컸다.

그들은 이른바 왕뱀에 맞서 싸워 장렬하게 최후를 맞는 두꺼비의 감동적인 서사를 시작한 장본인들이었다. 그 서사는 당시 젊은 투사들의 신앙이었는데, 그것의 숨은 뜻은 불굴의 자기희생 정신이었다. 배 속에 알이 꽉 찬 두꺼비가 부화를 앞두고 왕뱀을 찾아가 싸움을 건다. 물론 아무 승산 없는 싸움으로, 두꺼비는 곧 왕뱀에게 먹히고 만다. 그러나 이 싸움에서 최후의 승자는 두꺼비이다. 왕뱀의 배 속에 들어간 두꺼비는 죽으면서 독을 뿜어 왕뱀을 죽이고, 그 속에서 부화한 수많은 새끼 두꺼비들은 왕뱀의 몸을 먹이로 삼아 튼튼하게 자라난다. 한명의 투사가 죽으면 그로 말미암아 수천명의 투사가 태어난다는 것이다. 그렇게 선배의 뒤를 이어 많은 청년 투사들이 나타나 저항의 긴 대열을 이루었다. 일제에 대한 증오심이 청년들의 의기를 날카롭게 만들어주었다. 십여년간 계속된 격렬한 저항이었다.

일제는 제주 청년의 거센 투혼을 꺾어보려고 심지어 풍수를 이용하기도 했지만 소용없는 일이었다. 그들은 삼성(三姓)의 세 시조가 솟아난 성지 삼성혈을 침범해서 그 땅의 기운을 누른다고 야단을 떨었는데, 세 구덩이에 칼 찬 일본인 순사가 한명씩 들어가 그 땅을 짓밟고 있는 사진을 관공서와 학교에 유포하기도 했던 것이다.

창근아, 영미야, 막강한 일본 경찰과 맞선 싸움은 자랑스러운 것이었어. 항일 투사의 정신을 본받으려는 마음이 모두에게 있었지.

1930년대 초에 드디어 오사카와 제주 본토에서 두건의 대투쟁이 벌어졌다. 1930년의 자주통항운동과 그 이년 뒤에 벌어진 제주 본토의 해녀항일운동이 그것이었다. 자주통항운동을 먼저 시작한 것은 조천, 하귀 출신들로 고순흠, 김문준, 문창래 등이 주창자였다. "단결력은 우리의 무기다. 우리의 힘은 단결이다. 지켜라, 우리의 단결을!" 오사카에서는 제주와 오사카를 왕래하는 여객선 군대환의 약탈적 운임 인상에 반대하여 조합원 이만 명의 동아통항조합을 조직했다. 이들은 배를 구입하여 복목환(후시키마루)이란 이름을 붙이고 "우리는 우리 배로!" "부르주아 배를 타지 말자!"라는 큰 현수막을 내걸고서 자주통항을 감행했다. 뒤이어 제주에서는 일제의 해산물 수탈에 반대하여 석달에 걸쳐 연인원 일만 칠천여명이 참가한 해녀항일투쟁이 벌어졌다. 시위 대열은 투쟁가를 합창하면서 거대한 파도처럼 굽이쳤다.

우리들은 제주도의 가엾은 해녀들
비참한 살림살이 세상이 알아
추운 날 무더운 날 비가 오는 날에도
저 바다 물결 위에 시달리는 몸
(…)
배움 없는 우리 해녀 가는 곳마다
저놈들의 착취 기관 설치해놓고
우리들의 피와 땀을 착취하도다
가엾은 우리 해녀 어디로 갈까

투쟁의 열기는 소년들에게 그대로 옮아가서, 조천소학교에서는 학생 전원이 신년 하례식 때 일본 국가 제창을 거부하여 열명이 투옥되는 사건이 발생했다.

이 두 투쟁의 원동력이 된 것은 제주 본토와 오사카 노동현장에서 활발하던 야학운동이었다. 제주 본토의 야학 활동은 주로 소년과 부녀자를 위한 것이었는데, 보통은 십오세 이하의 소년 야학과 그 이상 나이의 부녀 야학으로 나뉘어 이루어졌다. 당시에는 여자가 정규학교에 다니는 일이 매우 드물었다. 여자가 글을 배우면 똑똑해져서 남편을 얕본다고 학교 공부를 하지 못하게 했던 것이다. 선진 청년들은 야학을 열고 여자도 글을 알아야 한다고, 글을 배워 세상을 알아야 한다고, 특히 채취한 해산물을 팔아야 하는 해녀들은 글자와 숫자를 알아야 일본인의 착취와 사기를 어느 정도 막을 수 있다고 말했다.

제주도와 일본 오사카 양쪽에서 벌어졌던 이 두건의 대투쟁에 대한 일제의 탄압은 혹독했다. 복목환은 취항 삼년 만에 조합 활동가들이 대거 투옥되면서 운항 금지 명령을 받아 무대 밖으로 사라졌고, 야학을 통해 해녀들의 항일 시위를 배후에서 조직했던 청년 활동가들도 다수 체포되어 감옥의 창살 안에 갇히지 않으면 안 되었다. 이 일로 오사카에서 투옥된 김문준은 모진 고문과 차디찬 감옥 생활로 병을 얻어 사망하고 말았다.

창세의 누이 안만옥은 열세살 나이로 폐쇄 직전에 마을의 소년 야학에 다녔는데, 그때 훗날 두고두고 얘기할 여러가지 흥미로운 경험을 했다.

낮에 일을 해야 했던 만옥은 정규학교인 조천소학교를 두해만 다니고 그후 이년간은 야학에서 공부했다. 선생은 자주 바뀌었다. 야학에 참여한 마을의 청년 유지들이 고학을 위해서, 혹은 밥벌이를 위해서 일본을 자주 드나들었기 때문이다. 그들 중에 이민하가 제일 열성적이었다. 서른한살의 그는 대학 중퇴생이었는데, 가난해서 학교를 그만둔 것이 아니었다. 그의 부친 이양일은 50톤급 화물선 세척과 통통배 한척을 소유한 선주로서 소문난 부자였다. 그는 제주와 여수, 두곳을 거점으로 해산물 무역업을 하며 여수에 딴살림을 차려 일년 중 절반은 거기에서 생활했는데, 그런 사실을 숨겼다가 아들이 대학에 진학할 때 들통나고 말았다. 이민하가 대학 진학을 위해 호적등본을 떼었는데, 거기에 전혀 모르는 두 형제의 이름이 등재되어 있었던 것이다. 이후 이민하는 일본의 좋은 대학에 들어가긴 했지만 한해 만에 때려치움으로써 아비를 크게 실망시켰다. 식민지 청년이 좋은 대학을 나오면 무엇 하나, 좋은 대학 나와 좋은 직장을 얻어도 일제의 주구밖에 더 되겠느냐고 생각했던 것이다.

만옥이 야학에 다닐 때 선생이 이민하였다. 만옥은 야학에서 웅변 시간을 가장 좋아했다. 일경에게 들키지 않게 아이 한명을 문밖에 망보도록 세워놓고 선생이 써준 원고를 아이들이 외워서 웅변을 했다. 만옥은 웅변을 잘했기 때문에 신촌, 신흥, 함덕, 북촌 등 이웃 마을의 소년 야학에 초대되어 시범을 보이기도 했다. 웅변뿐만 아니라 달리기도 그녀의 자랑거리였다. 말처럼 발목이 가늘어서 그런지 달리기에 뛰어난 그녀는 그래서 별명이 '말다리'였다. 언젠가 한번 다섯 마을의 야학생이 합동으로 가을 운동회를 벌였을 때, 조천 야학 팀이 릴레이 경주에서 승리할 수 있었던 것은 순전히 그녀의 말 다리 덕분이었다.

만옥의 절친한 동무 이순배는 야학이 아닌 정규 소학교 학생이었지만 노래를 잘해서 그런 행사에 초대되곤 했다. 그는 야학 선생 이민하의 누이동생이었다. 몇년 뒤에 어여쁜 아가씨가 되어 '따알리아'라는 애칭을 얻게 되는 그녀는 만옥과 친해서 자주 야학생들과 어울렸다.

야학 행사에서 만옥은 "일본에 강탈당한 우리 조선은 식민지 백성이 되어 의붓자식 취급을 받고 기아선상에서 방황하고 있습니다. 우리들 소년 소녀는 하루바삐 많이 배우고 단결하여 우수한 투사가 되어 저놈들과 싸워 빼앗긴 조선을 되찾아야 합니다" 하고 외치면서 불끈 쥔 주먹을 탁자를 부술 듯이 내리쳤고, 따알리아는 씩씩하게 「스텐카 라진」을 불렀다. 그녀의 집에 있던 빅터 축음기에서 흘러나오는 「산타 루치아」 「들장미」 「스텐카 라진」 「봄처녀」 「고향 생각」 같은 노래를 창세 또래는 나중에 자라서 따라 부르곤 했다. 따알리아는 노래를 많이 알고 또 잘 불렀는데, 그중에 「스텐카 라진」이 씩씩한 노래여서 소년 소녀 들에게 제일 인기가 좋았다. 마을의 여자아이들은 고무줄놀이를 할 때도 그 노래를 불렀다.

넘쳐 넘쳐 흘러가는 볼가 강물 위에
스텐카 라진 배 위에서 노랫소리 들린다
페르시아의 영화의 꿈 다시 찾는 공주의
웃음 띤 그 입술에 노랫소리 드높다
돈 코사크 무리에서 일어나는 아우성
교만할손 공주로다 우리들은 주린다
다시 못 올 그 옛날의 볼가강은 흐르고
꿈을 깨는 스텐카 라진 장하도다 그 모습

야학이 폐쇄당하기 직전, 5월 1일에는 어린이날 행사사건이 있었다. 어린이날이면서 동시에 노동절인 그날은 조천, 신촌, 신흥, 함덕, 북촌 등 다섯 마을의 야학생 육십여명이 함덕 마을 바닷가에 솟은 서우봉에 올라 합동으로 행사를 치렀다.

기쁘고나 오늘날 5월 1일은
반도 정기 타고난 우리 어린이

길이길이 뻗어날 새 목숨 품고
즐겁게 뛰어노는 날
만세 만세를 같이 부르며
앞으로 앞으로 나아갑시다
아름다운 목소리와 기쁜 맘으로
노래를 부르며 가세

그런데 그날 어린이날 행사에 노동절 기념을 곁들인 것과 마을 대항 웅변대회를 경찰이 문제 삼았다. 웅변 원고는 물론 선생이 써준 것이었는데, 만옥은 "자유가 아니면 죽음을 달라!"라는 대목이 제일 마음에 들었다. "자유가 아니면 죽음을 달라! 압박과 착취와 기만과 강요 속에 털끝만 한 자유도 없고 우리의 부모 형제는 오사카 노동시장이나 압록강 건너에서 유랑할 뿐입니다. 그러니 우리 소년들은 일본을 타파하고 조선의 독립을 계책하지 않으면 안 됩니다. 우리는 총칼이 없어도 붉은 주먹으로 저놈들을 물리칩시다!" 하고 만옥은 목청을 높였고, 따알리아는 「스텐카 라진」을 불렀다.

행사 다음 날 낮에 마을 앞바다에서 다른 해녀들과 어울려 물질을 하던 중에 만옥은 붙잡혀 주재소로 끌려갔다. 주재소는 모진 구타와 고문이 벌어지는 무서운 곳이었다. 옷도 갈아입지 못한 채 물옷 바람에 물을 줄줄 흘리면서 끌려가보니 다른 아이들도 몇명 끌려와 있었다. 열두살짜리 해녀의 물옷만 입은 가녀린 몸에 말채찍질이 가해졌다. 누가 그 원고를 써줬는지 말하라는 것이었다. 만옥은 "아이고, 나리님, 살려줍서! 나리님, 살려줍서!" 하고 울며불며 애걸하면서 끝까지 모른다고 버텼으나 매에 못 견딘 다른 아이가 실토해버렸다.

그 사건 때문에 이민하는 육개월 징역살이를 하게 되고 야학은 폐쇄당했다. 그후부터 만옥은 그 웅변 내용 중에서 "압박과 착취와 기만과 강요 속에" 대목만 빼내어 또래와 얘기할 때 버릇처럼 끼워넣곤 했다. "야, 염숙아, 압박과 착취와 기만과 강요 속에 물때가 되었져! 어서 바당에 가자." "야, 따알리아야, 오늘 밤 우리 집에 안 올래? 압박과 착취와 기만과 강요 속에 나와 같이 뜨개질하기 어떠냐?" 하는 식이었다.

일제를 크게 놀라게 했고 그들을 놀라게 한 만큼이나 제주 사회에 큰 자부심을 안겨준 복목환 항쟁과 해녀 항쟁에 대한 기억은 그후에 들이닥친 칠흑 같은 암흑의 시간 속에서도 생생하게 살아 있었다. 복목환 사건으로 투옥되었다가 감옥에서 당한 모진 고문 때문에 정신이상이 되어버린 무정부주의자 김성주가 유령처럼 살아 있었다. 고문으로 머리를 다쳐 초점을 잃어버린 두 눈을 멍하니 허공에 걸고 무어라무어라 중얼거리면서 마을 길을 느릿느릿 걸어다니는 그는 창세의 당숙 안봉주의 처남이었다. 그러한 분위기 때문에 창세는 자신이 태어나기 한두해 전에 발생한 그 사건들이 그리 멀게 느껴지지 않았다. 김성주의 친구인 또다른 무정부주의자 장영발 역시 우리계 사건으로 고문당해 한쪽 다리를 절었다. 마을 중심지인 비석거리에서 조그만 잡화점을 운영하는 그는 존경받는 선배로서 젊은이들과 잘 어울렸다. 그에게는 별명이 두개 있었는데, 하나는 머리가 길어서 '장발이 삼촌'이었고 또 하나는 '제주 공동체'를 버릇처럼 자주 말해서 '공동체 삼촌'이었다.

1937년에 중일전쟁이 터지고 그것이 1941년의 진주만 공격과 함께 태평양전쟁으로 확대되면서 식민지 조선은 공포의 전시체제로 곤두박질쳐 빨려들었다. 총동원령 속에 수많은 인간, 수많은 물자가 빨간 딱지가 붙어 전쟁 소모품으로 공출당했다. 빨간 딱지 영장을 받은 수많은 젊은이들이 강제징용당하여 홋카이도 탄광, 규슈 탄광으로 끌려갔다. 무자비한 인간 공출이었다. 게다가 창씨

개명까지 강요당했으니, 안창세는 황국 소년 아베 마코토가 되어버렸다. 총동원령 속에 그나마 남아 있던 공동체의 가치들은 가차 없이 박살 났다. 인간을 위한 사상은 깡그리 그 불길 속에 던져졌다. 야학도, 노동운동도, 신문도 말살되고 마침내 조선 글과 조선말까지 폐지되었다. 신문과 책을 찍어내던 한글 활자는 납으로 녹여져 전쟁 물품이 되어 사라졌다.

도내 지식인층에서 협력자와 전향자가 적잖게 발생했다. 민간 도처에 빈틈없이 깔린 밀정들이 눈을 밝히고 있었고, 이름이 알려진 투사들은 싹쓸이당하여 투옥되거나 아니면 검거를 피해 지하에 숨어야 했다. 역향이란 별명을 가진 조천리에 대한 탄압은 다른 어느 곳보다도 심했다.

솔뫼 김명식이 깊이 병든 몸으로 일본에서 들어온 것은 그 무렵이었다. 모진 고문과 징역살이로 온몸이 망가진 상태였다. 그런데도 경찰은 그를 요시찰인물이라며 향리인 조천리에 들어가지 못하게 해서, 할 수 없이 몇십 리 밖 세화리의 누이 집에 몸을 의탁했다.

창세의 당숙 안봉주의 처가는 반골로 이름난 김해 김

씨 집안이었다. 그의 큰처남 김성주가 복목환 사건으로 고문당해 반미치광이가 되어버린 터에 사촌, 육촌 처남 세명이 수배당하여 지하로 숨어들었다. 안봉주는 제삿날이 되면 언제나 전전긍긍이었다. 지하에 꼭꼭 숨어 있어야 할 처남들이 한밤중에 불쑥 나타나 제상 앞에 엎드리기 때문이었다. 조상에 대한 신심이 유별난 것이 이 고장 풍습인지라 그들은 제삿날 밤이면 위험을 무릅쓰고 참례하고자 했다. 대개는 세명이 함께 제사 시간에 맞춰 불쑥 나타나 제상 앞에 꾸벅 절하고는 나타날 때와 마찬가지로 빠르게 어둠 속으로 사라졌다. 한번은 깜깜한 어둠 속에서 울담을 넘다가 잠복조에게 들켜 한바탕 격투를 벌이고 도망친 적도 있었다. 군청 지적계의 측량기사인 안봉주는 '불온분자' 처남들 때문에 잡혀가 고문을 당하거나 상부에 밉보여 모처럼 얻은 직장을 떼일까 항시 좌불안석이었다.

말깨나 하던 입들은 모두 감시당하여 얼어붙은 조심스러운 상황에서도 이민하는 자기 집 대청마루에 청년 대여섯명을 모아놓고 조그만 음악감상회를 열곤 했다. 야학 사건으로 목포형무소에서 육개월 징역살이를 하고 나온 그는 마을 밖 출입을 하지 못하는 연금 상태에 있었다. 숨 막히게 답답한 가운데에서 음악은 한줄기 숨통이 되어주었다. 마을에서 축음기를 갖고 있는 집이 몇 안 되었고 그나마 뽕짝이 아닌 서양음악을 들을 수 있는 곳은 이민하네뿐이었다. 물론 그것은 음악감상을 가장한 은밀한 독서토론이었지만, 정두길은 토론보다는 음악을 더 좋아했다. 광주사범 학생이던 그는 체신학교 재학생 부대림과 함께 방학 때면 빠짐없이 그 모임에 참석했다. 둘은 절친한 사이로 방학 때 고향에 내려오면 늘 붙어다녔는데, 그 빛나는 젊음의 모습은 마을 처녀들의 마음을 싱숭생숭하게 만들었다. 특히 겨울방학에 귀향했을 때 검은 망토 차림의 그들은 얼마나 멋있었는지! 그들이 골목길을 걸어갈 때면 마을 처녀들은 자주 돌담 울타리 뒤에 숨어 구멍으로 훔쳐보았다. 그러나 두 청년이 마음을 빼앗긴 상대는 따로 있었다. 둘 다 똑같이 민하의 동생 따알리아를 좋아했던 것이다. 음악감상회는 얼마 지나지 않아 경찰의 탄압을 받아 중단되고 말았는데, 그래서 두 청년은 따알리아를 쉽게 만날 수 없게 된 것을 몹시 아쉽게 생각했다. 처음에 그들은 따알리아에게 큰 관심을 보이지 않았으나, 그 모임이 금지되기 전 마지막 몇달 사이에 그녀는 부쩍 자라고 어여뻐졌다. 열일곱살의 그녀는 그 집 화단에 활짝 피어난 분홍색 달리아꽃처럼 탐스러웠다. 그래서 두길과 대림은 그녀를 '따알리아'라고 부르기 시작했고 그것은 곧 그녀를 부르는 애칭이 되었다. 그녀는 유달리 얼굴이 희었고 조금만 수줍어도 얼굴이 발갛게 물들곤 했다. 그 모습도 아름다웠지만 수줍게 웃을 때 양쪽 볼에 파이는 볼우물은 더 아름다웠다. 어느새 사랑의 경쟁자가 되어버린 두 청년에게 음악감상을 핑계로 그녀를 만날 수 없다는 것은 너무도 큰 아쉬움이었다. 일제의 압제는 사랑의 열정마저 질식시키고 있었다.

감시체제가 숨 막힐 지경으로 삼엄해져 사방에서 밀정들의 눈빛이 번득거렸다. 극도로 입조심을 해야 했다. 만옥이 버릇처럼 내뱉던 "압박과 착취와 기만과 강요 속에"도 이제는 조심해야 했고, 그녀의 모친이 미싱 페달을 밟으면서 흥얼거리던 "동경 대판 결짝쟁이 왜놈의 종자들……"도 더이상 들을 수 없었다. 「스텐카 라진」도 「봉선화」도 금지곡이 되었다. 이민하가 말하기를 「봉선화」는 망국의 슬픔과 광복의 꿈을 노래한다고 해서 금지곡이 되었다는데, 특히 2절과 3절의 가사가 문제라고 했다. 만옥은 그 노래를 좋아했다.

어언간에 여름 가고 가을바람 솔솔 불어

아름다운 꽃송이를 모질게도 침노하니
낙화로다 늙어졌다 네 모양이 처량하다

북풍한설 찬바람에 네 형체가 없어져도
평화로운 꿈을 꾸는 너의 혼은 예 있으니
화창스런 봄바람에 환생키를 바라노라

깜깜한 절대 암흑이 섬 땅을 뒤덮고 있었다.

천지간을 꽉 채운 암흑이 삼년, 사년 마냥 계속되자 이민하는 그 질식 상태를 더이상 견딜 수 없었다. 암흑 속의 날카로운 호루라기 소리와 통금 사이렌 소리가 지긋지긋했다. 그래서 숨통을 조금이라고 터보려고, 그 빽빽한 암흑에 바늘구멍이라도 내보려고 한 것이 음악감상회였고 또 비밀 야학이었다. 야학은 후배 문상옥과 함께였다. 십년 전 조천소학교 신년 하례식에서 일본 국가 제창을 거부해 징역살이를 한 열명의 소년들 중 하나였던 문상옥은 10톤짜리 통통배를 갖고 포구와 포구 사이를 왕래하면서 화물과 사람을 실어나르는 일을 주로 했고, 한편으로는 한달에 세번 다니는 연락선 군대환의 매표소 일을 보기도 했다.

서우봉 어린이날 사건을 계기로 합법적 야학운동이

뿌리 뽑힌 지 여러해 만의 야학이었다. 야학은 너무 밝은 램프불 대신에 콩알만 한 석유 등잔불을 사용했으니, 그야말로 깊은 어둠 속 작은 불빛 한점이었다. 야학에서 공부하는 예닐곱명의 소년들 중에 열한살인 창세가 제일 어렸고, 나이가 세살 위지만 창세와 절친한 사이인 강행필도 야학에 나왔다. 거기에서 창세는 십여년 전 자주통항의 대투쟁 때 유행했던 「적기가」를 배웠다.

높이 들어라 붉은 깃발을
그 그늘에서 굳게 맹세해
비겁한 자야 갈 테면 가라
우리는 붉은 기를 지킨다

야학은 감시의 눈을 피해 일주일에 한번만 열렸다. 이민하와 문상옥 두 사람이 번갈아서 가르쳤다. 말라깽이 약골인 문상옥은 키가 크고 코가 삐죽해서 별명이 '할로오케이'였다. 그 야학에서 소년들은 금기가 되어버린 한글을 배우고 한글로 된 『농민독본』을 읽었다. 불빛이 밖으로 새어나가지 않게 담요로 창문을 가린 골방에서 선생과 소년들은 머리를 맞대고 낮은 목소리로 열심히 가르치고 배웠다. 이민하는 말했다. "왜놈들은 우리글, 우리말을 말살하려고 혈안이다. 신문과 책을 찍어내던 한글 활자들을 깡그리 불에 녹여 납으로 만들어버렸단 말이다. 우리말, 우리글을 절대 잊어서는 안 된다! 우리말, 우리글을 잊으면 영원히 왜놈의 종노릇밖에 못 하는 거여. 우리말, 우리글을 잊지 않아야 빼앗긴 나라를 되찾을 수 있는 거라." 등잔불빛에 번들거리는 눈동자와 무섭도록 결연한 목소리였다. "우리가 호미와 쟁기로 일군 곡식을 저들이 빼앗아간다. 쌀 키운 사람에게 쌀이 없어! 그러므로 너희들은 하루바삐 한 글자라도 많이 배워 저들에게 대항할 수 있는 우수한 투사가 되어야 한다."

밖에서 들을 수 없게 낮은 음성으로 강습했지만 웅변시간도 있었다. 창세는 웅변 교재들 중에서 몇년 전에 누나가 했던 원고를 발견하고 그것을 가지고 연습했다. "압박과 착취와 기만과 강요 속에 털끝만 한 자유도 없고…… 자유가 아니면 죽음을 달라!" 열네살짜리 행필은 "우리는 총칼이 없어도 붉은 주먹으로 저놈들을 물리칩시다!"라는 대목에서 '붉은 주먹' 대신에 '독가스'라고 쓰기를 좋아했다. 만성 소화불량기가 있는데다 곡식이 모자라 고구마를 자주 먹었던 행필은 뿡뿡뿡 줄방귀를 잘 뀌었는데, 방귀가 나올 때마다 "우린 총칼이 없어도 독가스로 저놈들을 물리치자!" 하면서 뀌어대어 아이들을 웃기곤 했다.

그런데 그 비밀 야학은 경찰보다 먼저 이민하의 부친에게 발각되었다. 이민하가 당번이던 어느 날 밤 술에 취한 그 부친이 손에 작대기를 들고 나타났다. 그는 신발 신은 발로 등잔불을 눌러 끄고는 어둠 속에서 작대기를 마구 휘둘러 선생과 아이들을 밖으로 내몰았다. 아들 민하를 작대기로 후려갈기면서도 밖에서 듣지 못하게 목소리를 낮춰 헐떡거렸다. “이놈, 정신 못 차리고 또 이 짓이냐? 도둑놈 제사 지내듯 야밤에 이게 뭣고? 집안을 망해먹지 못해 환장했구나!”

비밀 야학은 경찰에 발각될 때까지 네달을 간신히 버텼는데, 경찰이 들이닥친 날 당번이던 문상옥만 그 자리에서 잡히고 이민하는 즉시 잠적해버렸다. 경찰은 굳이 이민하의 행방을 추궁하지 않는 눈치였는데, 돈이 있으면 죽은 송장도 살린다고 믿는 그 부친이 뇌물을 썼기 때문이라고 사람들은 믿었다. 문상옥은 수갑을 차고 끌려가면서도 오히려 홀가분한 표정이었다. 감옥 밖에 있어도 창살 없는 감옥이나 다름없으니 더 심한 고초를 당하더라도 차라리 사건을 만들어 감옥에 가는 것이 마음 편하겠다던 그였다. 창세는 야학에서 배운 금지곡 「조선 아들 행진곡」을 몰래 흥얼거렸다.

피도 조선, 뼈도 조선, 이 피, 이 뼈는
살아 조선, 죽어 조선, 네 것이라네
만세 만세 우리 조선 만만세
만세 만세 우리 조선 만만세

야학 선생 문상옥이 목포형무소에 갇힌 다음에는 조천소학교 교원 한명이 갑자기 종적을 감추었는데, 어떤 사건인지는 알려지지 않았지만 검거를 피해 일본으로 밀항했을 것이라고들 믿었다. 그 무렵에 일본 상품 불매운동을 포함한 소비조합운동 사건으로 조천리의 네 사람이 검거되어 안세훈, 김류환, 현사선이 광주형무소에 갇히고 김시용은 목포형무소에 갇혔다. "왜놈의 물건을 사지 말자!" "왜놈의 물건을 사는 자는 개자식이다!"라고 외쳤기 때문이었다.

지하로 숨어든 이들은 어두운 밤길을 걷고 있었다. 암야행이었다.

돌밭길 가시밭길 사십리 길을
조선 딸기 어우러진 이슥한 밤길
우리나라 내 땅 아래 내 길을 가는데

무엇이 두려워 밤새워 걷나요

소비조합 사건이 있는 그해에 창세의 부친 안규찬이 50톤급 화물선을 매입했다. 지난 십년 동안 5톤짜리 조그만 발동선으로 제주 바다 연안을 돌며 화물을 나르던 그가 마침내 꿈을 이룬 것이었다. 순흥 안씨임을 늘 자랑스러워했던 그는 먼 옛날 옛적에 본토 무역으로 거부가 되고 큰돈을 내어 흉년에 굶주린 백성을 먹여 살렸다는 전설 속의 조상 안씨 선주처럼 성공한 선주가 되고 싶어 했다. 조천포에 드나드는 큰 배는 대개 일본인 소유 화물선들이었다. 안규찬은 그런 화물선을 갖고 육지 무역을 하는 것이 소원이었다. 5톤짜리가 50톤급으로 바뀌던 그날의 감격을 창세는 잊을 수 없었다. 모자란 뱃값을 충당하려고 제일 작은 밭 하나만 남기고 밭 두개를 팔아야 했지만 앞으로 이년 안에 충분히 벌충할 수 있을 것이라고 아버지는 장담했다. 외삼촌과 동업하여 말 무역을 하기로 한 것이다. 외삼촌 양산도는 넓은 목장이 있는 중산간 마을 와흘에서 말 오십필을 가꾸는 축산업자였다. 그날 밤, 아버지는 식구들 앞에서 발그레 술기 오른 얼굴을 빛내면서 들뜬 목소리로 밝은 미래에 대해 말했다. 다른 식구들이 잠든 뒤에도 아버지와 어머니는 흥분을 가라앉히지 못하고 밤새도록 두런두런 이야기를 나눴는데, 새벽녘에 문득 잠 깨어 들은 그 들뜬 음성을 창세는 나중에 자주 떠올리곤 했다.

배 이름은 사랑하는 아내의 이름을 따서 미영호라고 붙였다. 막상 말 스무마리를 기중기로 배에 싣는 일은 보통 어려운 게 아니었는데, 그때마다 창세의 어머니는 팔을 걷고 나서서 능숙하게 일을 거들었다. 처녀 때 두번이나 오라비를 따라 말 무역선을 탄 적이 있는 그녀는 와흘 출신답게 말을 잘 다루었다.

그런데 일년 가까이 별 탈 없이 미영호를 운항하면서 재산을 늘려보려고 바득바득 애쓰던 창세의 아버지에게 불행이 닥쳤다. 총동원령에 따라 배는 일본군에 징발당해 군수물자를 운반해야 했고 아버지는 그 배의 선장이 되어야 했다. 아버지는 배를 돌려받으려면 전쟁이 끝나야 하는데 그게 언제일지 모르겠다고 깊은 한숨을 내쉬었는데, 뜻밖에도 전쟁이 끝나기 전에 먼저 그의 인생이 끝나버렸다. 군량미 가마니를 잔뜩 싣고 오다가 해상에서 태풍을 만나고 말았던 것이다. 조상님의 배에는 굶주린 백성이 먹을 양곡이 실려 있었지만 그의 배에는 침략자 일본군이 먹을 양곡이 실려 있었기 때문일까, 전설 속에서 조상님을 도와준 구렁배암 새콧알할망의 신통력은 발휘되지 않았다.

창세는 태풍에 맞서 싸우는 아버지의 모습을 자주 머릿속에 그려보곤 했다. 배가 태풍을 만난 것은 조천포를 바로 눈앞에 두고서였다. 바다가 뒤집어졌다. 강풍과 강풍에 거꾸로 밀린 파도가 배를 육지에 닿지 못하게 계속 밀어냈다. 창세는 어머니, 누나와 함께 부둣가에 서서 그 광경을 직접 눈으로 보았다. 세 식구는 새콧알할망당에 간절히 빌고 또 빌었고, 남매는 발을 동동 구르면서 안타깝게 아버지를 불렀다. "아부지! 아부지! 힘냅서, 힘! 조곰만 더 힘냅서!" 광란의 파도와 사투를 벌이는 광경을 보러 포구에 많은 사람이 모여들었으나 그들도 소리를 질러 응원을 보낼 뿐 속수무책이었다. 뒤집힌 바다에 구조선을 띄울 수는 없는 노릇이었다. 배는 맞바람의 높은 파도에 갇힌 채 마구 뒤흔들렸다. 파고 15미터쯤 되는, 그야말로 집채만 한 파도였다. 파도의 산맥들이 넘실넘실 잇따라 들이쳐 배를 깊은 물 골짜기에 처박았다 싶은 순간 번쩍 들어올려 내동댕이쳤다. 뭍이 바로 지척인데 좀체 좁혀지지가 않았다. 창세는 목이 쉬어 더이상 아버지를 부를 수 없었다. 키를 잡은 아버지는 태풍에 맞서 여섯시간을 사력을 다해 싸웠다. 천신만고 끝에 배를 등대 바로 앞까지 밀고 왔으나 허사였다. 미영호는 마침내 등대 밑 암초에 부딪혀 좌초하고 말았다. 선원 두명이 익사했고, 아버지 혼자 초주검 상태로 간신히 뭍에 올랐으나 며칠 못 가서 저세상 사람이 되고 말았다.

창세는 마지막 며칠 동안의 아버지 모습을 잊을 수 없었다. 거친 파도를 거슬러 혼신의 힘으로 헤엄쳐 간신히 뭍에 오른 그는 완전히 기진한 상태에서 까무러쳐버렸다. 꽉 다물린 채 열리지 않는 입을 작은할아버지가 숟가락으로 벌리려고 했으나 도무지 되지 않아 침을 놓아 열었다. 아버지는 저체온증으로 몸을 와들와들 무섭게 떨었는데, 이불 세채를 덮고 그 위에 창세가 깔고 앉아도 오랫동안 진정하지 못하고 이불을 들썩거렸다. 기력이 다 빠져나간 몸은 오장까지 녹아버렸는지 입에서는 썩은 내가 진동했다. 사흘 밤낮으로 시체처럼 잠을 자고서 깨어나긴 했으나 그후로도 기력을 회복하지 못했다. 병석에 누운 아버지의 눈에서 하염없이 눈물이 흘러내렸다. 이를 악물고 사투를 벌인 탓에 어금니가 모두 흔들렸고 목이 꽉 쉬어 말이 나오지 않았다. 가쁜 숨에 섞여 입 밖으로 색색 소리만 새어나왔는데, 그 소리에서 '미영호'란 말을 간신히 분간할 수 있었다. 아니, 어쩌면 그것은 아내를 부르는 '미영아'였는지도 몰랐다. 아버지는 병석에 누운 지 열흘도 못 되어 영영 눈을 감았다.

해난 사고로 가장을 비명에 잃은 창세네 가족은 생활이 곤궁해져서 창세가 학교에 다니기 어려울 지경까지 되었다. 모친의 미싱 일과 누이의 물질로 근근이 먹고살았다. 그래서 창세는 학교를 그만두고 일을 배워야 한다고 생각했다. 아버지처럼, 아니, 전설 속의 조상 안씨 선주처럼 배를 타고 먼바다로 나가고 싶었다. 처음 한두해 동안은 밥 짓는 화장(火匠) 노릇을 하느라 고생스럽겠지만 어쨌든 뱃일을 익혀서 훗날 언젠가는 아버지가 당신의 목숨과 함께 나파해버린 50톤급 화물선을 꼭 되찾고 싶었다. 그러한 생각을 식구들에게 털어놨을 때, 어머니는 별 도리 없지 않느냐고 고개를 끄덕이며 한숨을 내쉬었다. 어머니는 창세에게 양화점에 견습공으로 들어가서 제화 기술을 배워보라고 권했다. 먼 친척이 읍내에서 양화점을 하고 있었던 것이다. 그러나 누이 만옥은 극구 반대였다. 살아가려면 반드시 간판이 필요하니 학교를 그만둬서는 안 된다고, 집안에 남자라곤 너 하나뿐인데 자신이 무슨 일이 있어도 너를 공부시키고 말 테니 딴생각 말라고 했다. 말하자면 창세는 유일한 사내로서 장차 집안의 대들보가 되어야 한다는 것이었다. 만옥과 창세는 여덟살이나 나이 차가 났는데, 그사이에 남자아이가 하나 있었지만 세살도 못 되어 홍역으로 시들어버렸던 것이다.

일제에 의한 강제공출은 점점 더 가혹해져 품목이 열다섯 종류나 되었다. 너희는 풀이나 먹고 곡식은 내놓으라는 식이었다. 풀을 먹어야 할 군마 천오백마리가 사람이 먹을 곡식을 사료로 먹고 있었다. 곡식 소출이 열가마니면 공출 여섯가마니를 내라 하니, 무얼 먹고 살아야 하나. 사람들은 이것저것을 팔아서 충당하지 않으면 안 되었다. 여름에는 보리를 바쳐라, 가을에는 조를 내라, 또 고구마를 바쳐라 하면서 양식을 털어갔다. 창세네는 큰 밭 두개를 팔아버린 뒤라 공출 압박이 덜했던 것이 그나마 다행이라면 다행이라고 할까. 공출 압박에 시달린 나머지 농사를 짓지 않고 밭을 묵히거나 헐값에 팔아 그 돈으로 부족분을 사서 바치는 사람들도 있었다. 애월면 어느 마을에서는 한 농부가 울분을 참지 못하고 목매달아 죽었다는 소문도 들려왔다. 무명과 삼베를 공출해갔고, 군용 통조림을 만든다고 소와 돼지를 끌어가고 소라와 보말(보말고둥)까지 쓸어갔다. 물론 면화도 공출 대상이었고, 폭약을 만든다고 감태 공출, 휘발유 대신에 비행기 연료로 쓴다고 고구마와 송진 공출을 강요했고, 총알과 대포알을 만든다고 놋그릇과 놋화로, 놋대야, 놋요강은 물론 밥 먹는 숟가락까지 빼앗아갔으며 학교의 큰 종도 공출되었다. 조상 제삿날에 재로 잘 닦아 이삼일 맑은 이슬에 깨끗이 하여 사용하는 귀한 기물을 그렇게 빼앗겼고 밤이면 서방 각시가 같이 쓰는, 반짝반짝 잘 닦아 샛별 같은 놋요강도 사라졌다.

만옥네 해녀 동아리의 강월아는 일본에 서방을 빼앗기고 서방과 같이 쓰던 놋요강까지 빼앗기고는 타령조로 탄식했다. "아이고아이고, 둘이 덮자고 해놓은 이불 혼자 덮고 잠이 들고, 둘이 누자고 마련한 놋요강 혼자 누고 잠들었네."

마을 대장장이 박털보는 애써 수집해놓은 깨진 솥, 부러진 호미, 낫 따위 고철을 죄다 빼앗겼고, 심지어 비석거리에 청년들이 운동용으로 세워놓은 철봉대까지 뽑혔다.

목장의 말들도 수없이 전쟁터와 탄광으로 끌려갔는데, 창세의 외삼촌도 정성 들여 가꾼 말들 중 절반인 열다섯마리를 빼앗겼다. 열두마리는 바다 건너로 갔고, 세마리는 섬에 남아 군용도로와 진지용 동굴 건설 작업에 시달렸다.

소라, 전복을 따는 해녀들의 어장이었던 마을 앞바다도 잠수기선을 동원한 일본인 잠수부들이 독차지하고 있었다. 비석거리 영춘반점의 중국인도 주재소 순사들이나 면사무소 서기들 외에는 손님이 거의 없어 가끔 선창가에 나가 하역 인부 노릇을 해야만 했다.

그렇게 백성은 굶주리는데 주재소 순사들, 면장과 면서기들은 공출 할당량을 놓고 농간을 부려 뇌물로 제 배를 채웠다. 특히 면장에 대한 원성이 높았는데, 골수 친일파인 그는 일본인만 보면 "하이! 하이!" 하면서 아첨하여 별명이 '하이하이 면장'이었다. 심지어 서른살의 젊은 일본인 순사 모리한테도 굽신거렸다. 집에서는 늘 화사한 하오리를 입었고 마누라에게도 울긋불긋한 기모노를 입도록 했다.

창세네도 다른 집과 마찬가지로 보리쌀이나 좁쌀 반에 파래, 톳나물을 섞은 밥이나 나물죽을 먹었고, 그것도 모자라 점심은 굶기가 일쑤였다. 바닷가에 나가서 게나 보말 따위를 잡아먹기도 했지만 곡식이 아니면 허기가 메꿔지지 않았다. 마을 사람들 대부분이 점심을 굶었고 자주 물로 빈속을 채웠다. 창세도 배가 고프면 집 근처 샘물통인 두말치물에 달려가서 벌컥벌컥 물을 마셨다. 마을의 여러 샘물통 중에 두말치물이 제일 물맛이 달았고, 모든 것이 부족한 시절이었지만 물만은 샘물통에서 펑펑 솟구쳐 언제나 풍족했다. 영양실조 탓에 다른 아이들처럼 창세도 몸에 헌데나 부스럼이 생기곤 했다. 그러면 어머니는 창세를 새콧알할망당에 데려가 팬티만 남기고 발가벗겨 제단 앞에 꿇어앉히고는 갯바위에서 떼어낸 떡조개를 제단에 붙인 뒤 빗자루로 벌거숭이 몸을 쓸어내리고, 제단 위 나뭇가지에 걸어두었던 백지 한 장을 내려서 태운 다음 그 재를 참기름에 개어 부스럼에 발랐다.

사람들은 어떻게든 덜 빼앗겨보려고 곡식을 숨겼는데, 그래서 비장(秘藏)이란 말이 생겨났다. 곡식을 다섯 말들이 큰 항아리에 담아 부엌 바닥이나 뒤란을 파고 묻거나, 마룻장을 뜯어 그 밑에 숨기거나, 마당 구석에 쌓아놓은 보릿짚가리, 조짚가리, 건초가리 속에 파묻거나 했다. 창세네는 큰 항아리를 뒤란에 파묻고 반쯤 쌀을 담은 다음 그 위에 무를 꽉 쟁여 비장했는데, 다행히 발각되지 않았다. 발각되면 빼앗기는 것은 물론 주재소에 끌려가 사쿠라(벚나무) 몽둥이로 매를 맞고 심하면 유치장 철창 안에 갇혀야 했다. 마을에서 일본인들이 놋기물을 스리쿼터 한차 가득 싣고 가던 날, 윗동네 봉소동의 누군가는 분을 참지 못해 놋화로를 도끼로 깨뜨려 보냈다가 끌려가 매를 맞고 갇혔고, 또 누군가는 새끼 밴 돼지를 다른 놈으로 바꿔 내려 했다가 모진 매를 맞아야 했다.

일본인 순사 모리와 조선인 순사 짝귀가 이 동네 저 동네 순찰을 다니다가 저녁이면 불시에 집 안으로 쳐들어와 밥을 먹나 죽을 먹나 굶는가 살피는 통에, 제대로 밥을 해 먹으려면 연기가 보이지 않는 밤중에 해야 했다. 순사부장 가케루도 가끔 군마를 타고 나타나 말 위에서 울담 너머 집 안을 살피곤 했다. 모리는 키는 작은데 팔이 길어 원숭이 같았고, 짝귀는 귀가 짝짝이였다. 그는 성격이 독한데다 낯빛마저 푸르께해서 '독사'라고 불리기도 했다. 그들은 하곡과 추곡 공출 때가 되면 더욱 날뛰었다. 일본인 순사 모리와 조선인 순사 짝귀와 함께 면장과 그 졸개 면서기들이 가가호호 돌면서 무섭게 설쳐댔다. 손에 죽창을 쥐고 천장과 마루 밑, 부엌 바닥, 헛간, 마당의 곡식가리를 함부로 찌르고 쑤셔댔다. 일본인 순사 모리는 허리에 차고 다니는 일본도로 찔러댔다. 사람들은 뒷전에서 일본인 순사를 '개'라고 부르고, 조선인 순사는 '똥개'라고 불렀다.

이렇게 각박한 생활의 연속이다보니 마을 사람들은 늘 우울한 표정이었다. 생활에도 마음에도 여유가 전혀 없었다. 온종일 일하고 돌아와 늦은 저녁밥을 지어 먹으면 몰려오는 졸음을 참을 수 없어 곧바로 지친 몸을 자리에 누일 수밖에 없었다. 아이들도 마찬가지로 늘 풀이 죽어 지냈다. 그런데도 강행필만은 기죽지 않고 명랑하게 우스갯소리를 잘했다. 여전히 위장이 나빠 방귀를 자주 뀌는 그는 아이들 앞에서는 반드시 "우린 총칼이 없어도 독가스로 저놈들을 물리치자! 뿡! 뿡! 뿡!" 하면서 낄낄거렸다.

창세네도 제기를 모두 빼앗긴 것은 마찬가지, 부친의 제삿날에 놋그릇 대신 투박한 사기그릇에다 흰쌀밥 대신 누런 조밥을 담아 올리고, 촛불 대신 물고기 기름에 심지를 꽂아 접싯불을 켜야 했다. 제상 앞에서 창세의 작은할아버지 한봉 노인은 분을 참느라고 고드름처럼 뾰족한 턱수염을 쥐어뜯었다.

"저놈들 공출 내라고 개 뛰듯 날뛰는 꼴 보라. 저 왜놈들 전쟁하는 꼴을 보난 꾀를 낸다는 게 망할 꾀를 내고 있는 거라. 전쟁 물자 없이 어떵 전쟁하나. 썩을 놈들, 이제 제대로 망하는 거주. 오죽 물자가 부족하면 송진까지 공출을 받나. 저놈들 곧 말라 죽을 거여. 사구 삼십육이여."

저놈들이 들으면 안 된다고 그가 나직이 말한 "사구 삼십육"은 '死狗 三十六'으로, 예언서 『정감록』에 쓰여 있다는 글귀였다. 숨은 뜻은 '삼십육년이 되면 개가 죽는다'이고 '개'는 일본을 가리킨다고 했다.

한봉 노인은 망국의 한을 품은 조선의 마지막 유생의 모습을 보여주었다. 단발을 거부하고 상투머리를 고집하는 그는 정수리에 몽똑 솟은 자신의 상투가 한라산 봉우리 같지 않느냐고 웃으면서 뽐내곤 했다. 그래서 별호가 '한봉(漢峰)'이었고, 그의 한약방 이름도 '한봉 한약방'이었다. 아이들이 열이 오르거나 경기가 들리면 침을 놓아 고쳐주고 종기가 생기면 부황을 떠 궂은 피를 빼주었으며, 약방은 아이들을 위한 서당 노릇도 했다. 마을 아이들은 어린 삼에 침 맞기를 정말 질색했지만 서채을 병풍처럼 쌓아놓고 몸을 좌우로 흔들면서 글을 읽는 그의 모습을 언제나 우러러보았고, 그렇게 자란 그들은 청년이 된 다음에도 그를 존경하고 어려워했다.

한봉은 이웃 마을 함덕리의 유생 송장의와 절친한 사이로, 보름에 한번꼴로 서로 안부를 묻는 글과 함께 오언절구의 한시를 교환하곤 했다. 창세가 한시가 든 봉투를 가슴에 품고 두 마을을 오고 가면서 메신저 역할을 했다. 송장의는 몸이 약해서 가끔 한약을 주문하기도 했는데, 그것도 창세가 배달했다. 한약을 받고서 그가 하는 인사말은 우습게도 언제나 똑같았다. "한봉 어른은 강녕하시냐? 저번치 약도 잘 듣더라고 전하거라."

한번은 창세가 순사 짝귀에게 걸려서 봉투가 까발려진 적이 있었다. 짝귀는 뭔가 불온한 내용이 있나 하고 눈을 부릅뜨고 종이에 쓰인 한문을 노려보다가 말았는데, 그 말을 듣고 한봉이 껄껄 웃으며 말했다. "허허, 나가 그 시에 왜놈 욕을 좀 했주. 짝귀 그 무식한 놈이 한시를 알기나 하나. 한문을 알아도 한시 읽기는 쉽지 않거든, 허허."

1943년 4월에 솔뫼 김명식이 별세했다. 세화리의 누이 집에서였다. 경찰의 통제가 삼엄한데다 생각 있는 장정들은 거의 전쟁에 동원된 상태여서 그의 죽음은 당장에 알려지지 않고 초상을 치른 뒤에야 쉬쉬하면서 전해졌다. 솔뫼가 남긴 유언은 이러했다. "나는 죽어도 죽은 게 아니니, 나의 사망신고는 조국이 광복되고 민족이 해방되거든 하라. 나는 죽어도 눈을 감을 수 없다. 내 두 눈 부릅떠 일본이 멸망하는 꼴을 똑똑히 보고서야 눈을 감겠다."

그리하여 자기 일신은 물론 가문까지 일제에 의해 결딴난 솔뫼는 그를 사모하는 후배들의 곡성도 없이 무거운 침묵 속에서 쓸쓸히 생을 마감했으니, 향년 오십삼세였다.

식민지 제주도, 온 섬이 무거운 침묵으로 덮여 있었다. 대낮에도 캄캄한 어둠이었다. 일제와 싸우던 헌헌장부들은 육지와 일본의 감옥에 갇혀 점점 쇠약해지고, 썩어가고, 옥사했다. 인간뿐만 아니라 산천초목의 모든 풍경이 절망과 허무에 잠긴 듯했다. 교통과 통신의 삼엄한 통제로 섬 밖의 소식은 민간에 미치지 못했고, 강제노동 동원으로 도내의 마을과 마을 간 소통도 거의 두절되다시피 했다. 이 마을 저 마을 장꾼들이 모여들어 소식을 물어나르던 조천리의 오일장도 물자 부족으로 흐지부지되어버린 상태였다. 눈 캄캄, 귀 캄캄, 암흑의 세상이었다.

언젠가 창세는 길을 가다가 우연히 술에 취해 길바닥에 쓰러져 있는 장발이 삼촌을 발견하고 부축해서 집에 데려다준 적이 있었다. 그때 그는 "대낮의 암흑"이라고 하면서 말했다. "창세야, 느도 나보고 대낮에 술 취헨 자빠졌댄 숭보겠지? 지금이 대낮이라고? 아니다, 지금은 깜깜한 밤중인 거라. 날 주정뱅이랜 욕하지 마라. 이 험한 세상, 술 안 먹고 어떵 배겨낼 수 있느냔 말이다!"

1944년, 그해에 스무살 갑자생을 대상으로 징병 사태가 벌어졌다. 그 전해에 수많은 젊은이들이 강제징용당해 홋카이도나 규슈 탄광으로 끌려가더니, 이번에는 스무살짜리 어린 청년들이 인도차이나반도와 남태평양 등지의 전쟁터에 총알받이로 동원되었다. 강제징집 1기였다. 사람들은 갑자생은 무조건 전쟁터로 끌려가니 그들에게 인생을 묻지 말라고들 했다. 그래서 가혹한 운명의 그들에게 붙여진 별칭이 '묻지 마라, 갑자생'이었다. 조천리 갑자생 청년들의 운명도 마찬가지였다. 그 무렵에 병사로, 노무자와 공장 노동자로 징집되어 일본에 간 제주 청년들의 수는 무려 삼만명에 달했다.

그해, 정신대에 끌려갈까 두려웠던 따알리아는 간호학교에 다니기 위해 일본으로 건너갔다.

영미야, 창근아, 느네들은 그 시절을 모른다. 왜정 때 삶은 삶이 아니었다. 그때를 생각하면 징그럽고 이가 갈려. 나라 없는 삶은 삶이 아니라. 정신대 처녀 아이들 중에서 운이 나쁘면 군대에 위안부로 끌려가기도 했던 거라. 으허, 천하에 나쁜 놈들! 그걸 직접 눈으로 본 사람이 말하기를, 허어, 제주 오는 선편을 기다리면서 시모노세키 항구의 어느 여관에 잠깐 머문 일이 있었는데, 그 여관에 정신대 처녀 아이들 열댓명이 임시로 머물고 있었다는 거라. 경상도 아

이들이었다는데, 매일 우는 게 일이었다는 거여. 너무 울어서 눈이 퉁퉁 부어 있어랜. 가마솥 공장에 일 시킨다고 데려가서는 군대에 넘긴다고! 하이고!

그것이 '여자 공출' 혹은 '처녀 공출'이었다. 해녀가 대부분인 어촌 처녀들은 화약 원료인 감태를 채취해야 해서 정신대에 동원되지 않는다고 했는데, 들리는 소문은 그렇지 않았다. 무슨 병의 예방접종을 해야 한다고 속여 여자들을 몰아다 차에 태워 납치한다고 했다. 성산포 단추 공장 여공 열댓명이 그렇게 당했단다. 여자 사냥꾼들은 트럭을 타고 일주도로를 따라 제주 해변을 돌면서 사냥한다고, 어느 마을에서는 바다에서 작업 중인 해녀들을 동력선을 타고 접근한 놈들이 물 위의 오리떼 포획하듯 납치해갔다는 소문도 있었다.

그해 9월에 조천리 바닷가, 해녀들의 쉼터인 불턱에도 수상한 자들이 나타난 적이 있었다. 정신대로 끌려간 여자들은 군수 공장에만 가는 것이 아니라 전쟁터에 위안부로 투입되기도 한다는 소문이 나돌기 시작할 무렵이었다. 물질하던 해녀 예닐곱명이 잠시 물에서 나와 불을 쬐면서 언 몸을 녹이고 있었다. 창세의 누이 만옥도 함께였다. 그들은 갑자기 뒤에서 나타났다. 평소에도 일본 군인과 민간인 들이 물옷 바람의 해녀를 구경하려고 종종 불턱에 불쑥 나타나 질겁하게 만들곤 했지만, 그날은 캡을 쓴 민간인 세명에 군인 한명이 끼어 있는 것이 달랐다. 붉은 견장을 단 누런 군복에 장총을 멘 군인이었다. 화들짝 놀란 해녀들이 비명을 지르며 황급히 물로 뛰어들어 도망쳤다. 100미터쯤 헤엄쳐 가서 물 위에 솟은 바위에 기어올랐고, 놈들이 물러가기를 기다려 겨우 화를 면했던 것이다.

1945년 1월에 야학 선생 문상옥이 목포형무소에서 출옥했다. 일년 오개월 동안의 징역살이였다. 감옥에서 풀려난 문상옥은 두달가량 쉬어 옥독이 풀리자, 육지부 바다로 물질을 갈 해녀 여덟명을 모집하여 자기 소유의 10톤급 발동선에 태우고 금강산 앞바다로 떠났다. 그러한 원정 물질을 출가(出稼)라고 했다.

오랫동안 수배 중이던 이민하가 붙잡혀 목포형무소에 투옥된 것이 그 무렵이었다. 그러니까 공범 두 사람이 들거니 나거니 하면서 같은 형무소에서 교대로 징역살이를 하게 된 셈이었다.

1945년, 전쟁은 이제 총체적 파국을 향해 치닫고 있었다. 아스라이 멀리 있던 전쟁의 거대한 먹구름이 뭉게뭉게 치솟아 구르면서 바다를 건너오고 있었다. 조만간에 미군의 공격을 받아 제주 땅 전체가 불바다가 될 것이라고들 했다.

그해 이른 봄에는 만주에 주둔하던 관동군 오만여명이 좁은 제주 땅에 개떼처럼 몰려들었다. 이미 주둔해 있던 이만명에 오만여명이 더해졌으니, 양팔 간격으로 인간 띠를 만들면 한라산을 두바퀴 에워쌀 수 있는 규모의 병력이 좁은 섬에 담긴 것이었다.

패색이 짙어진 일본군은 제주도를 최후 거점으로 삼았다. 섬 전체를 요새화하는 대규모 작업이 벌어졌다. 제주섬 전체를 하나의 항공모함으로 만들겠다고, 결코 침몰하지 않는 항공모함, 불침항모(不沈航母)로 만들고야 말겠다고 일본군은 말했다. 다이너마이트 폭발음과 야포의 포격 연습 폭발음이 날마다 지축을 흔들면서 산야의 태곳적 고요를 여지없이 깨뜨렸다. 제주 땅 곳곳이 파이고 뚫리고 찢기면서 능욕을 당하기 시작했다.

그해 스무살이 된 을축생들 중 해군에 징집되어 남태평양으로 떠난 일부를 제외하고 대부분의 청년들 이만명가량이 관동군의 병사와 노무자가 되어 한라산과 그 아래 오름들로 끌려갔다. 병사도 노무자와 마찬가지로 가혹한 노역에 시달렸다. 한라산 둘레를 두르는 군용도로를 만들고, 수많은 오름들의 정상에는 토치카를, 밑에는 진지 동굴을 파고, 읍내 정뜨르와 모슬포의 알뜨르, 조천면의 진뜨르 세곳에는 군용 비행장을 건설했다. 조천면 산간지대의 부대오름, 검은오름, 바매기오름 등에도 진지 동굴 공사가 한창이었다. 조천리의 이웃 마을 함덕리에는 해군 일개 대대 삼백명이 배치되었고, 근처 바닷가 오름인 서우봉에는 진지 동굴을 뚫는 공사가 벌어졌다. 조천리 남정네들은 주로 진뜨르 비행장과 서우봉 진지 동굴 작업에 동원되었다.

견디기 어려운 중노동이었다. 연속된 노동으로 지칠 대로 지친 사람들은 잠깐 쉬는 사이에도 눈이 붙은 듯 감겨 떠지지 않았다. 그렇게 노역은 혹독한데 먹을 것은 부족하여 형편없이 살이 깎여나가니, 그야말로 바늘같이 여윈 몸에 태산 같은 짐을 진 꼴이었다. 체질이 약골인 사람들 중에는 과로사로 죽는 이들도 생겼는데, 죽지 않으려고 일부러 곡괭이로 제 발등을 찍어 후송되기도 했다. 그럼에도 그들은 머나먼 남양군도나 홋카이도 탄광, 규슈 탄광에 끌려가지 않은 것만을 다행으로 여겼다. 장차 제주 땅이 무서운 전쟁터로 돌변해 목숨을 잃더라도 뼈는 고향 땅에 묻힐 수 있을 테니까.

섬 땅을 뒤덮은 칠만 관동군을 사람들은 '개떼'라고 불렀다. 뒷전에서 몰래 순사를 '개'라고 부르다가 군인들이 들어와 깔린 뒤로는 구별하기 위해서 검은 복장의 순사를 '검은 개'라 부르고 누런 카키색 복장의 군인은 '누렁개'라고 불렀다.

이들 때문에 도민의 생활은 더욱 어려워졌다. 제주섬 서쪽에 위치한 한림리에 큰 도살장이 생겨 하루에 도살되는 소와 돼지의 수가 사백마리에 달했다. 동네별로 소 한마리씩을 공출당했고, 새끼 밴 소를 다른 소로 바꾸는 것조차 거절당했다. 강제징용에 젊은이들을 빼앗긴 판에 강제공출로 소까지 빼앗겼으니 무슨 힘으로 농사를 지을 것인가! 중산간 숲의 나무들도 크게 훼손되었으니, 관동군의 땔감을 충당하기 위해 숯을 구워 바쳤고 소학교 아이들도 공출에 성의를 보이라 하여 운동장 한쪽에 콩밭을 만들어 가꾸어야 했다. 여자들도 강제노역에 동원되어 낮에는 바다에서 물질을 해 화약의 원료인 감태와 통조림용 소라를 채취하고, 밤에는 통조림 공장, 단추 공장에서 일하는 노동자가 되어야 했다. 굴종과 인내의 끝없는 연속이었다.

당시 조천리의 인구는 삼천여명이었는데, 젊은이들은

대부분 그렇게 사지로 끌려가고 남은 노동력이라곤 노인과 부녀자 백이십명 정도, 그래서 마을은 역병이 덮친 것처럼 대낮에도 인적이 없이 휑했다. 마을이 조용했기 때문에 창세의 모친이 미싱을 돌리는 타타타타 소리가 유난히 높게 들렸고, 멀리 서우봉에서 터지는 폭발음도, 한라산 쪽에서 연습 중인 야포의 포성도 또렷이 들려왔다.

1945년에 창세는 열세살로, 조천소학교 5학년이었다. 학교는 일주도로 가까이에 위치해 있었다. 해변을 따라 제주섬을 한바퀴 둘러 난 일주도로에는 군용차량의 왕래가 빈번했는데, 학교 아이들은 차들이 일으키는 흙먼지에 시달려야 했고 그 때문에 안질에 걸리는 일이 많았다. 큰비가 내린 다음 날이면 반드시 마을 심부름꾼 허서방이 종이 나팔을 들고 마을 안을 돌면서 "길 닦으러 나옵서! 길 닦으러 나옵서!" 하고 외쳤고, 그러면 사람들은 괭이와 삽을 들고 나가야 했다. 학교 아이들도 동원되었다. 워낙 돌이 많은 고장이라 큰비가 와서 흙이 쓸리면 웅덩이가 생기고 돌부리가 삐죽삐죽 드러나 험한 돌길이 되곤 했다.

그 길 위에서 창세는 누런 옷의 병사들이 길 양쪽에 일렬로 붙어서서 행군하는 것을 자주 보았다. 때로는 행군 대열 후미에 체구 작은 제주말 두마리가 바퀴 달린 야포를 힘겹게 끌고 가는 것을 보기도 했다. 한번은 국방색 군용 오토바이가 한길에 불쑥 나타나 학교 아이들을 놀라게 했다. 사이드카가 달린 오토바이였는데, 어찌나 빠르고 엔진 폭음이 크던지! 게다가 거기에 탄 군인 두 명의 모습이 기괴했다. 철모 밑으로 커다란 고글이 얼굴을 반쯤 가린 모습이 커다란 메뚜기처럼 보였다. 오토바이의 폭음에 놀란 아이들은 한동안 그것을 흉내 내느라 시간 가는 줄 몰랐다. 부릉부릉 부르릉 빠드드드드 뿌아아앙! 부릉부릉 부르릉 빠드드드드 뿌아아앙!

비 온 뒤 길에 파인 웅덩이의 고인 물에는 가끔 무지갯빛 액체가 번져 있었는데, 달리는 차량에서 누출된 휘발유라고 했다. 관동군은 휘발유가 모자라서 송진에서 뽑아낸 송탄유를 썼고, 송진 채취에는 학교 아이들까지 동원되었다. 그러다 차츰 비행장 건설 현장의 노역에까지 아이들이 동원되었다.

창세네 학교 복도에는 일찍이 "귀축영미(鬼畜英米) 격멸!"이란 포스터가 붙어 있었는데, 어느 날 그 옆에 "최후의 5분간!"이란 포스터가 나란히 나붙었다. 최후의 결전을 앞두고 있다는 뜻이었다. 그에 따라 학교 수업이 전폐되었고 학생들은 진뜨르 비행장 건설 공사에 동원되었다. 학생들은 매일 들녘에 나가 떼 여러장을 한짐씩 캐다가 비행장 활주로에 심는 일을 했다. 수량을 채우지 못하면 엎드려뻗쳐를 해서 엉덩이를 맞아야 했다. 그러나 사방이 돌 천지인 고장에서 잔디 찾기가 어디 쉬운 일인가. 그렇다보니 무덤의 잔디까지 벗겨지기 시작했다. 아이들은 손바닥이 갈라져 피가 나기 일쑤였다.

죽창이라는 흉측한 물건이 학교 아이들의 손에까지 쥐어진 것도 그 무렵이었다. 짝귀와 면서기가 주민들이 숨긴 양곡을 적발한다고 함부로 쑤셔대던 것과 똑같은 죽창이었다. 군사훈련용이었다. 그해 이른 봄부터 창세네 학교 상급반인 5, 6학년 육십여명이 강제노역에 징발되었는데, 아침에 등교하면 교실에는 아예 들어가보지도 못한 채 운동장에서 한시간 동안 제식훈련을 받거나 죽창으로 검술 연습을 하고 난 다음 곧장 진뜨르 비행장 공사 현장으로 일하러 가야 했다.

죽창 검술이란 나무 기둥을 짚으로 싸서 만든 루스벨트와 처칠의 인형을 죽창으로 찌르면서 “귀축영미 격멸!”을 외쳐대는 짓이었다. 귀축은 악마를 뜻하는 말, 그 두 악마의 얼굴이 학교에 처음 등장한 것은 진주만 공격 직후였다. 그때부터 교실과 복도의 벽에는 머리에 뿔이 두개 솟고 길쭉하게 비틀리고 늘어진 코를 가진 두 악마

루스벨트와 처칠의 모습이 그려진 포스터가 나붙었다.

진주만 공격 삼주년을 맞은 작년의 기념행사에서 급장인 창세는 촌극의 주인공으로 적탄에 맞아 부상당한 몸을 이끌고 적진에 뛰어들어 귀축을 무찌르는 일본군 장교 역이었던 반면에, 행필은 연극 다음에 이어진 가장행렬에서 귀축 루스벨트가 되었다. 행필이 흉측한 악마의 가면을 쓰고 포승줄에 묶인 채 앞에서 걸어가고, 그 뒤로 학생들이 열을 지어 따라가면서 북 치고 나팔 불며 "귀축영미 격멸" "흡혈귀 미국을 쳐부수자!"를 외쳤다. 행필은 교련 담당 기무라에게 밉보여 그 역을 맡게 된 것이었다. 그 때문에 행필은 한동안 분을 삭이지 못해 여간 앙앙불락하지 않았다. 히틀러 콧수염을 단 기무라는 아이들을 함부로 다루는 악바리였다. 방귀 대장 행필이 아이들 앞에서 방귀를 뀌면서 "우린 총칼이 없어도 독가스로 저놈들을 물리치자! 뿌앙!" 하면서 깔깔대다가 기무라한테 끌려가 취조를 당한 적도 있었다. '저놈들'은 물론 일본인을 지칭한 말이었지만 배짱 좋은 행필은 오히려 눈을 똥그랗게 뜨고 '저놈들'은 귀축영미를 의미한 것인데 무엇이 잘못이냐고 둘러대어 겨우 빠져나올 수 있었다.

그 귀축, 루스벨트와 처칠이 이제 검술 연습용 인형이

되어 운동장에 세워졌다. 기무라가 그 옆에 목검을 짚고 서서 "배에 콱, 깊게 찔러라! 그리고 찌르면 즉시 뺄 것! 얼른 빼지 않으면 피와 살에 꽉 물려 빠지지 않는단 말이다" 하고 다그쳤고, 교장 와타나베는 훈화를 한답시고 이웃 마을 함덕리 바닷가에 솟은 서우봉을 가리키며 자살특공대를 상기시키면서 목청을 돋웠다. "너희 반도인들도 제국의 아들이다. 제국의 신민이다. 용기 있고 씩씩한 젊은이가 되어라! 오키나와 젊은이들은 어뢰와 한 몸이 되어 4미터 높이의 파도를 헤치고 진격하여 귀축 적함을 침몰시켰다. 너희도 죽을 때는 귀축 미군 열명 이상을 죽이고 죽어라! 아니, 한 사람이 미군 한명씩만 죽여도 우리는 이길 수 있다! 명심하라. 알았나?"

그러니까 교장의 말에는 오키나와처럼 앞으로 미군이 이 섬에 상륙할지 모른다는 암시가 들어 있었다. 그렇지 않아도 조만간에 제주도가 오키나와처럼 무서운 불바다의 전쟁판이 되고 말 것이라는 소문이 이미 민간에 널리 퍼져 있었다. 현해탄에 출몰하는 귀축 잠수함이 언제 여기에 나타날지 모른다고 했고, 귀축 전투기들의 내습을 대비한다고 방공연습 사이렌이 밤마다 요란하게 울어대곤 했다.

관동군은 한라산 산록지대와 오름들 외에도 해변에 솟아 있는 송악산, 성산일출봉, 삼매봉, 수월봉, 서우봉 등의 해안 절벽 아랫부분 여기저기에 굴을 팠다. 어뢰정을 숨기기 위한 진지 동굴이었다. 와타나베가 말한 "어뢰와 한 몸"이 된다는 것은 어뢰를 타고 적의 군함에 달려들어 박치기하는 자살 공격, 즉 가미카제 공격을 의미했다. 그들은 조만간 들이닥칠 미군 함대를 향해 달려들 준비를 하고 있었다. 어뢰정을 타고 죽음을 향해 달려갈 가미카제 특공대원들은 스무살 안팎의 청소년으로 서우봉 밑에 주둔한 해군 부대에서 훈련받고 있다고 했고 조선인 청년도 적잖이 끼어 있다는 소문이었다. 그들은 당당하게 죽기를 각오하고 있을까, 아니면 닥쳐오는 죽음이 두려워 덜덜 떨고 있을까? 이런 생각을 하면 창세는 무서워서 온몸에 소름이 돋곤 했다.

와타나베가 손으로 가리킨 서우봉에는 해안 절벽 밑을 빙 돌아가면서 진지 동굴 스무개를 만들기 위한 공사가 한창이었다. 암벽을 뚫는 다이너마이트 폭발음이 수시로 들려왔고, 폭약으로 깬 돌들을 노무자들이 들것으로 날라다가 물가에 버리는 장면을 멀리서 볼 수 있었다. 밤에도 작업을 시키는 것으로 미루어 전황이 매우 급박해졌나보았다. 다이너마이트 폭발로 사망자가 발생했다는 소문도 들려왔다.

그 현장의 노무자는 대략 백명가량이었는데, 서우봉 인근 북촌, 함덕, 신흥, 조천, 신촌 마을의 청년들이 두달 간격으로 교대하면서 밤낮없이 시달리고 있었다. 그들의 입을 통해서 진지 동굴이 어떻게 생겼고 어뢰정이 어떤 물건인지, '인간 어뢰'가 무엇인지가 마을 사람들에게 알려졌다. '인간 어뢰' '요카렌' '가미카제 어뢰' 혹은 '박치기 어뢰' 같은 별칭으로 불리는 그 물건은 나무판자로 만든 일인승 모터보트로 뱃머리에 폭약이 장착되어 있다고 했다. 진지 작업 중에 인간 어뢰정들이 벌이는 공격 훈련이 바로 앞에서 목격되기도 했는데, 비록 훈련이라도 파도를 힘차게 가르면서 대포알처럼 무서운 속도로 내달리는 것을 보면 어찌나 빠른지 간담이 서늘해지더라고 했다. 먼바다로 달려갔다 달려오는 흰 물꼬리의 궤적을 멀리 떨어진 조천 포구에서도 볼 수 있었다.

창세가 귀축의 모습을 실제로 본 것은 5월 보름께 어느 날이었다. 항공모함에서 날아온 구라망(그러먼) 전투기의 기습, 그것이 창세가 최초로 본 전쟁의 얼굴이었다. 그날 조천소학교 아이들은 아침에 운동장에 집합하여 제주도를 결코 침몰하지 않는 항공모함, 난공불락의 요

새로 만들어야 한다는 와타나베 교장의 훈화를 들은 다음 "귀축영미 격멸!"을 외치면서 루스벨트와 처칠에게 죽창질을 하고 나서, 전날 들녘에서 캐낸 여러장의 떼를 짊어지고 비행장 건설 현장인 진뜨르 들판을 향하여 행진했다.

5학년 급장 안창세가 학급 대열의 선두에서 '護國奉仕(호국봉사)'라고 먹물로 쓰인 누런 깃발을 들고 걸어간다. 지금 창세는 연극에서 분전하는 일본군 장교 역을 맡았던 황국 소년 아베 마코토다. 공사장은 걸어서 삼십분 거리에 있다. 아이들은 행진하면서 「군함행진곡」을 부른다. "마모루모 세메루모 쿠로가네노, 후카베루 시로조 다노미나루(방어도 공격도 강철과 같이, 떠 있는 성이여 믿음직하다)……" "힘차게! 더 힘차게!" 히틀러 콧수염의 기무라가 목검을 어깨에 걸고 연신 소리를 질러댄다. 학교 내에서는 조선말 사용이 철저히 금지되어 있어서 장난치다가 무심결에 조선말이 튀어나와도 그자에게 걸리면 "얍! 얍!" 하는 무서운 기합 소리와 함께 내려치는 목검에 머리통과 어깨를 사정없이 얻어맞아야 한다. "힘차게! 더 힘차게!" 하고 기무라가 소리를 질러대지만 아이들이 부르는 군가는 갈수록 뒤끝이 점점 처진다. 허기진 몸이 짊어진 뗏장에 눌려 목소리가 제대로 나오지 않는다. 대열의 후미에 5학년 담임선생 정두길이 다친 다리를 절뚝거리며 따라간다. 그는 며칠 전 비 새는 교실의 함석지붕을 보수하러 올라갔다가 미끄러지는 바람에 떨어져 다리를 다쳤다.

찔레꽃이 하얗게 피고 보리밭의 낟알이 굵어져 그 속의 즙액이 달콤해진 계절이다. 자리돔이 살찌고 알이 배어 맛있을 때이지만 강제공출과 비행장 공사에 휘몰린 촌민들에게는 마을 앞바다의 자리돔 밭에 테우(뗏목)를 띄울 겨를이 없다. 길 양쪽에 펼쳐진 보리밭이 누르스름하게 물들어간다. 보리밭 위를 나는 작은 벌레들을 쫓아 제비들이 가로세로로 엇갈려 난다. 검은 밭담 안에 가득 실린 보리가 해풍에 물결치면서 출렁거리다가, 바람이 거세지면 갑자기 허공으로 날아오를 듯이 급히 앞으로 치달린다. 보리 익는 구수한 냄새가 물큰물큰 바람에 실려오는데, 그 냄새는 충분히 먹지 못하는 창세에게는 지나친 것이어서 메스꺼움이 일어난다. 보리밭 밭담 위에 얼크러진 흰 찔레꽃 향기도 견딜 수 없이 독하여 어질증이 날 지경이다. 집집마다 점심을 굶고 있다. 굶주림 때문에 그 많던 찔레순이 식용으로 다 꺾여 남아나는 것이 없다. 심지어 아기 무덤인 애장터의 찔레순까지 다 꺾였다. 앞으로 열흘 후면 보리 추수가 있을 테지만 소출이 열가마니면 여섯가마니 이상을 공출로 빼앗겨야 한다. 젊은것들은 징병, 징용으로 다 끌려가고 늙은이만 남아 농사를 지으니 소출이 나올 턱이 있느냐고 마을 노인들은 한탄한다. "훠이훠이, 요놈의 새들아, 이내 피땀 먹지 마라!"

학교 아이들이 군가를 부르면서 일주도로를 가로질러 진뜨르 공사장에 도착한다. 진뜨르는 한달 전만 해도 보리밭이 이어진 넓은 들판이었는데, 그 보리를 깔아뭉개고 비행장을 만드는 중이다.

한라산 곧은 나무는 전신주로 다 나가고
보리깨나 거둘 밭은 비행장으로 다 나가고
말깨나 하는 놈은 감옥소로 다 나가고
아기깨나 낳을 년은 정신대로 다 나가고
힘깨나 쓸 사내놈은 강제노역에 다 나가니
도대체 이놈의 종노릇이 웬 말이냐

유행하던 노래 가사대로 대정면 모슬포의 알뜨르와 읍내의 정뜨르에 이어 조천면 진뜨르의 기름진 벌판이 비행장 부지로 들어가버렸다.

공사 현장에는 천명 가까운 노무자들이 넓은 땅 여기저기에 흩어져서 흙바람 속에서 활주로 작업을 하고 있다. 금빛 보리밭을 흔들며 달려온 해풍이 공사장에서는 볼썽사나운 흙먼지를 일으킨다. 현장 북쪽에 가로로 길게 뻗은 노무자 간이 숙소가 뿌연 흙먼지 속에서 그림자처럼 흐릿하다. 닭장처럼 나무판자를 얼기설기 갖다 붙인 허술한 가건물이다. 노무자들은 대개 웃통을 벗은 채 흙먼지 속에서 일하고 있는데, 주위의 흙과 얼른 구별이 되지 않아 마치 흙더미들이 꾸물거리는 것 같다. 작업복을 입은 사람들도 더러 있지만 그마저 흙과 땀에 절고 삭아서 찢어진 넝마가 되어 있다.

한쪽에서는 괭이와 곡괭이, 삽으로 언덕과 둔덕을 깎아 그 흙과 돌을 리어카와 가마니때기를 엮어 만든 들것, 그리고 '도라쿠'(트럭)라고 불리는 나무상자 차에 퍼담아 운반하고, 다른 한쪽에서는 훨씬 더 많은 인원이 흙바닥을 벌벌 기면서 '모리'라는 쇠뭉치로 땅을 다지고 있다. 손이 성한 데가 없고 등가죽이 벗겨지는 중노동이다. 점심때까지 기다려야 비처럼 흘린 땀으로 목마른 그들을 위해 한줄기 시원한 소낙비처럼 물허벅을 진 여자들 스무명이 나타날 것이다. 학교 아이들이 등에 진 뗏장을 쇠뭉치로 땅을 다지고 있는 곳에다 부려놓는다. 새로 떼를

심으면 거기에 물을 주기 위해 여자들의 물 운반 작업이 점심때부터 오후 늦게까지 계속될 것이다.

뗏장을 부려놓고서 아이들은 공사장의 서쪽 구역으로 간다. 가까운 곳에 스무명가량의 노무자들이 모여 도랑을 파고 도라쿠들을 밀고 있다. 창세는 거기서 어렵잖게 행필을 발견했다. 다른 사람과 함께 레일 위로 흙을 잔뜩 실은 도라쿠를 밀고 있는 그의 얼굴에 비지땀이 흘러내린다. 반갑다고 소리치고 싶지만 작업 감독 헌병이 무서워 엄두를 내지 못한다. 행필은 나이 열여섯살, 그 나이부터는 성인으로 간주되기 때문에 노무자로 징발되었다. 창세의 학급에는 행필처럼 나이가 많아 노무자로 징발된 동급생이 여러명 있다. 학부모 중에는 일본인, 일본글을 싫어해서 아이를 서당 공부만 시키다가 뒤늦게 학교에 보내는 이들이 있는데, 행필도 그래서 취학이 늦었다. 창세 또래 아이들의 작업 시간은 세시간 정도지만 노무자들은 온종일 노역에 시달려야 한다. 원당봉 아래 노무자의 집단 숙소가 이십여채 지어져 있는데, 행필도 거기에서 자고 먹는다.

행필은 창세와 둘도 없는 친구다. 창세는 행필이 세살 많은 동네 형이지만 동급생인지라 학교에서는 야, 자, 행필아, 강행필 하고 부른다. 그렇게 부르라고 행필이 허락

해주었다. 그러고는 덧붙였다. "창세야, 너, 학교에선 나한테 말을 내려도 상관없지만 동네에선 꼭 형이라고 해사 한다이!" 행필은 목덜미가 짧고 머리통이 떡 벌어진 어깨 안에 들어앉은 듯이 다부진 몸매여서 별명이 '왕돌'이고, 창세는 눈이 커서 '왕눈'이다. 볼락처럼 눈이 크다고 '볼락 눈'이라고도 한다. 창세네 식구는 어머니도 누나도 모두 볼락 눈이다.

행필은 지금 다른 청년 한명과 함께 배가 땅바닥에 붙도록 엎드려 죽을 둥 살 둥 도라쿠를 레일 위로 밀고 가는 중이다. 군 지적계에 있는 창세의 당숙도 측량기사로 차출되어 일하고 있는 것이 보인다. 레벨 측량기에 눈을 갖다대고 전방에서 폴대를 잡고 서 있는 조수에게 손을 흔들어댄다. 가까운 곳에 긴 칼을 차고 가죽장화를 신은 작업 감독 헌병이 버티고 서 있다. 날카로운 호루라기 소리가 나자 한 청년이 삽을 앞에총 하듯이 들고서 헌병 앞으로 헐레벌떡 달려와서는 기계적인 연속동작으로 그자의 발 앞에 납작 엎드려뻗쳐 한다. 헌병이 그 삽을 빼앗아 삽 머리로 청년의 엉덩이를 힘껏 내리친다. "고노야로(이 새끼)! 바카야로(바보 자식)!" 농땡이를 부린다고 걸핏하면 저렇게 매질이다. 행필의 말에 의하면 무서워서 작업 중에 오줌도 마음 놓고 못 눌 지경이란다. "오줌 누고 오줌 털 시간도 안 준단 말이주기. 난 곡괭이 자루로 볼기를 얻어맞아봤주. 거 되게 아픈 거데. 오줌 핑계 대고 빈둥거린다고 쫓아와서는 흙이 오줌 줄기에 얼마나 파였나 살펴보고 오줌 양이 적다고 패는 거라. 나쁜 새끼!"

아이들에게 괭이와 삽, 헌 가마니때기를 엮은 들것이 나눠진다. 곡괭이질 같은 막일을 하기에는 아직 어린지라 깔아놓은 흙을 괭이와 삽으로 평평하게 고르고 돌멩이를 나르는, 비교적 힘이 덜 드는 일을 맡는다.

그렇게 학교 아이들의 작업이 시작되고 또 한명의 노무자가 헌병 앞에 불려와 엉덩이를 맞는데, 돌연 사이렌 소리가 요란하게 터진다. 그 소리에 작업장 동쪽에서 일하던 사람들이 허리를 펴고 일어나 먼지를 일으키면서 우르르 서쪽으로 밀려온다. 바위를 깨는 발파 작업이 있나보다. 곧 폭약이 터질 테니 어서 대피하라는 것인가. 그게 아니다. 사이렌이 그치지 않고 계속 악을 쓰며 울어댄다. 그리고 다급하게 터지는 확성기 소리, "구슈(공습)! 구슈! 적기 출현! 적기 출현! 후세로(엎드려)! 후세로!" 과연 동쪽 멀리, 서우봉 상공에 두대의 전투기가 햇빛에 반짝이면서 날고 있다. 비행기들이 번갈아 사냥하는 매처럼 아래로 내리꽂혔다가 치솟는 것이 보이고, 총격 소리,

포격 소리가 잇따라 들려온다. 토치카 포대에서 고사포로 대응사격을 하는 모양이다.

그런데 전투기들이 갑자기 생각을 바꾼 듯 기수를 돌려 빠르게 이쪽을 향해 날아온다. 비행기의 은빛 몸체에 큰 별 하나가 그려져 있다. 말로만 듣던 귀축의 모습이다. "적기 출현! 적기 출현!" 번쩍이는 은빛 날개로 허공을 가르면서 빠르게 날아온다. 넓은 공사장 바닥에는 대피할 만한 곳이 없어 사람들이 사방으로 콩 튀듯 흩어져 달아난다. 공사장이 삽시에 텅 비어버린다. 도라쿠를 밀던 사람들이 급히 그 밑으로 기어든다. "야, 급장! 왕눈아! 여기야, 여기!" 다른 청년과 함께 도라쿠 밑에 들어가 엎드린 행필이 소리친다. 창세가 한 아이와 함께 죽어라고 달려가 뛰어든다. 공간이 비좁아 상체만 도라쿠 밑에 들어가고 두 다리는 밖으로 나왔다.

공사장 안팎으로 대피가 늦어진 사람들이 경황없이 아무 데나 뛰어들어 박힌다. 간이 숙소로, 천막 속으로, 파놓은 도랑 속으로, 리어카 밑으로, 공사장 밖의 바위 뒤, 풀숲 속으로 뛰어든다. 총알을 막는다고 삽으로 머리를 가린 사람도 있고, 돌덩이를 머리에 이거나, 가마니 엮은 들것을 뒤집어쓰거나, 매에 쫓긴 꿩처럼 엉덩이를 밖으로 내민 채 머리만 풀숲에 박고 있는 사람도 있다. 도랑에 틀어박힌 아이들이 삽으로 머리를 가린 채 웅크리고 앉아 덜덜 떨고 있다. 창세도 도라쿠 밑에 엎드린 채 덜덜 떤다. 옆의 아이가 무서워서 울음을 터뜨리자 행필이 눈을 부라리며 윽박지른다. "조용히 해, 얀마! 재수없게시리." 행필의 몸에서 시큼한 땀 냄새가 난다. 창세는 무서워 떨면서도 슬그머니 머리를 들어 곁눈질로 전투기들이 날아오는 쪽을 쳐다본다. 드디어 요란한 폭음을 일으키며 전투기들이 가까이 왔다. 그중 한대가 비스듬히 내리꽂히는데, 어찌나 낮게 날아오는지 땅에 닿을 것 같다. 타타타타타타, 기관총을 쏘아댄다. 검정 콩알처럼 보이는 작은 것들이 순식간에 커지면서 쏴아 하고 쏟아진다. 10여 미터 전방, 공사장 흙바닥에 두줄로 어머니가 미싱 바늘 박듯이 팍팍팍팍 꽂힌다. 벼락 치듯 잇따라 터지는 요란한 총소리에 창세는 정신이 아뜩해진다.

그런데 그날 공습은 다행히도 큰 피해를 주지 않았다. 전투기들은 그 작업 현장에는 별 관심이 없었던지 한대만 급강하하여 한차례 기총소사를 가하고는 서쪽 방향으로 사라졌다. 서너명의 부상자가 발생했으나 사망자는 없었고, 먼저 공격당한 서우봉의 동굴 작업장에서도 두명의 경상자만 생겼을 뿐 큰 사고는 없었다고 했다. 적기가 나타난 것이 마침 휴식시간이어서 노무자들은 와글와글 얕은 바닷물에 들어가 땀투성이 몸을 식히고 있다가 갑자기 공습을 당했는데, 동굴로 피할 시간이 없어 그 자리에서 오리떼처럼 자맥질로 물속으로 파고들었다. 큰 돌을 붙안고 물 바닥에 몸을 가라앉혀 전투기가 물러날 때까지 숨을 참았다는 것이다. "어유, 숨 참느라고 혼났주. 그런디 거참 신기하더라. 수면에 빗발치듯 총알이 팍팍 박히는디 말이여, 물속에선 총알이 맥을 못 춰. 1미터밖에 못 들어와, 하하하!"

스물아홉살 대장장이 박털보는 십수년 전 조천소학교 신년 하례식에서 일본 국가 제창을 거부한 사건으로 퇴학당하고 문상옥과 함께 어린 나이에 육개월간 감옥살이를 한 바 있었다. 그 때문에 둘 다 경찰의 요주의 인물이 되었다. 이후로 별세한 부친의 생업을 물려받아 대장장이 노릇을 한 지 십년 가까이 되지만, 지금처럼 힘든 적은 없었다. 쇠붙이란 쇠붙이는 몽땅 공출 대상이 되어 구경을 하기 어려웠다. 그래서 팔자에 없는 땜장이 노릇을 겸할 수밖에 없었다. 헌 양은그릇 쪼가리를 녹여 양은 냄비, 양은 주전자 따위를 땜질하는 일이었다.

그는 자기가 만든 호미, 낫, 식칼 등속을 말에 신고 멀리 읍내까지 가서 팔았는데, 돌아올 때는 깨진 무쇠솥이나 동강 난 낫 따위 고철을 사서 가져오곤 했다. 고철만 가져오는 것이 아니라 시국에 대한 소식과 소문도 수집해왔다. "식칼이나 낫, 호미 삽서" 하고 호객하고 다니면서 이런저런 소식을 주워담아 돌아와서는 대장간에 놀러 오는 또래 벗들이나 후배들에게 들려주었다. 그의 대장간은 마을 청년들이 자주 찾는 아지트가 되었다. 화물차 조수로 일하는 그의 동생 석호 역시 제주 일주도로를 돌면서 다른 동네 소식을 대장간에 물어다주었다. 그 무렵 제주 근해에 미군 잠수함이 출몰한다는 소문이 돌았는데, 그에 대한 그럴듯한 얘기 역시 박텁보의 입에서 나왔다.

그가 말하기를, 성산포에 사는 자기 친구의 매형이 화물선 선장인데, 한번은 제주 바다 한가운데에서 미군 잠수함을 만난 일이 있었다고 했다. 커다란 몸집의 괴물, 잠수함이 바로 옆에서 불쑥 물 밖으로 치솟아오를 때 얼마나 놀랐던지! 마침 그들 중에 군복 차림의 조선인 통역이 있어서 선장이 그에게 매달려 사정했고, 그게 통했던지 다행히 그들은 아무런 무력행사도 하지 않았다. 도리어 선장에게 잡은 물고기가 있으면 좀 달라고 했다나. 어선이 아니고 화물선이라 잡은 물고기가 없으니 그 대신 다른 식품을 드리겠다고 애걸하고 사흘 먹을 양곡과 채소, 돼지고기를 몽땅 털어줬단다. 그랬더니 웬걸, 값을 지불하겠다고 조선 돈과 일본 돈을 번갈아 꺼내 보이더라는 것이 아닌가. 목숨을 살려준 것만 해도 너무 고마워 손사래를 치면서 극구 거절했다고 했다. 배가 격침을 모면한 것은 전적으로 그 통역 덕분이었는데, 통역 자신이 말하기를, 이들은 일본인이 아니라 그들에게 핍박받는 불쌍한 조선인들이라고 하면서 총질을 하지 못하게 설득했다는 것이었다.

미군이 조선인에게는 온정적이더라는 그 이야기는 만약 한밤중 돌담 구멍에 눈을 대고 귀를 기울이면서 마을 동정을 살피는 조선인 순사 짝귀의 귀에 들어갔더라면 잡혀가서 피똥을 싸게 두들겨 맞고 일년 징역을 살기에 충분한 불온 유언비어였다. 일본이 전쟁 물자 부족으로 곧 패망하리라는 소문이 널려 퍼져 있었는데, 그것도 마찬가지로 입 밖에 냈다가 운 나쁘게 걸려들면 혹독하게 매를 맞고 징역까지 살아야 했다. 이제 마을에서는 뒷전에서라도 그런 말 하기를 꺼렸다. 마을의 선진 청년들 십수명 중에 반은 감옥에 가 있고 남은 이들도 요시찰 딱지가 붙어 옴짝달싹할 수 없는 처지였다. 다섯명만 모여도 집회 신고를 해야 했고 벗들끼리 어울려 노는 자리도 다섯명 이상 모이면 무허가 집회로 간주되어 처벌을 받았다.

총동원의 압박과 공포가 민간에 속속들이 침투하여 모든 사람의 가슴팍을 짓누르고 있었다. 등화관제가 발령되어 해 떨어지면 세상은 불빛 없는 깜깜한 암흑이었고, 밤바다에 점점이 빛나던 고깃배의 불빛도 사라졌다. 눈 캄캄, 귀 캄캄, 암흑의 세상이었다.

비가 와서 진뜨르 비행장에 작업이 없는 날이면 비석거리 장영발의 잡화 상점 '리베라 상회'나 연대(煙臺) 근처 박털보네 대장간에 젊은이들이 서너명씩 기어들었다. 마흔살의 장영발은 장발이 삼촌이라는 별명답게 머리칼이 까마귀 죽지처럼 길게 목덜미를 덮은 것이 과연 소문난 무정부주의자의 풍모였다. 국가를 부정한 죄목으로 다섯명의 수형 희생자를 낸 우리계 사건에서 그는 모진 매에 허리를 다쳐 걸을 때 왼쪽 다리를 절었다. 매만 맞고 다행히 투옥을 면한 것은 그의 일본인 아내 유리코가 읍내 경찰서에 어렵사리 연줄을 대어 애쓴 덕분이라고 했다.

그의 상점은 백지, 연필, 공책, 잉크, 색색의 물감 가루, 성냥, 램프, 운동화, 고무신, 유리 상자 안의 눈깔사탕, 엿 따위를 팔았다. 그중 많이 팔리는 것은 램프에 쓰이는 석유로, 양철 석유통 두개가 상점 출입문 가까이에 항상 비치되어 있었다. 물품을 진열한 좌대 안쪽에 작은 공간이 있어 좁은 대로 진지하게 이야기를 나눌 수 있는 마을 사람들의 사랑방이 되었다. 우리계 사건 이전에 한때는 무정부주의 관련 서적과 팸플릿을 모아놓은 문고가 있던 자리였다. 벽과 천장이 폐간된 『동아일보』 신문지로 도배된 그 공간에는 맨 흙 그대로인 바닥에 길쭉한 송판 탁자 하나와 그 양쪽으로 등받이 없는 걸상이 두개씩 놓여 있었다. 금주령이 내리기 전에는 가끔 즐거운 술자리가 벌어졌지만 지금은 우울한 공간이 되어버렸다. 폐간되어 벽지가 되어버린 신문지에는 사용 금지된 한글이 인쇄되어 있었다. 가게 주인 장영발에게 놀러 온 사람들은 그 벽지에서 한글을 보고 옛 기사를 읽으면서 담배 연기와 함께 한숨을 쏟아내곤 했다. 중요한 기사들에는 때 묻지 않게 셀로판지를 붙여놓았는데, 그중에는 십삼년 전의 해녀 항쟁에 대한 기사도 있었다. 장영발이 그 지역 주재기자와 함께 취재하여 쓴 기사였다.

24일 아침 제주도 구좌면 세화리 해녀 500여명이 세화리 순사주재소를 습격하야 주재소 건물을 파괴하고, 경관과 충돌되어 경관에 부상자 1명이 나고, 순사의 모자를 빼앗고 제복을 찢고, 해녀 측에도 부상자가 생기는 등 사태가 험악하여지므로 제주 각처 경관을 총소집하고, 다시 전라남도에 급보하야 전남경찰부로부터 경부보 이하 32명의 경관을 24일 밤 11시 목포발 경비선 금강환으로 제주에 급파했다.

사건의 원인은 지난 12일 이래 구좌면, 정의면 해녀 천여명이 해녀조합에 대한 반항으로 시위적 행동을 하며 신임 도사(島司)의 시찰을 기화로 그를 포위하고 폭행을 한 이래 지금까지 불온한 상태에 있어 경찰이 그날 즉 24일 아침에 주모자로 인정되는 해녀 20여명을 검거하자 해녀들이 이에 격분하야 피검자를 빼앗으려고 폭동을 일으킨 것이라고 한다. 자세한 것은 아직 미상하다.

고문을 받아 영혼을 다친 김성주도 리베라 상회에 가끔 나타났지만 가게 안으로 들어와 사람들 사이에 끼지는 않았다. 들어오라고 해도 막무가내로 밖에 있기를 고집했고, 알아들을 수 없는 말을 빠르게 중얼거리면서 혼자서 가게 앞을 왔다 갔다 했다. 장영발이 몇번 다가가서 무슨 말인지 들어봤지만 말이 너무 빨라 알아들을 수가 없었다. 하나의 긴 문장을 계속 되풀이하는 것 같았는데, 어찌나 빠르게 말하는지 뒤의 단어들이 잇따라 달려들어 앞의 단어를 잡아먹는 형국이었다. 알아들을 수 있는 것은 지식인, 국가, 악덕, 소멸 등 몇개 단어에 불과했다. 그렇지만 그 몇개 단어를 통해서 그 문장이 무정부주의에 입각한 반일 격문이란 것을 짐작할 수 있었다. 불온한 내용을 적들이 알아듣지 못하게 말을 빨리했던 것이다.

스물세살 동갑내기 단짝 친구인 정두길과 부대림은 이른 아침에 연대 밑 바닷가에서 만나 바닷바람을 쐬곤 했다. 식민지 청년의 울울한 가슴을 달래줄 수 있는 것은 바다밖에 없다는 듯이 그들은 거의 매일 일출을 보러 새벽 바다로 갔다. 어둠에서 깨어나 붉은 노을을 날개처럼 펼치면서 솟아오르는 태양은 언제 보아도 감동적이었다. 거침없이 쑥쑥 솟는 태양을 보고 있으면 이 고난의 세월도 언젠가는 끝나고 모든 것이 잘될 것 같은 생각이 들었다. 시를 좋아하는 두길은 그런 마음을 잘 나타낸 시를 어떤 번역시집에서 발견하여 읊어주었다. 영국 시인 하우스먼의 시였다.

멀리 서쪽으로 어둠의 수레바퀴가 굴러가면
동쪽에는 하늘 높이 아침의 찬란한 깃발이 걸린다.
유령과 공포, 악몽과 그 새끼들
아침의 황금빛 물살 속에 침몰한다.

연대 근처 박털보의 대장간은 마을 외곽이라 인가가 없는 곳이었지만, 경찰의 의심을 받을까봐 모이는 사람의 수를 줄여 주인을 포함하여 언제나 네명 이하로 했다. 그들은 모여 앉아 꺼질 듯이 한숨을 쉬면서 소리 죽여 강제노동에 대한 울분과 자탄의 노래를 불렀고, 박털보는 노랫소리가 밖에서 들리지 않도록 달군 쇠를 요란하게 두드렸다.

죽 한그릇 먹이면서 황소처럼 일하라고 삽으로 패기 일쑤로구나
오냐오냐, 산이라면 넘어주고 물이라면 건너주마
오냐오냐, 얼라면 얼어주고 녹으라면 녹아주마
인생의 가는 길은 봄철이냐 겨울이냐
속이는 대로 속아보자, 이럭저럭 살아보자

화덕의 불빛을 받아 붉게 물든 얼굴들…… 붉게 달궈

진 쇠토막을 모루에 올려 집게로 이리저리 뒤집으면서 따아앙 딱, 따아앙 딱, 장도리로 때리면 쇳가루 불똥이 현란하게 사방으로 튀었다. 박털보의 작업복에는 불똥이 튀어 구멍이 숭숭 뚫려 있었다. 나중에는 청년들의 신세타령에 행필도 신참으로 끼어들었다.

4월 중순경, 박털보가 조선인에게 온정적이라고 말한 그 미군들이 제주와 오사카를 왕래하는 연락선 군대환을 공격해 침몰시켰다. 배와 함께 수많은 승객이 수장되었는데, 대부분이 오사카를 연일 강타하는 대규모 공습을 피해 귀향하던 제주인들이라고 했다. 사망자 수가 사백 혹은 오백이라고도 했다. 전쟁 중이라 참사 소식은 한참 뒤에야 전해졌고, 사망자들의 신원 파악은 거의 불가능했다. 이 소식도 박털보의 대장간에서 몰래 흘러나왔는데, 군대환을 격침시킨 것은 미군 잠수함이라고 했다.

군대환은 지난 십여년간 현해탄을 오가며 제주인 노동자들을 오사카의 노동판에 실어나르던 한 많은 연락선이었다. 저마다 자기 농토를 갖고 착실히 삶을 꾸려가던 섬 백성들이 농토가 잠식당하고 수확의 육할 이상을 일제에 빼앗기게 되자 별수 없이 그 배에 몸을 싣고 일본 땅에 들어가 품을 파는 고달픈 신세가 되어버렸던 것이다. 그들은 밑바닥 노동자가 되어 마구잡이로 위험한 일에 내몰렸기 때문에 사상자가 자주 발생했다. 그들이 부르는 처량한 노래 또한 군대환을 타고 고향에 전해졌다.

무정한 군대환은 무사(왜) 날 여기 데려완 이추룩(이렇게) 고생만 시키는고

청천 하늘엔 잔별도 많건만 이내 몸엔 그랑그랑 고생만 많고나

이 몸은 이추룩 불쌍하게 일본 어느 구석에 담겨지고

귀신은 있는 건가 없는 건가, 날 살리러 올 건가 말 건가

나에게 날개가 있다면 고향에 날아갈 텐데, 날개 없는 것이 원수로다

그렇게 수만 제주인의 애환을 안고 넓은 바다를 떠다니던 군대환이 마침내 미군의 공격을 받아 침몰하고 만 것이었다, 오백여명의 생목숨과 함께.

조천포에 군대환이 드는 날이면 인근의 여러 마을 사람들이 모여들어 늘 시끌벅적했다. 비록 고달픈 인생을 나르는 배였지만, 일본에 가봐야 천대받는 노동밖에 더 없지만, 그리고 한때 비싼 뱃삯 때문에 부르주아의 배라

고 배척운동이 크게 벌어졌던 배이지만, 또한 창세 또래의 소년들에게는 바다 건너의 세상을 꿈꾸게 하는 선망의 대상이었다. 군대환을 물리치고자 일어나 한때 기세등등했던 복목환의 자주통항운동은 창세가 태어나기 전의 일이어서, 아쉽지만 군대환의 모습에서 복목환의 당당한 모습을 짐작해볼 수밖에 없었다.

해촌은 물론 중산간 마을 사람들도 많이 일본을 드나들어, 여관을 겸하는 천일식당은 배가 드는 날이면 늘 만원이었다. 선창가에는 타고 내리는 선객과 마중하고 전송하는 사람뿐만 아니라 구경꾼도 많아 잔칫날처럼 흥청거리곤 했다. 포구 밖 바다에 잠시 정박한 군대환에 거룻배 네댓척이 오고 가며 분주히 승객과 화물을 실어날랐다. 낡은 트렁크와 고리짝, 륙색, 보따리와 이불짐 들이었다. 떠나는 청년들의 짐 속에는 무명천에 곱게 싼 고향 땅의 흙 한줌도 들어 있었다. 그들은 항해 중에 그 흙냄새를 맡으면서 심한 뱃멀미를 견뎌냈고, 낯설고 서러운 타국 땅 노동판에 떨어져 애옥살이를 할 때도 그 한줌의 흙은 버리지 않고 부적처럼 방 한구석 짐짝 속에 보관했다. 떠난 자들에게는 언젠가 반드시 돌아가야 할 곳, 그 땅은 그들 자신이었고 그들은 그 땅의 일부, 한줌 흙이었다.

뜨거운 감정으로 흥청거리는 선창가에는 돌아온 자들을 맞이하는 기쁨의 환성과 떠나는 자를 위한 아쉬운 이별의 눈물, 나부끼는 흰 손수건들이 있었다. 떠나는 배에서 놓친 흰 손수건이 바람에 날려 푸른 바다에 떨어지는 것도 창세는 보았다. "도착하거들랑 즉시 전보 치라이, 잘 도착했댄." 배에서 금방 내린 선객들이 멀미 기운으로 발을 헛디디며 허청허청 걷는 모습도 볼만한 구경거리였다.

재회의 기쁨과 이별의 아쉬움이 뒤섞인 소란 한편에서는 일본인 순사 모리와 조선인 순사 짝귀가 나란히 서서 승객 명부를 들고 일일이 대조했다. 일본인 상인들은 무사통과였지만 조선인에게는 검문이 까다로웠다. 좀 똑똑해 보이는 청년들의 경우에는 불온 문서나 책자를 찾는다고 사정없이 짐을 까발렸다. 모리는 대낮에도 얼굴이 벌겋게 취해 있곤 했는데, 배를 타기 위한 도항증명서를 떼려면 됫병 소주에 닭이나 돼지 뒷다리 하나쯤은 뇌물로 바치지 않으면 안 되었다.

떠들썩한 분위기 속에서 때로는 슬픈 곡성이 터졌다. 일본 노동판에서 일하다가 병들어 죽거나 사고나 과로로 죽은 젊은이들의 슬픈 귀향 때문이었다. 시신을 화장해 유골 상자로 운반하면 편할 텐데, 냄새나고 기분 나쁜 것을 굳이 배에 싣는다 하여 노동자의 한달 임금과 맞먹을 만큼 높은 운임을 매겼음에도 화장은 이 섬고장의 풍습이 아니었다. 그래서 죽은 그들의 귀향은 더욱 슬펐다. “아무개 모월 모일 군대환편 환고향” 전보를 받고 빈 상여를 메고 마중 나온 고인의 가족들이 통곡하는 장면을 창세도 몇번 보았다. 죽어서 고향 땅에 묻히러 돌아온 청년의 시신이 육지에 닿으면 부산스럽던 부두 분위기가 대번에 숙연해졌다. 이불보로 잘 싸서 임시로 염습한 시신은 가마니를 엮은 들것에 단단히 묶인 채 운반되었는데, 그때까지 낮은 목소리로 아이고아이고 곡을 하면서도 설마설마 끝까지 마음 졸이던 가족들은 와르르 달려들어 이불보를 벗겨 얼굴을 확인하고는 천둥처럼 통곡을 터뜨리던 것이다.

그렇게 고통과 설움을 실어나르는 배였지만, 군대환은 또한 어린 창세 또래들에게는 꿈을 품게 하는 존재였다. 그 배는 제주섬을 한바퀴 돌아 삼양리 앞바다에서부터 뱃고동을 울려 자신의 출현을 알렸는데, 그 소리가 들려오면 창세는 다른 아이들과 함께 “배 들었다! 배 들었져!” 하고 외치면서 무조건 선창가로 내달렸다. 뿌앙뿌앙 울려퍼지는 뱃고동 소리가 조용한 마을을 흔들면 가슴이 들떠올라 집에 머물러 있기가 불가능했다. 진뜨르 비행장 건설 현장에 어마어마한 비행기 폭음과 함께 벼락같이 터지는 기관총 소리가 있기 전에는 조용하기만 하던 마을에서 그 뱃고동만큼 큰 소리는 없었다. 배가 조천포 앞바다에 다가오면 선객과 화물을 실어나르는 거룻배들이 그쪽으로 부산하게 움직였다. 아등바등 힘을 쓰며 노를 저어 오가는 조그만 거룻배들에 비해서 군대환의 위용은 대단했다. 미끈하게 생긴 유선형의 거대한 선체와 붉은 테를 멋지게 두른 굵은 굴뚝, 그 화통에서 뭉클뭉클 엄청나게 토해져나오는 시커먼 연기, 높다란 마스트 꼭지에서 뱃머리까지 비스듬히 잡아당겨진 벌이줄에 울긋불긋 나부끼는 깃발들, 뱃전을 따라 둘린 흰색의 난간, 배 옆구리에 뚫린 둥그런 선창들, 그 모든 것이 마을 소년들의 마음을 사로잡았다. 그 배는 때때로 밤중에 나타나기도 했는데, 화통에서 뿜어져나온 불티가 불비가 되어 화려하게 바다로 쏟아져 내리는 것도, 조금 열린 보일러실 문틈으로 보이는 활활 타는 벌건 불도 볼만한 광경이었다. 조천포에서 승객들을 내리고 태운 군대환은 성산포를 향해 출발했는데, 그때 배 꽁무니의 스크루가 일으키는 흰 물거품의 거대한 항적은 또 얼마나 근사했던가! 배가 그렇게 한바탕 떠들썩하게 만들다가 떠나버리면 포구는 텅 비고 마을은 다시 조용해졌다. 그 적막과 공허는 옛날부터 있어온 것이지만 그 배가 생기고 나서는 마을 소년들에게 견딜 수 없는 것이 되어버렸다. 그들은 수평선을 뚫고 먼 세상으로 나가고 싶어 했다. 창세도 아버지처럼 50톤급 무역선의 선장이 되어 바다 밖 세상으로 나가는 것이 소원이었다. 아버지가 하던 말 무역을 하고 싶었다.

전쟁이 악화되기 전이었는데, 한번은 정박 중인 군대환에서 생선과 채소 같은 부식품을 사기 위해 선원 둘이 거룻배를 타고 포구로 들어온 적이 있었다. 둘 다 제주 출신이었고 그중 한명은 창세보다 서너살 위밖에 안 되어 보이는 어린 견습 선원이었다. 그 소년은 깔끔한 감색 세일러복에 사냥모를 비뚜름하게 눌러쓴 차림이었는데, 놀랍게도 궐련을 날렵하게 꼬나물고 있었다. 그 모습이 얼마나 멋있고 부러웠던지! 그 건방진 모습 속에 그가 누비고 다닌 넓은 바다와 화려한 불빛의 항구가 들어 있는 것 같았다. 선망의 눈빛으로 바라보는 창세들에게 그 소년은 담배를 비딱하게 문 채 퉁명스레 내뱉었다. "뭘 봐? 동물원 원숭이 보냐? 촌놈들!" 그후로 창세는 가끔 무심중에 그 말을 혼자 중얼거리는 자신을 발견하고 흠칫 놀라곤 했다. 그 군대환 소년은 이제 어떻게 되었을까? 십중팔구 배와 함께 바다 밑으로 가라앉았으리라.

군대환의 침몰로 오사카 직항 노선이 끊겨버린 탓에 침몰 소식만이 아니라 오사카 대공습 상황도 한참 뒤에나 도내에 전해졌다. 군대환뿐 아니라 민간 화물선들도 잠수함의 공격을 받아 침몰하고 있었지만 정보 부재의 상황이라 알 도리가 없었다. 그래서 식구들 중에 누군가 일본에 공장 노동자로 가 있는 집에서는 혹시나 사망 통지가 날아올까 늘 전전긍긍이었고, 징병이나 징용으로 이역만리에 끌려간 식구가 있는 집에서도 걱정으로 날을 지새웠다. 죽었는지 살았는지, 최근에는 편지까지 끊겨 감감무소식이었다.

미군 상륙이 임박했다는 소문이 돌았다. 오키나와는 함락 일보 직전이고, 이번에는 제주도가 일군과 미군의 결전장이 될 거라고들 했다. 와타나베 교장의 훈시는 더욱 비장해졌다. 산지항이나 한림항처럼 중요 군사시설이 있어 공습 목표가 되기 쉬운 곳의 주민들은 극심한 불안에 떨어야 했다. 방공연습을 한다고 연북정에서 자주 사이렌이 울고 야간에는 등화관제로 초저녁부터 깜깜한 암흑이었다. 읍내 사람들은 안마당 구석에 방공호를 파놓거나 그것도 안심이 안 되어 자손을 보전한다고 아이들을 중산간 마을로 피난 보냈고, 아예 연락선을 태워 목포나 광주의 친척 집에 보내기도 했다.

정세가 그 지경이 되었는데도 일본이 싸움에 지고 있다는 말을 입 밖에 내면 유언비어 유포죄로 걸려들었다. 그런 죄목으로 체포되는 사람들이 날이 갈수록 많아졌다. 행필은 박털보의 대장간에서 들은 그러한 소문들을 창세에게 몰래 전해주었다. "농업학교 변소에서 불온 낙서가 발견됐댄! 변소 한칸에는 '일본 패망 만세!' 다른 칸에는 '조선 독립 만세!'라고 먹으로 쓰여 있었댄!"

드디어 전쟁의 파도가 제주도까지 밀어닥쳤다. 제공권과 제해권은 이미 미군에 넘어간 듯했다. 5월 7일에는 제주와 목포를 왕래하는 정기 연락선 황화환(晃和丸) 격침사건이 발생하여 제주인 오백여명의 목숨이 비명에 갔다. 전란을 피해 본토로 가던 사람들로, 그중에는 아이들도 많았다. 아이들만이라도 살려야겠다고 다른 사람 편에 아이를 맡긴 부모가 적지 않았던 것이다. 사망자 수가 지난번의 군대환 사고와 비슷했다. 그때는 일본 오사카에서 고향으로 피란 오던 이들이더니, 이번에는 제주에서 조선 본토로 피란 가던 이들이었다. 그 피바다의 현장에서 아주 소수의 사람만이 지나가던 어선에 구조되었는데, 생존자 중에 연대 동네에 사는 사내가 있어 그때의 참혹한 상황이 마을에 전해졌다.

세대의 미군기 편대가 나타난 것은 추자도 근처에서였다. 설마 민간인들이 탄 배를 때릴까 했건만, 여러 여자가 흰 치마를 벗어 휘둘러 보였건만, 미군기들은 막무가내로 덤벼들었다. 폭탄 두개가 빗맞아 수중 폭발로 용오름처럼 엄청난 물기둥을 일으키더니, 세번째 날아온 폭탄이 배 옆구리에 명중하고 말았다. 배는 그 폭탄 한방에 완전히 작살이 나 두동강이 되고 말더라고 했다. 붉은 화염에 휩싸인 배가 한쪽으로 기울어 침몰하면서 선상의 수많은 사람들이 바다로 쏟아졌다. 그대로 두어도 익사할 판에 미 전투기들은 다시 돌아와 물 위에서 허우적거리는 사람들을 향해 마구 기관총을 퍼부었다. 삽시에 수백명의 시체가 물 위에 뜨고 붉은 핏물이 질펀했다. 피바다였다. 그 위로 불이 번졌다. 탱크에서 유출된 기름에 불이 붙었던 것이다. 용케 총알을 피했더라도 활활 타는 그 기름불을 모면하기는 어려웠다.

수많은 사람이 단말마의 비명을 지르며 순식간에 죽어갔다. 주황색 기름불과 붉은 핏물이 넓게 번진 물 위에 시체들이 널려 흔들렸고, 수중 폭발로 뿌리 뽑힌 갈색의 해초 더미와 폭사한 물고기떼가 흰 배를 드러낸 채 떠 있었다. 겨우 살아 있는 이들이 시체들과 해초 더미와 죽은 물고기떼와 뒤섞인 채 핏물 속에서 헤엄치면서 애타게 구조를 기다렸으나, 구조선이 나타날 때까지 견딜 수 있는 사람은 드물었다. 용케도 목숨을 구한 연대 동네 사내는 말했다. "아이고, 나가 물에 빠져 허우적거리다가 그 핏물을 두번이나 들이켰주게. 아이고, 끔찍! 옷도 그 피로 벌겋게 물들고…… 아이들이 많이 죽언. 허어, 그렇게들 죽었주. 수중고혼이주. 물고기 입으로 간 거라, 죽으면 땅으로 가야 하는데."

군대환의 경우와 마찬가지로 그 참사 소식 역시 한참 뒤에야 전해졌다. 그 두건의 사고로 조천 마을에서도 십수명이 사망했다.

조만간에 제주섬 전체가 불바다가 되고 제주도민은 남녀노소를 막론하고 일본군의 총알받이가 되리라는 소문이 실감으로 다가온 것은 군대환과 황화환 사건과 비슷한 참상이 마침내 제주섬 본토에서 벌어지면서였다. 황화환 참사에 이어 읍내 산지항과 서쪽에 있는 한림항이 미군의 폭격으로 불바다가 되었던 것이다.

5월 13일, 한림항의 외항인 비양도 앞바다에서 미군 잠수함의 공격으로 병력 수송선을 포함한 일본 군함 다섯척이 침몰하고 일본군 팔백명이 몰사했다. 그 대다수는 갑판에 번진 화염 때문에 탈출하지 못하고 선실에 갇힌 채 죽음을 맞았다.

같은 날 읍내 산지항에 위치한 주정 공장과 탄약고도 미군 전투기에 의해 폭격당했고, 해군 징병자 예순명을 태우고 산지항을 막 출발한 수송선 역시 기총소사를 받아 두명이 사망했다. 상공에서는 공중전이 벌어져 일본군 제로센 전투기 넉대가 미군 머스탱 전투기에 의해 격추되었고, 네이팜탄 공격으로 삼성혈과 서문통 근처 민가들이 불길에 휩싸였으며, 조밭에서 김매던 아낙네들마저 공격당하여 사상자가 발생했다. 사흘간 계속 폭격당한 항구는 폭격이 끝난 후에도 대엿새 동안을 엄청난 화염에 휩싸인 채 밤낮으로 폭발음을 터뜨려 읍내 사람들을 공포에 떨게 했다.

한림항은 며칠 후에 다시 공격을 받았는데, 이번에는 폭격기에 의한 공격이었다. 군기고의 탄약과 폭탄이 폭발하면서 인근 주민 서른명이 희생되고 사백호에 가까운 민가가 파손되었다. 한림항도 산지항과 마찬가지로 폭격 후에도 여러날 동안 화염에 휩싸였다. 단속적으로 터지는 무서운 굉음과 함께 드럼통들이 천길 만길 튀어 오르고, 화광충천의 불기둥과 흰 물기둥이 하늘 높이 치솟았다.

그것은 섬 주민들로서는 난생처음 겪는 전쟁의 공포였다. 제주섬이 그와 비슷한 상황을 겪은 바 있다면 아마도 머나먼 옛날의 화산 폭발이었으리라. 전쟁이 낳은 그 엄청난 화염과 폭음, 하늘을 가린 검은 연기는 화산 폭발의 그것을 정확히 모방하고 있었다. 한낮을 암흑으로 만들어버린 시꺼먼 연기 장막 속에서 연속적으로 터지는 폭음과 화염이 똑같은 모습을 연출해냈다. 침몰하는 군함들에서 치솟는 불기둥, 갑판과 바닷물 위에 질펀하게 번진 기름불…… 주민들은 먼 옛날, 고려 목종 때 조상들이 겪었다는 전설 속의 재앙불과 해일을 떠올렸을 것이다. 바로 그 바다에서 수중 화산 폭발로 비양도가 솟아오를 때, 용암 불기둥들이 허공 높이 치솟고 검은 연기와 화산재가 태양을 지워 천지간을 암흑으로 만들어버리고, 검은 하늘을 쪼개는 뇌성벽력이 잇따라 터지는 중에 수십 미터 파고의 해일이 엄청난 양의 모래를 쓸어안고 치솟아 해변 마을을 뒤덮어버렸다고 하지 않았던가! 그러나 화산 폭발이라는 자연재해보다 인간이 만들어낸 전재(戰災)가 더 참혹하고 무서웠다.

불타는 산지항 주정 공장의 화염은 조천포에서도 볼 수 있었다. 창세는 언젠가 읍내에 놀러 갔다가 그 주정 공장에서 짙게 풍기는 들큼한 발효 고구마 냄새를 맡은 적이 있는데, 전투기용 대체 연료로 주정을 제조하던 그 공장이 미군의 폭격으로 박살이 나고 만 것이었다. 산지항은 삼십리쯤 떨어져 있었지만 낮에도 검은 연기가 구름처럼 떠 있는 것을 볼 수 있었고, 밤에는 바다와 구름에 넓게 번진 붉은 불빛을 볼 수 있었다. 불은 거의 닷새 동안 계속되어 창세는 밤마다 다른 아이들과 함께 그 불을 보기 위해 포구로 나가 있었다. 더 잘 보기 위해 앞바다에 배를 타고 나가서 구경하는 사람들도 있었다. 마을 사람들은 그 전화(戰火)의 불똥이 조천포에까지 튈까 두려워했다. 포구에 군수물자를 나르는 화물선이 드나들고 바로 옆 마을 함덕리에는 어뢰정 진지와 함께 일본 해군 일개 대대 병력이 주둔하고 있었던 것이다.

그해 여름은 유난히 더웠다. 6월 초 보리 베기 철이 왔다. 그야말로 죽은 송장까지도, 부엌의 부지깽이까지도 일을 돕겠다고 꿈지럭거려야 할 정도로 일손이 바쁠 때였다. 보리가 익어 쓰러지기 전에 수확해야 하므로 진뜨르 노역은 잠시 중단되었다. 그런데 그것이 일시 중단이 아니라 완전 중단이었다. 무슨 까닭인지는 알 수 없었다. 떼까지 입히다가 중단된 활주로 공사는 비행기 한대 앉아보지 못한 채 헛수고로 끝나고 말았다. 그렇다고 노역이 면제된 것은 아니어서, 거기에서 일하던 청년들은 농번기를 맞아 잠시 귀가했을 뿐 보리걷이가 끝나고 이어서 조 파종이 끝나면 한라산 기슭의 진지 동굴 현장으로 옮겨 일하게 되어 있었다.

일요일 오후는 창세에게 아주 귀한 시간이었다. 일요일에는 오전에만 들녘에 나가 송진 채취 일을 하고 정오 이후에는 집에 돌아올 수 있었는데, 그 오후 시간이 주는 조그만 행복, 창세에게 그것은 바다였다. 바다에는 고픈 배를 다소라도 달래줄 물고기와 소라, 게, 보말 들이 있었고, 짙푸른 바다와 작열하는 태양, 시원한 물속과 뜨거운 햇볕 속에서 느끼는 벗은 살과 뼈의 행복이 있었다.

어느 일요일 오후, 모처럼 찾아온 휴식의 시간. 모처럼 바람이 없어 주위는 고요하다. 바람이 많은 고장이라 잠시라도 바람이 자면 주위의 정적이 낯설게 느껴진다. 정적 속에서 타타타타 어머니의 미싱 바늘 박는 소리가 도드라지고, 멀리 떠났던 파도 소리도 다시 들려오고, 바다 냄새도 짙게 맡아진다. 정적 속에서는 사람 부르는 소리 또한 멀리 가고 크게 들린다. 햇빛이 짜랑짜랑한 한낮, 골목길을 걸어오면서 어깨가 넓고 몸통이 굵어 '왕돌'이 별명인 행필이 창세를 소리쳐 부른다. "야, 눈 큰 볼락, 왕눈아, 바당에 고기 쏘러 가자!"

세 집 건너 이웃에 사는 두 소년의 집은 물가의 용암 암반 위에 터를 잡고 있는데 생긴 모양도 비슷하여, 둘 다 강풍에 이엉이 날아가지 못하게 헌 멸치 그물을 씌웠고 돌담 울타리가 추녀 끝에 닿을 만큼 높아서 마치 커다란 모자를 쓴 형상이다. 밀물이 올라와 닿는 돌담 아랫부분에는 따개비, 굴딱지 같은 것들이 다닥다닥 붙어 있고 물이 닿지 않는 윗부분은 푸른 담쟁이로 덮여 있다. 돌담 위에는 바닷물을 퍼올리는 두레박이 걸려 있다. 수시로 바닷물을 퍼올려 뿌리기 때문에 마당은 딴딴한 소금땅이 되어 비가 와도 질척거리지 않는다. 바닷물이 그렇게 바로 집 앞에 와 있지만, 그것은 파도치는 진짜 바다가 아니다. 집터가 되는 용암 암반이 물밑으로 멀리까지 질펀하게 깔려 있어 수심이 얕은데다가 용암이 북쪽 수면 위로 삐죽삐죽 솟아올라 거친 파도를 막아주기 때문에 그 안쪽 바닷물은 늘 호수처럼 잔잔하다.

창세는 행필과 함께 오랫동안 땀에 전 몸을 물에 담그러 바다로 간다. 특히 행필은 거의 한달간 진뜨르 비행장 건설 노역에 시달리다가 돌아와서 곧바로 보리 수확에 바빴던 터라, 한여름의 더위 속에서 겨드랑이가 짓무르고 오금에는 땀띠가 났다. 부친이 고질인 위병이 심해진 탓에 더 많은 일을 해야 했던 것이다.

작살을 들고서 두 소년은 집 앞의 고샅길에서 만난다. 둘 다 허름한 검정 반바지에 러닝셔츠 차림으로 까까머리에 색 바랜 검정 교모를 썼다. 학교 아이들은 학교 다니는 것이 자랑인지라 학교 밖에서도 늘 교복을 입고 교모를 쓰고 다닌다. 일할 때도 바지만 갈옷으로 갈아입고 교복 상의에 교모 차림 그대로다.

행필의 작살은 새로 만든 것인데 잃어버린 먼저 것보다 더 길다. 면사무소에서 훔쳐낸 쇠막대로 만들었다. 면사무소의 유리 창문은 여닫을 때 도르래 바퀴가 쇠막대 레일 위를 구르도록 되어 있는데, 행필이 밤중에 몰래 침입하여 그 쇠막대를 떼어냈던 것이다. 창세가 같이 가서 뒤에서 망을 보았다. 보기 싫은 면서기들을 그런 식으로 골탕 먹인 것이 창세는 여간 짜릿하지 않았다.

두 소년은 반갑다고 서로 어깨를 맞부딪치며 즐겁게 깔깔대면서 장난삼아 노인들이 하는 식으로 인사를 주고받는다.

"왕눈아, 그동안 네 몸 위아래 두루 별 탈 없었더냐?"

창세는 얼른 함덕리 송장의 어른의 인사법을 떠올린다.

"에헴, 이 몸은 이렇게 강녕하시다. 왕돌이, 그대는 몸성히 잘 있었는가?"

깔깔대다가 행필이 눈을 똥그랗게 뜬다.

"어, 왕눈이 너, 맨발이네?"

창세가 먼지 뿌옇게 앉은 맨발을 들어 제기 차는 시늉을 해 보인다.

"뭐 어때? 맨발이 시원핸 좋주."

"짜식, 운동화 되게 아끼네."

창세는 앞 끝이 헐어 터진 구멍으로 엄지발가락 끝이 나오는 제 운동화를 떠올린다. 그 운동화는 작년에 누이가 백령도에 물질 갔다 돌아올 때 여름 교복 한벌과 함께 사다준 것이다. 조심조심 아껴서 신었는데, 그사이에 발이 자라서 엄지발가락 끝이 운동화 앞부리를 뚫어버렸다.

"아껴 신어사주, 학교 갈 때나…… 뭐 어때? 여름엔 맨발로 댕기는 아이들 많은디."

"집에 있는 내 운동화 주카? 난 이거 신으면 되니깐" 하면서 행필이 자기 신발을 들어 보인다. 진뜨르 비행장 노무자들에게 배급된 '지카타비'라는 작업화다.

"뭐, 괜찮아. 누이가 곧 사준댄 했어."

"하지만 우리 학급 급장이 맨발로 댕기면 안 되주."

"학교 갈 땐 신을 테니깐 걱정 마라!"

"아따, 왕눈이 요 아이가 파르르 성질내네. 성이 말하면 들어사주."

"난 남의 신발 얻어 신는 건 싫어. 누이가 곧 사준다고 했어."

"짜식이 공짜는 되게 싫어하네. 그럼 좋아. 그냥 주는 게 아니라 그때까지 빌려주는 걸로 하자. 이따 저녁에 내 운동화 갖다줄 테니, 내일부턴 그걸 신어사 된다이."

"내 참, 맘대로 해, 갖다주든 말든!"

두 소년은 다시 어깨를 맞부딪치면서 깔깔 웃으며 포구 밖의 연대 아래 큰 바다를 만나러 간다, 꽁무니에 무명 수건을 차고 손에는 고기잡이 작살을 들고서. 팔 없는 러닝셔츠는 진뜨르 노역장의 땀과 흙먼지로 절어서 빨아 입었는데도 누렇다. 얼굴이 검게 그을었고, 늘 머리에 쓰고 다니는 학생모도 본디 검정색이던 것이 흐릿한 잿빛으로 바래었다.

행필이 호주머니에서 노란 비파 열매 세개를 꺼내 창세에게 주고는 자기도 먹는다. 제 집 뒤뜰의 비파나무에서 딴 것이다. 새콤달콤한 과즙이 마른 입안을 흥건하게 적신다.

두 소년은 지난 3월에 결의형제를 하고 읍내에 가서 관덕정을 배경으로 기념사진을 찍었다. 관덕정 앞에서 카메라를 들고 얼쩡거리면서 돈을 받고 사진을 찍어주는 사진사가 찍어주었다. 각기 한장씩 나눠 가진 사진 속에서 두 소년은 멋을 부린다고 약간 몸을 돌려 나란히 선 자세인데, 사십오도 각도로 올린 시선은 먼 허공의 한 점, 말하자면 밝은 미래의 어느 지점을 응시하고 있었다. 사진사가 사진 아래에다 맵시 있는 글씨로 "영원한 우정, 단기 4278년 3월"이라고 박아주었다.

두 소년이 정미소 옆 골목길을 걸어간다. 길가에 이백년 묵은 팽나무가 서 있다. 몸통이 커다란 바위기둥 같고, 허벅지만큼 굵은 나뭇가지 하나가 대들보처럼 길게 뻗어나와 골목길을 가로지르고 있다. 명절에 동네에서 돼지를 잡아 고기를 나눠 가질 때면 꼭 그 나뭇가지에 돼지 목을 매달았다. 길 위로 뻗은 굵은 나뭇가지가 원래는 둘이었는데, 칠팔년 전에 동네 사람들이 그중 하나를 잘라버렸다. 실연당한 어느 청년이 그 나뭇가지에 목매달아 죽었기 때문이다. 가죽 허리띠 두개를 이어서 목매달았다고 했다. 그래서 아이들은 깜깜한 밤에 그 나무 밑을 지나가기를 꺼린다. 어둠 속 나무에서 밧줄 올가미가 내려와 지나가는 사람의 목을 걸어 올린다고 어른들이 겁을 주곤 했다. 그런 말을 떠올리면서 창세는 어깨를 으쓱했다.

팽나무를 지나 연북정 쪽을 향해 마을 길을 걸어간다. 지붕 이엉이 바람에 날아가지 않게 동아줄로 가로세로

얽어매고 돌로 만든 담벼락을 세운 초가집들이 길 양쪽에 비슷한 높이로 즐비하게 늘어섰는데, 여기저기 집 앞에 타작하고 난 보릿짚이 잔뜩 쌓여 있다. 구수한 보릿짚 향내가 가득하다. 망종 무렵이라 햇볕이 뜨겁다. 창세는 맨발에 닿는 흙이 따가워서 어서 달려가 바닷물에 뛰어들고 싶어진다. 하지만 참는다. 연대 밑 바다에 가려면 다른 길로 가야 더 가깝지만 이렇게 우회하는 것은 야학을 가르쳤던 이민하 선생네 집 앞에 가보고 싶기 때문이다. 물론 선생은 일년 전부터 수배 중이라 집에 없다. 하지만 집에 없더라도 사모하는 마음으로 그 집 앞에까지 가보고 싶은 것이다. 무역업을 하는 그의 부친 이양일은 사업 때문에 전라도 여수에 가 있을 때가 많고, 미인으로 소문난 선생의 열두살 아래 누이동생 따알리아도 간호학교에 다니려고 오사카에 건너가 있어 지금은 모친만이 집을 지키고 있다.

민하 선생네 집 가까운 곳에 우람하게 생긴 회화나무가 황백색의 꽃무더기를 이고 서 있다. 세찬 매미 울음소리가 꽃무더기를 흔든다. 짙은 향내가 풍겨온다. 푸른 잎, 흰 꽃이 무성한 나뭇가지를 길 위로 늘어뜨려 시원한 그늘을 만들어놓고 있다. 두 소년은 그 그늘 아래에서 잠시 걸음을 멈춘다. 벼락을 맞아 나무줄기 밑동에 어린아이 몸이 들어갈 만큼 길쭉하게 큰 구멍이 파인 늙은 나무다. 그 구멍에 고인 물은 눈병에 좋다고 한다. 동네 조무래기들의 놀이터가 되고 있는데, 때로는 영혼을 다친 성주 삼촌의 야윈 몸이 그 구멍에 들어가 태아처럼 웅크려 있기도 했다. 복목환 사건 때 잡혀가 고문당한 후로 말을 몹시 더듬고 정신이 이상해진 그는 회화나무를 응시하면서 뭐라고 중얼거리기도, 다리를 득득 긁기도 하고, 허공에 멍하니 시선을 두고 느릿느릿 걸어다니다가 사람을 만나면 너무 빨라서 알아들을 수 없는 말을 다다다다 뱉어낸다. 그이도 김해 김씨 문중 사람이다.

'학자 나무'라고 불리는 그 회화나무는 조천리 김해 김씨의 먼 조상이 육지로부터 들여와 심은 것인데, 그 덕분인지 구한말에 그 문중에서 학자와 벼슬아치가 여럿 나왔다. 그래서 그 나무는 한때 번성했던 그 문중의 상징물이었다. 그러나 마을 사람들이 좋아하는 인물은 구한말의 그들이 아니라 일제와 싸웠고 지금도 싸우고 있는 그들의 자식, 손자 들이다. 특히 김명식, 김문준, 김시범, 김시용 같은 청년 지식분자들은 거의 절대적 흠모의 대상이다. 대의를 위해 몸 바친다는 것, 목숨 바쳐 싸운다는 것은 과연 무엇일까? 가혹한 탄압에 몸도 정신도 무너지고 집안도 몰락하고 말았는데…… 어린 창세는 야학에서 그 어른들의 이름을 들을 때마다 존경심과 함께 두려운 마음이 생기곤 했다. 창세가 솔뫼 김명식의 유명한 유언을 떠올린다. 일본이 망하는 꼴을 똑똑히 보고서야 눈을 감을 테니 조국광복과 민족해방 후에 사망신고를 하라던. 고문 후유증으로 오래 고통받던 그가 임종의 자리에서 남긴 말은 어린 창세도 마음에 새길 정도로 마을 사람들 사이에 널리 회자되었다.

회화나무 뒤쪽으로 제법 큼직한 기와집이 여러채 모여 있는데, 김씨 문중의 그 투사들이 살던 집들이다. 그러나 지금 문중은 몰락하여 집은 거의 다른 사람의 소유로 넘어가고 회화나무만 홀로 화사한 꽃을 피우며 늠름하게, 창창하게 서 있을 뿐이다.

두 소년이 선생 이민하의 집 대문 앞에 가 멈춰 선다. 창세는 턱이 삽날처럼 생긴 그의 날카로운 인상을 떠올린다. 화물선 세척을 부리면서 돈을 번 그의 부친이 십여년 전에 거금을 들여 지은 집은 조선 기와집이 아니라 유리창 달린 일본식 기와집이다. 이 집의 축음기에서 흘러나오던 「스텐카 라진」은 금지곡이 되어버렸고 그 노래를 제일 잘 부르던 따알리아도 지금은 일본에 가 있다. 화물선 세척 중 두척이 군 수송선으로 징발당한 이후로 이 집안도 가세가 많이 기울었다. 지붕 기왓골 여기저기에 자란 잡초들이 집의 쇠락을 말해주는 것 같아 창세는 마음이 언짢아진다. 행필이 대문을 슬쩍 밀어본다. 대문은 굳게 닫혀 있고 안에서는 아무런 기척이 없다. 울담 너머 솟아 있는 감나무, 짙푸른 잎새와 동글동글한 어린 열매들 위로 햇빛의 반사광이 미끄러진다. 두 소년은 그 집을 지나 계속 걸어간다.

"민하 선생님네도 김해 김씨 집안처럼 망하고 말 거여."

행필이 시무룩하게 중얼거리면서 손가락 관절을 딱딱 꺾는다. 그러다가 단호하게 머리를 흔든다.

"아니, 아니지. 왜놈들, 저놈들이 먼저 망할 거여! 진뜨르 작업장에서 들은 말인디, 저 서우봉, 가미카제 어뢰정 말이여, 그거 아주 엉터리라는 거여. 고물 지프차 모터를 떼다가 붙인 거랜. 그렇게 물자 부족인디 어떵 싸울거라. 너, 구라망 봤지?"

창세가 큰 눈을 더 크게 뜨면서 말한다. "구라망? 구라망이 뭣고?"

행필이 혀를 날름 내민다.

"몰라? 급장이 그것도 몰라? 너, 깜깜이구나. 미국 비행기! 저번에 진뜨르 비행장을 때리고 산지항을 폭격한 그 비행기!"

"아하!"

행필이 바지 주머니에서 누런 놋쇠 탄피 세개를 꺼낸다.

"야, 눈 큰 볼락, 이거 뭔지 아나?"

"그건 또 뭣고?"

행필이 탄피 세개를 맞부딪혀 짱짱 맑은 쇳소리를 낸다.

"첨 보지? 얀마, 이것이 바로 그 구라망, 구라망 기관포 탄피여."

"아, 멋있게 생겼다! 그거 어디서 난?"

"이거 탐나나? 구라망이 습격한 그날 진뜨르 비행장에서 주웠주."

"그거 하나는 나 주라."

"흠, 공짜론 안 되여. 부탁 하나 하자."

"무신 부탁?"

"아주 간단한 심부름이라. 하지만 아주 중요한 거여. 흠, 그건 좀 이따 말하고……" 하더니 행필이 주위를 살핀 다음 낮은 목소리로 말한다.

"하여튼 구라망이 제로센보다 더 잘 싸워. 왜놈들이 숨기고 있주만, 제로센 전투기들이 구라망한테 막 박살나고 있단 말이주기. 며칠 전 저기 저 원당봉 하늘에서 공중전이 벌어졌는데, 제로센 두대가 구라망한테 박살났다는 거라. 야, 잠깐만 기다려! 오케이, 독가스 일발 장전, 발사!"

방귀쟁이 행필이 창세를 향해 엉덩이를 빼고 요란하게 뿌웅 방귀를 쏜다. 창세가 좋아라고 모자를 벗어 제 허벅지를 후려친다.

"아따, 좋네! 뿌앙, 산지항도 박살 내고 한림항도 박살 내고, 미국 만세!"

"야, 누가 듣는다, 소리 낮춰! 그런디 왕눈이 너, 정신 좀 차려야 하켜. 황화환을 폭격핸 우리 제주 사람 오백명 주인 것도 그 미국 전투기 구라망이란 말이여. 그래도 미국 만세냐? 군대환도 박살 내불고……"

"맞아, 미국 잠수함이 군대환을 때려 부순 거주."

"그때도 우리 제주 사람 엄청 많이 죽었댄 하더라. 사백인가 오백인가 죽었댄."

"게민(그러면) 모두 천명 되겠네."

"그까짓 천명 따윈 아무것도 아니라. 앞으로 더 많이 죽는댄 햄서. 미군들이 곧 여기로 쳐들어올 거랜. 군함에서, 전투기에서 폭탄을 막 퍼부으면 저 왜놈들만 망하는 게 아니란 말이주기. 우리 제주도도 완전히 망한다는 거라. 저놈의 왜군 칠만명 따문에 우리 제주도가 완전 불바당이 될 거랜!"

"게무로사(설마)……"

행필과 창세는 이제 긴 골목을 벗어나 널찍한 비석거리 마당으로 들어선다. 오일장 장터가 바로 남쪽에 잇대어 있어 닷새에 한번씩 사람들이 붐비는 곳이다. 지금 마당은 텅 빈 채 여름 한낮의 햇빛만이 눈부시게 자글거리고 있다. 남쪽 마당가에 나란히 서 있는 해묵은 팽나무와 멀구슬나무에서 매미 울음소리가 소낙비처럼 왁자하니 쏟아진다. 팽나무 그늘 아래에 한 아낙이 등에 지고 가던 나뭇짐을 평상 위에 잠시 부려놓고 땀을 들이고 있다. 아마도 부둣가의 천일여관에 가져다 팔 땔감일 것이다. 팽나무와 멀구슬나무 오른쪽에 이전 시대의 유물인 선정비 일곱기(基)가 나란히 섰는데, 벗은 상체가 검게 그은 어린아이 셋이 각각 비석 하나씩을 타고 앉아 말타기놀이를 하고 있다. 조천포가 제주섬의 유일한 관문이었던 출륙 금지 이백년 동안 임기를 마치고 육지로 돌아가는 목사들이 자신의 허명을 위해 세운 것이 그 비들이다.

선정비 왼쪽에는 가로대 없이 기둥만 남은 평행봉대와 철봉대가 흉물스럽게 서 있다. 철봉조차 쇠붙이라고 공출로 빼앗아가버렸다. 그 뒤쪽에 시멘트 건물인 비료 창고와 장발이 삼촌의 잡화 상점이 영춘반점과 어깨를 맞대고 서 있다. 창세와 행필은 걸어가면서 상점 안에 장발이 삼촌이 앉아 있나 살펴본다. 가게 앞에 짐자전거가 세워져 있지 않은 걸로 보아 출타 중인 모양이다. 저는 다리를 남에게 보이기 싫다고 가까운 곳이라도 자전거를 타고 다니는 삼촌이다. 상점 안은 깜깜하게 그늘이 짙어 누가 지키고 있는지 잘 보이지 않는다. 아마도 그의 일본인 아내 유리코가 진열장 뒤에 앉아 잡지책을 읽고 있을 것이다. 창세의 친구인 영주의 어머니인데, 비록 남편을 부를 때 '여보'라고 할 것을 '요보'라 하고 딸 영주를 '욘주'라고 부르는 식으로 혀 짧은 듯한 말씨이지만 그런대로 조선말을 할 줄 알아서 동네 여자들과 잘 어울린다. 창세와 동갑인 영주는 재작년에 오사카로 건너가 그곳 외갓집에 머물면서 소학교에 편입해 다닌다.

창세와 행필이 비석거리 너른 마당을 가로질러 다른 동네 길로 접어드는데, 등 뒤에서 따르릉 자전거 벨 소리가 난다. 돌아보니 장발이 삼촌이 어느새 나타나 가게 앞에 자전거를 세우면서 이쪽을 향해 손을 흔들며 "리베라!" 하고 소리친다. 도수 높은 안경이 햇빛에 반짝거린다. 자전거 짐받이에 큰 양철통이 실려 있는데, 읍내에 가서 석유를 사오는 모양이다. 두 소년도 "리베라!" 하고 소리치며 장발이 삼촌을 향해 마주 손을 흔든다. 가까이 있다면 절룩거리면서 다가와 악수를 해줄 텐데 아쉽다. 두 소년은 장발이 삼촌을 좋아한다. 길에서 마주치면 언제나 싱글벙글 웃으면서 다가와 반드시 악수를 해준다. 손을 아프게 꽉 잡으면서 나직하지만 옹골찬 음성으로 "리베라!" 한다. '리베라'는 에스페란토어로 '자유'다. 무정부주의자는 자유를 사랑한단다. 그래서 가게 상호도 '리베라 상회'다. 리베라, 리베라! 그는 때때로 술에 취해 남들이 알아들을 수 없는 에스페란토어로 고래고래 소리를 지르면서 울분을 토한다. 자유가 그토록 귀중하고, 귀중하기 때문에 그만큼 위험한 비밀의 단어라는 것을 창세도 이제는 알고 있다. 누나는 어린 소녀 시절 야학에서 배웠던 웅변 내용을 지금도 외우고 있는데, 특히 "자유가 아니면 죽음을 달라!"라는 대목을 좋아한다. 그리고 "압박과 착취와 기만과 강요 속에"도 좋아한다.

장발이 삼촌은 조선어 사용 금지에 이어 오년 전 조선어 신문들이 폐간되기 전까지는 리베라 상회를 운영하는 한편으로 조천면 일대의 여러 마을을 자전거를 타고 다니면서 혼자서 취재하고 혼자서 배달하는, 『동아일보』 지국을 경영하는 기자 겸 지국장이었다. 그러나 지금은 아니다.

마을 길이 끝나기 직전에 일본에 일하러 가고 징용 가

있는 두 청년의 초가집이 나온다. 지붕에 호박 넝쿨을 올린 것은 고승우네 집이고, 황평일네 집 돌담 위에는 자줏빛 제비콩꽃들이 피어 있다.

마을 길이 끝나는 곳에서 조천진 성터가 나온다. 바로 그 옆에 물맛 좋기로 소문난 장수물이 있다. 밀물에는 바닷물에 잠겼다가 썰물에 드러나는 샘물이다. 그 샘물통 근처의 물가는 바닷물과 민물이 만나는 곳이라 장어가 많이 잡힌다. 샘물통 안이 길에서 보이지 않게 돌담을 쌓아놓았다. 그 맛 좋은 물을 그냥 지나칠 수 없다. 두 소년은 물을 먹고 가려고 길을 내려가 돌담을 돌아든다. 말궁둥이처럼 둥글고 매끄럽게 생긴 현무암 바위가 있고 그 앞에서 뭉클뭉클 샘물이 솟구치고 있다. 그 바위 밑에 샘물을 지키는 요정 물할망이 좌정해 있어서 두 소년은 그쪽을 향해 두 손 모아 꾸벅 절한다. 그런데 그 샘물통 아래쪽에 성주 삼촌이 혼자 앉아 있는 게 아닌가. 그냥 앉아 있는 게 아니라 상체를 앞으로 기울여 물을 들여다보고 있다. 두 소년이 반갑게 "성주 삼춘!" 하고 부르며 물가로 내려간다. 그러나 그는 들은 척도 않고 등을 굽힌 채 계속 물을 들여다본다. 요즈음 들어 그는 자주 저렇게 두말치물이나 장수물에 와서 오래도록 망연히 물만 바라보는 버릇이 생겼다. 무엇을 보고 있을까? 헐렁한 와이셔츠 깃 위로 여윈 뒷목이 솟아 있다. 혹시 대답해줄지 모른다고 생각하며 창세가 물어본다.

"삼춘, 물속에 뭐 있수과?"

그러나 그는 아무 대답 없이 고개를 숙인 채 물을 바라보기만 한다. 맑고 시원한 냉기를 뿜어올리는 그 샘물은 바닥에 흰 모래가 깔려 있을 뿐 아무리 봐도 특별히 눈에 띄는 것이 없다. 무얼 보고 있는 것일까? 아니, 아무것도 보지 않는 것일지도 모른다.

두 소년은 물을 마시기 위해 나란히 배를 깔고 물가에 엎드린다. 창세는 맑은 물 위에 떠서 일렁거리는 자신의 얼굴을 찡끗 째려보고는 물에다 입을 들이민다. 손으로 물을 떠서 먹는 것보다 숫제 입을 담그고 먹는 것이 훨씬 더 맛있다. 두 소년은 엎드린 채 소나 말처럼 입으로 물을 들이마신다. 꿀꺽꿀꺽. 그러고는 제가끔 탄성을 지른다.

"아, 물맛 좋다!"

물을 다 마시고 몸을 일으키는데, 성주 삼촌이 갑자기 고개를 쳐들면서 침묵을 깬다. 그의 입에서 예의 그 알아들을 수 없는 말이 아다다 아다다다 토해져나온다. 그에 따라 여윈 목에 불거진 울대뼈가 빠르게 위아래로 움직이는데, 그게 마치 쥐 한마리가 오르락내리락하는 것처럼 보여서 창세 입에서 저절로 킥 하고 웃음이 새어나온다. 그러자 행필이 눈을 부라린다.

"야, 왜 웃어? 성주 삼춘을 비웃는 거냐, 엉?"

창세가 깜짝 놀라 손사래를 친다.

"아아, 아니, 아니여!"

두 소년은 장수물을 나와 조천진 성터 앞을 걸어간다. 근처에는 어업조합, 수산물 창고와 일본식 함석집인 천일식당이 있다. 시국이 시국인지라 번창하던 그 식당도 형편이 아주 나빠졌다. 여객선 군대환이 침몰하고 화물선의 육지 왕래가 어려워진 뒤로는 원래 단골인 주재소와 면사무소 떨거지들 외에는 손님이 없어 늘 한산하다. 길가에 무성한 잡풀들이 강렬한 햇빛에 달구어져 독한 냄새를 피우고 있다.

조천진 성터의 남쪽 성벽 위에 연북정이 높다랗게 자리 잡고 있다. 그 옆의 높은 깃대 끝에 붉은 일장기가 기세 좋게 펄럭거린다. 높은 성벽으로 에워싸인 성터는 바다로 불쑥 돌출하여 포구를 양쪽으로 갈라놓고 있다. 썰물 때라 수면이 낮아져 초록빛 파래가 밀생하고 있는 밑바닥이 보인다. 행필이 창세의 팔을 툭 치면서 위를 쳐다보라고 눈짓한다.

"검은 개다. 에이, 재수 없어!"

검정 제복에 붉은 완장을 찬 순사 모리가 연북정의 높은 계단을 내려오고 있다. 행필과 창세는 괜히 트집 잡힐까봐 얼른 성벽 밑에 붙어 빨리 걸어간다. 연북정은 먼바다뿐만 아니라 마을 전체를 눈 아래 두고 감시할 수 있을 정도로 높이 있다. 순사뿐만 아니라 면서기들도 자주 연북정에 올라 이른 아침이나 저녁때 마을의 밥 짓는 연기를 살핀다. 쌀이 떨어져 굶고 있다고 속이거나 공출을 덜 낸 집들이 더러 있을 텐데, 거기에서 연기가 피어오르나 어쩌나 살피는 것이다.

연북정에 올라서면 기미년 3·1만세운동의 발상지인 만세동산도, 왜구의 침입을 경계하여 연기를 피워올리던 연대도 한눈에 볼 수 있다. 그 동산은 원래 이름이 미밋동산이었는데 조천리민들이 거기에 모여 만세를 불렀기 때문에 만세동산이 되었다. 연북정 성곽 일대는 이전 시대에 왜구의 침입을 방어하던 조천진이었다. 왜구 수백명이 수십척의 배로 밀물을 타고 쳐들어와서 조천 연대에 봉화가 오르면, 조천리민들은 물론 인근 마을에서까지 벌떼같이 모여들어 활과 투석질로 그들을 퇴치했다. 워낙 돌이 많은 고장이라 활보다는 투석질이 더 유용했던 모양이다. '뽕개질'이란 말을 어린 창세도 알고 있었다. 좁고 기다란 천의 가운데를 접어 거기에 돌멩이를 넣고 휘두르다가 날리면 화살만큼이나 멀리 날아가는데, 그것이 뿅개질이다. 땅바닥에 널린 돌들이 잇따라 허공으로 날아올라 검은 소낙비처럼 적들에게 쏟아졌단다.

그런데 지금 조천진은 왜구들의 차지가 되고 말았다. 연북정은 삼십년 넘게 주재소로 사용되었는데, 재작년에 주재소가 일주도로 근처의 새 건물로 옮아간 뒤로는 순사 두어명이 근무하는 수상 검문소이면서 마을을 감시하는 감시탑이 되었다. 이 감시탑에서 밤마다 통금 사이렌이 운다. 밤의 정적을 여지없이 깨뜨리는 그 사나운 소리에 마을 사람들은 들을 때마다 치를 떤다. 행필의 입에서 낮게 웅얼웅얼 노랫소리가 흘러나온다. “동경 대판 걸짝쟁이 왜놈의 종자들, 너희 나라 문명하다 자랑 말아라 이순신이 거북선을 휘날릴 적에 다 죽다 남은 놈이 너희 아니냐 우리나라 독립되면 너희는 죽는다 만세 만세 만만세 우리 조선 만만세.”

성벽의 북쪽 부분은 허물어져 그 자리에 조선소가 들어섰다. 조선소의 노천 바닥에서는 지금 작업이 한창이다. 배를 물에서 뭍으로 끌어올리고 내리는 데 쓰이는 두 가닥 레일이 땅바닥에 뻗어 있는데, 벌겋게 녹슬었다. 여기저기 맨땅에 뒹구는 낡은 닻이나 철판, 쇠토막 같은 것도 심하게 녹이 슬어 땅바닥은 물론 주변의 잡초들까지 벌겋게 물들여놓았다. 황량한 풍경이다. 두가닥 레일을 가운데 두고 한쪽에서는 두명의 일꾼이 작은 목선의 바깥 밑창에 짚불을 피워 묵은 콜타르를 녹여내고 있다. 콜타르를 뚫고 좀먹는 것을 막기 위한 것이다. 다른 쪽에서는 세명의 일꾼이 파손된 화물선에 달라붙어 일하고 있는데, 폐선에서 재활용할 쇠붙이와 목재를 얻기 위한 해체 작업이다. 쩡쩡쩡, 망치질 쇳소리가 연달아 달려와 귀청을 때리고, 폐선 안쪽 짙은 그늘에서는 용접 불꽃이 파랗게 타면서 주위에 불똥을 흩뿌리고 있다. 보나마나 저 일꾼들이 입은 작업복은 불똥이 튀어 구멍이 숭숭 뚫려 있을 것이다. 맨땅에 뒹구는 낡은 닻과 부러진 돛대와 노토막, 그리고 배 옆구리에 험하게 뚫린 큰 구멍을 보면서, 창세는 같은 운명을 맞았던 아버지의 미영호를 떠올린다. 난파한 미영호도 이 조선소에 끌어올려져 저렇게 해체된 뒤 영영 사라져버렸다.

건들건들 불어오는 갯바람 속에 해초 냄새, 썩어가는 생선 냄새, 경유와 콜타르 냄새, 짠물에 전 밧줄 냄새가 섞여 있다. 성터 근처는 조선소뿐만 아니라 소라 통조림 공장, 단추 공장 등이 모여 있어 기계 소리, 망치 소리가 그치지 않는 곳이다.

통조림 공장 앞을 지나면서 행필은 찌그러진 깡통 하

나를 발견하고 그것을 발로 툭툭 차며 몰고 간다. 소라 삶는 냄새가 구수하게 풍겨온다. 통조림 공장 주인은 일본인이고 단추 공장 주인은 조선인인데 서로 이웃해 있다. 두 건물 모두 함석지붕에 돌담벼락이다. 가내수공업이라 공장이라 해봤자 살림집 크기에 불과하다. 한쪽 공장에서 해녀들이 잡아온 소라를 큰 가마솥에 삶아 알맹이를 빼내고 통조림을 만들면, 다른 공장에서는 알맹이를 빼낸 소라 껍데기를 찍어 단추를 만든다. 양쪽 공장에서 기계로 깡통 뚜껑 찍고 소라 껍데기 찍는 소리가 요란하다. 그 소음에 섞여 여공들의 말소리도 들려온다. 갯마을 여자들은 소라를 따러 물에 들기 때문에 주간에는 중산간 농촌 여자들이 와서 일한다. 통조림 공장의 높은 굴뚝에서는 검은 연기가 뭉클거리고, 단추 공장의 뒷마당에는 단추를 찍고 난 소라 껍데기 파편이 하얗게 산더미처럼 쌓여 있다. 통조림 공장은 관동군을 먹이기 위한 시설이어서 항상 작업이 바쁘게 돌아간다. 단추 공장에서 찍어내는 단추도 군 피복 공장으로 보내진다. 이 공장에 소라를 공급하기 위해서 여러 해촌의 해녀들이 소라잡이에 동원되고 있다. 애국 사업이라고 소라값이 터무니없이 싸다.

행필이 뜬금없이 파르르 성질을 내며 냅다 깡통을 걷

어차 멀리 날린다.

"에이, 그 쪽발이 새끼!"

필시 그때 일이 생각난 모양이다. 두달 전쯤 행필이 짝사랑하는 오숙희가 저 공장에서 야간작업을 하다가 화상을 입었다. 큰 가마솥에 소라를 삶으면서 잘 익었는지 보려고 국자로 소라를 뜨는데 사장 놈이 느닷없이 나타나 작업 불량이라고 벼락같이 소리를 질렀다. 그 바람에 깜짝 놀란 숙희가 그만 들었던 국자를 떨어뜨리면서 끓는 물에 왼손이 화상을 입었던 것이다. 왼손 손등의 살가죽이 장갑 벗겨지듯 훌러덩 벗겨졌다.

"쪽발이 새끼! 나쁜 새끼! 끓는 물에 소라를 삶아야지 왜 사람 손을 삶느냔 말이여, 엉? 어이구, 오장 터져 못 살겠네. 우리 숙희 씨가 오죽 아팠을까!"

그래도 그만하기가 다행 아닌가. 작년에는 이웃 마을 신촌의 처녀가 끓는 물에 오른팔 전체에 화상을 입어 팔이 우툴두툴 뱀 가죽처럼 되고 말았단다. 행필이 허공을 향해 작살을 꼬나쥐면서 말한다.

"붉바리 큰 놈 서너마리는 꼭 잡아사 할 텐디…… 제상에 올리젠 하면 어랭이(어렝놀래기), 코생이(놀래기) 따위 잔챙이는 안 되거든."

"제사가 언젠디?"

"우리 집 제사가 아니고……"

"게민?"

"숙희 씨네 제사. 그 집 아방 제사가 이틀 앞으로 다가 완."

"허 참, 별꼴이네! 무사 남의 집 제사 걱정햄서?"

행필이 어깨를 으쓱한다.

"남의 집 제사가 아니여. 숙희 씨는 나한테 남이 아니란 말이주기."

"아이고……"

배들이 매여 있는 선창가로 나온다. 해초의 요오드 냄새, 생선 비린내, 짠내, 엔진 기름 냄새, 콜타르 냄새가 뜨거운 햇볕과 뒤섞여 강하게 콧구멍을 후빈다. 한달 전만 해도 떠들썩했던 곳인데 지금은 한산하기 그지없다. 제주 바다에 비상경계령이 내려 육지부와 일본을 왕래하는 연락선이 끊기고 어로 행위도 거의 중단되다시피 한 것이다. 정적 속에서 백열의 햇빛이 눈부시고, 그 때문에 사물의 그림자가 더욱 새까맣다. 새까만 그늘을 드리우고 두채의 큰 창고가 서로 가깝게 서 있다. 그 앞의 시커먼 현무암 암반 위에 조그만 덴마배(전마선) 하나가 올라와 몸을 말리고 있다. 고깃배가 뜨지 않자 어부들이 창고 그늘에 앉아 헝클어진 주낙줄과 낚싯바늘을 정돈하고 끊긴 그물코를 수선하면서 밤낚시를 준비하던 풍경도 사라져버렸다. 가능한 어로 행위라곤 가까운 바닷가의 해녀 물질과 일본인 잠수부의 작업뿐이다. 그 잠수부들은 마을 해녀들의 어장 바닥을 잠수기를 사용해서 싹쓸이하는 착취자들이다. 창고 옆에 두칸짜리 조그만 함석집이 서 있는데, 바로 그들이 작업할 때 임시로 머무는 곳이다. 그 집을 마을 사람들은 왜막(倭幕)이라고 부른다.

물가 높은 바위 위에 크고 우악스럽게 생긴 기중기가 서 있다. 사람 몸통 굵기만 한 통나무 여덟개로 조립된 사각뿔의 물건이다. 그 아래 정박 중인 배들로부터 강한 햇볕에 바싹 마른 나무 냄새와 함께 바닷물에 찌든 짠내가 풍겨온다. 둥글게 말아놓은 굵은 밧줄 타래들이 여기저기 던져져 있는데 거기에서도 짠내가 풍긴다. 가까운 물가에 몸 가벼운 돛배 몇척이 물결을 타고 뱃머리를 끄덕거리면서 긴 돛대로 허공을 휘젓고 있다. 그 바깥쪽으로는 뚝 떨어져서 화물선 네척이 조그만 덴마배를 하나씩 새끼처럼 꽁무니에 달고 정박 중이다. 연기에 그을고 바람에 모서리가 뜯긴 불그죽죽 빛바랜 깃발들이 해풍에 나부끼고 있다. 두척은 10톤급 연안 화물선이고 다른 두척은 육지를 왕래하는 50톤급 군용 화물선이다. 군용 화물선이라지만 민간에서 징발한 것이어서 뱃머리에 '용진호' '남양호'라는 페인트 글자가 그대로 남아 있다. 남양호는 민하 선생의 부친 이양일의 소유로 해물을 일본에 수출하면서 한때 호황을 누리던 무역선이었는데 지금은 일본군에 징발당하여 쌀, 소금, 석유, 휘발유 따위를 일본으로부터 실어나른다. 지금 남양호에서 하역 작업이 한창이다. 관동군이 먹을 쌀과 소금이다. 이때 모리와 짝귀가 나타났다.

"저 검은 개들, 또 나타났네. 에이, 재수 없어!"

행필이 잇새로 침을 찍 내쏘더니 엉덩이를 뒤로 돌려 쑥 내민다.

"하, 방귀가 또 나오네.

"또 독가스?"

"저 새끼들 보면 방귀가 절로 나와!"

"좋아, 독가스 일발 장전! 발사!" 하고 창세가 외치자 행필이 즉각 모리네 쪽을 향해 내민 엉덩이에 힘을 주어 방귀를 터뜨린다.

"우린 총칼이 없어도 독가스로 저놈들을 물리치자! 뽕! 뽕! 뽕!"

방귀가 연달이 세번 터진다. 두 동무는 어른처럼 서로 악수하면서 깔깔 웃는다.

모리가 일본도를 짚고 삐딱하게 서서 감시하는 가운

데 짝귀가 죽창을 꼬나잡고 하역한 쌀가마니, 소금가마니를 쿡쿡 찔러대기 시작한다. 밀수품을 적발하겠다는 것이다. 벌건 낯짝을 보니 모리는 오늘도 천일식당에서 낮술을 얻어 마신 게 분명하다.

인부 두명이 번갈아 드나들면서 하역 작업이 한창이다. 묵직한 가마니를 어깨에 떠메고 맨발로 발판을 밟고 움직이는 품새가 능숙하다. 몇달 전 한 인부가 발판 위에서 발을 헛디뎌 쌀가마니와 함께 물에 빠지는 일이 있었다. 쌀가마니였으니 망정이지 소금가마니였다면 물에 녹아버렸을 것이다. 징발된 상군(으뜸) 해녀 세명이 자맥질로 깊은 물속에 가라앉은 그 쌀가마니를 밧줄에 걸어 기중기로 건져올렸는데, 누나도 차출되어 그 일을 했다. 하역한 쌀가마, 소금가마는 마차에 실려 일본군이 주둔한 중산간 선흘 마을 근처의 부대오름으로 운반될 것이다.

두 화물선 뱃머리에 한자로 쓰인 배 이름을 보면서 창세는 아랫입술을 앙다문다. 저기에 미영호는 없다. 미영호는 일본군에 징발당해 태풍 속으로 사라졌다. 좌득호, 남양호, 칠성호, 용진호와 함께 조천포에 나란히 정박해 있던 미영호는 이제 없는 것이다. 창세는 집에서 페달을 밟으면서 미싱을 돌리고 있을 어머니를 떠올린다. 배 이름을 빌려주었던 양미영 씨, 그녀는 아직도 그 슬픔에서 벗어나지 못하고 있다. 밧줄에 매인 배들이 물결을 타면서 뱃머리를 연신 주억거린다. 마치 뭔가에 불안해진 말이 위아래로 머리를 끄덕끄덕 흔드는 모양새다. 어머니는 저렇게 잔물결에 뱃머리가 흔들리는 것만 봐도 멀미를 한다. 미영호가 태풍에 휘말려 곤두박질치다가 뒤집어지는 광경을 보고 난 뒤로 그런 증세가 생겼다.

어머니는 말 목축하는 중산간의 와흘 출신이어서 말에 대해서는 잘 알지만 바다는 모른다. 이 갯마을로 시집온 뒤 밤에 듣는 바다 물결 소리가 심란하여 처음 몇달 동안은 잠을 설쳐 고생했단다. 새댁이 남편의 코 고는 소리에 익숙해지듯이 어머니도 나중에는 물결 소리가 귀에 익어 더이상 들리지 않게 되었다. 그러나 바다 물질은 배우지 않았다. 대개 중산간 출신 여자가 해촌으로 시집가면 물질을 배워 그것으로 생계를 꾸리는데, 어머니는 그 대신 오사카 피복 공장에서 배운 솜씨로 미싱 일을 한다. 그녀의 영업 밑천은 일본에서 들어올 때 월급에서 저축한 돈으로 구입한 미싱 한대와 재단 가위 두개, 그리고 흰색, 푸른색 분필이 전부다. 미싱 머리는 말의 머리를 닮았다. 처녀 시절에 말을 가꾸면서 타기도 했다는 어머니는 이제 말을 타는 대신에 미싱을 탄다. 무명으로 해녀 물옷과 누비이불을 만들고, 헌 군복을 사다가 검정 물을 들여 깃닫이 학생복과 반바지를 만들고, 헌 옷을 수선해주거나 어른 옷을 줄여 아이 옷을 만들기도 한다. 삯은 주로 보리, 좁쌀 등 곡식으로 받았다. 어머니는 미싱을 타면서 공장 노동자 시절의 노래를 몰래 부르기도 한다. 밖에서 듣지 못하도록 타타타타 미싱 박음질 소리에 노래를 섞어 흥얼거리면서, 남편을 잡아먹은 일본인들을 저주하면서 미싱을 타고 앉아 페달을 밟는다.

포구를 벗어난 두 소년은 외따로 떨어져 있는 새콧알 할망당 앞에서 잠시 걸음을 멈춘다. 창세의 옛 조상 안씨 선주의 전설이 깃든 오래 묵은 뱀 신당이다. 신당은 야트막한 돌담을 둘러쳤고 좁은 입구 양옆에 잎이 무성한 사스레피나무, 돈나무, 구럼비나무(까마귀쪽나무) 들이 서 있는데, 제단 뒤쪽에서 뻗어온 팽나무 가지와 어울려 그 작은 공간에 음습한 그늘을 드리우고 있다.

제단은 다듬지 않은 평평한 왕돌이다. 그 뒤로 병풍처럼 커다란 바위 두개가 맞물려 벽을 이루었는데, 그 맞물린 암벽 아래 틈에 머리통이 들어갈 만한 구멍이 나 있다. 나주 기민창 구렁배암이 들어가 좌정했다는 구멍이다. 거기에 아리따운 처녀의 넋이 깃들어 있단다. 구렁배암은 아리따운 처녀의 화신이다. 처녀지만 여신이기 때문에 사람들은 그를 '할망'이라고 칭한다. 삼천 어부와 일만 해녀를 거느린 수호신이다. 바다에 돌풍이 불어 너울을 만들어내면 거기에 휩쓸린 해녀가 테왁(물질용 뒤웅박)을 놓친 채 먼바다로 끌려가거나, 발동선 프로펠러에 다치거나, 빗창으로 전복을 따다가 전복에 빗창이 물리면서 질식사하거나, 바람이 셀 때 테왁의 닻줄에 다리가 감기거나 해서 위험할 때가 있는데, 그 모든 위험을 새콧알할망이 물리쳐준다.

제단 뒤의 늙은 팽나무는 굵은 몸통이 송악 덩굴에 휘감겨 있어 커다란 구렁배암의 가운데 토막처럼 보인다. 나무 몸통을 빈틈없이 덮고 있는 자잘한 송악 잎들이 뱀의 비늘처럼 보여서, 그 잎들이 갯바람에 흔들리면 마치 큰 뱀이 움찔거리는 것 같다. 허공을 구불구불 가로질러 그늘을 드리우고 있는 굵은 나뭇가지들도 송악 잎들이 비늘처럼 덮고 있어서 얼크러진 뱀떼 같다. 잔가지에 달아맨 색색의 천조각과 백지 종이돈 들이 바람에 한들거린다.

창세는 모자를 벗어 그것으로 이마의 땀을 훔치고는 두 손 모아 공손히 절한다. 장차 커서 그 옛날 조상처럼, 아버지처럼 큰 배의 선장이 되고 싶은 창세다. 작년 여름에 등에 좁쌀을 뿌린 것처럼 부스럼이 났을 때 병을 낫게 해달라고 저 제단 앞에 팬티 바람으로 무릎을 꿇고 빌었던 일이 떠올라 피식 웃음이 난다. 창세를 따라 행필도 꾸벅 절한다.

행필이 깜장 콩알 같은 열매가 다닥다닥 붙은 사스레피나무 가지를 잡아당겨 열매를 하나 따고는 손끝으로 눌러 터뜨린다. 검정 물이 톡 터져 손바닥을 적신다.

“잘 익었져. 내일 당장 그릇 들고 와서 따야지. 잉크가 다 떨어졌거든. 저 열매를 짜서 새 잉크를 맹글어서 편지도 쓰고 일기도 쓰고……”

“편지? 누구한테?”

행필이 잇새로 침을 찍 쏘면서 빙긋 웃는다. 말 이빨처럼 대문니 두개가 큼직한데, 버릇처럼 그 틈새로 침 쏘기를 잘한다.

“연애편지, 후후후.”

“숙희 누나한테?”

“나한텐 숙희 누나가 아니라 숙희 씨여!”

“성보다 두살 더 많은디?”

“그래도 나한텐 숙희 씨여.”

행필이 혀를 날름 내민다. 기분이 좋으면 말할 때 혀를 날름거리는 것도 그의 버릇이다. 날름거리는 혀끝이 때로는 콧구멍을 쑤실 것같이 올라가기도 한다. 그가 학생모를 벗더니 모자에 안감을 대어 만든 주머니 속에 손을 넣어 뒤진다. 누런 봉투를 조심스럽게 꺼내 보이면서 낄낄거린다. "사랑하는 숙희 씨에게"라고 쓰인 봉투다. 창세가 질색해서 고개를 내두른다.

"사랑하는 숙희 씨? 으이그, 징그러워!"

행필이 호주머니에서 노란색 기관포 탄피 두개를 꺼내서 창세의 손에 쥐여준다.

"자, 받아라, 선물이다. 그 대신에, 왕눈아, 부탁 하나 들어주어사 한다이."

"무신 부탁인디?"

"이따가 이 편지 전해주라."

"뭐, 편지를?"

"이 편지를 숙희 씨한테 전해주라고. 우리 동네 여자들이 지금 연대 아래 바당에서 물질하고 있을 거여. 물에서 나와 불턱에서 쉬고 있을 때 전해주란 말이다."

"나보고 연애편지 배달하라고? 난 못 해. 이녁이 직접 해!"

"야, 난 불턱에 못 간다게. 여자들 물옷만 입고 벗고 앉았는디…… 어른 남자는 불턱 출입 금지잖아, 넌 아이니까 맘대로 갈 수 있지만."

"성이 뭐 어른이라고."

"야, 왕눈이, 구구법으로 이팔은 얼마냐?"

"이팔은 십육이주, 뭐."

"그렇지? 이팔은 십육, 난 열여섯살, 이팔청춘인 거라. 나가 이몽룡 나이란 말이주기."

"에이, 뻥까고 있네. 하여간 난 그런 편지 전달 못 해! 숙희 누나가 이녁한테 얼마나 성난 중 알아? 두살이나 어린 것이, 머리꼭지에 피도 안 마른 것이 자꾸 치근거린다고 남 보기 창피하댄 햄서. 편지 갖다줬당 나도 욕먹을 거여."

행필이 짝사랑하는 오숙희는 열여덟살로 그보다 두 살 위다. 그가 편지를 종이비행기로 만들어 여러번 울담 너머로 던져넣으면서 안달했음에도 그녀는 조금도 알은 체하지 않는다. 행필은 숙희네 집 대문 앞에서 축구공을 차면서 몇번 시위를 벌이기도 했다. 동네 꼬맹이를 골키퍼로 세워놓고 꽉 닫힌 대문에다 사납게 펑펑 내질러대고, 울담 안으로 일부러 공을 차넣고는 밖으로 던져달라고 대문을 두드렸다. 대문을 때리는 시끄러운 소리에 화가 난 숙희 어머니가 작대기를 들고 쫓아나온 일도 있다. 그러다가 한달 전쯤에는 마을 우편소에 가서 우표를 사서 정식으로 편지를 부쳤는데, 그것이 소문이 나고 말았다. 실은 동네방네에 소문을 내려는 것이 행필의 의도였다. 한 동네에 사는 처녀에게 우편소를 거쳐 편지를 배달하게 했으니 그게 어디 보통 일인가. 그 연애편지를 배달한 사람은 우편소 서기 부대림이었다. 그는 전신 전보 담당이라 별명이 모스 신호기 작동음인 '또또또또'였는데, 그날 마침 아파서 결근한 집배원을 대신해서 그 편지를 배달해야 했던 그는 하도 황당한 일이라 동네방네 떠들어버렸던 것이다. 그래서 그 짝사랑은 이웃 동네에까지 소문이 났고, 그러기를 오히려 바란 행필은 희희낙락이고 숙희는 창피하다고 앙앙불락 중이다.

"숙희 씨가 겉으론 그런 척해도 속마음은 달라. 머리에 피도 안 마른 어린것? 모르는 소리! 우리 아버지도 어머니보다 두살 아랜디, 열여섯에 장가들어 날 낳았단 말이주기. 열여섯살이면 어른이라, 어른!"

"어이구, 징그러워! 근디 말끝마다 말이주기, 말이주기 하는 거, 그런 건 어디서 배완? 그것도 진뜨르 비행장에서 배운 거라?"

창세가 맨발바닥에 닿는 흙이 뜨거워 종종걸음을 친다.

"거봐, 발바닥 뜨겁지? 신 신고 다니라니까. 하여간에 말이여, 왜놈들도 날 열여섯살이라고 어른 취급핸 비행장 노무자로 부려먹지 않암샤. 창세, 너는 어린애주만 난 어른이라. 알았나? 오, 사랑하는 숙희 씨!"

행필이 느닷없이 옆에 있는 구럼비나무를 와락 껴안

고 줄기에 쪽 소리 나게 입을 맞추고는 몸을 비비 꼬아 대며 다시 간드러지게 콧소리를 낸다.

"오, 사랑하는 숙희 씨!"

"웩, 징그러!"

그제야 창세는 행필의 코밑에 뜬숯으로 그린 듯한 검은 것의 정체가 무엇인지 알아채고 눈이 휘둥그레진다. 거무스름하던 코밑 솜털이 어느새 까매져 있다. 귀밑에도 구레나룻 자리가 까매지고 있다. 제대로 보지 못하고 지낸 두어달 사이에 없던 것이 생긴 것이다.

"허, 벌써 수염 났네!"

"짜식, 놀라기는. 여기만 수염 난 중 아나? 배또롱(배꼽) 아래도 수염 났저, 낄낄낄."

"웩, 징그러워!"

"담배도 배웠주기."

"뭐, 담배도 먹어?"

"한달 됐주기. 진뜨르 비행장 노무자 노릇 하멍 배웠주기. 그 새끼들 우릴 공짜로 막 부려먹으면서 기껏 준다는 게 점심에 식은 죽 한그릇에 담배 한개비인 거라. 나쁜 새끼들! 담배 그거, 처음 몇번은 안 피우고 남 줬는디 말이여, 낭중엔 막 아까운 생각이 드는 거라. 내 몫이라 남 주기 싫더라. 그래서 담배를 배워부런."

"아이가 담배 피우면 키가 안 자란댄 했는디……"

"나 이젠 아이가 아니라니까!"

행필이 앙바틈한 몸집을 흔들며 낄낄 웃는다.

"게민 나 앞에서 담배 한번 피워봐."

"짜식, 거짓말인 중 아나? 나가 시방 담배 떨어젼 굶고 있는 중 아니냐게. 여자를 사랑하니까 담배 맛이 좋아. 담배 피우면서 연애편지 쓰는 맛, 넌 모르지? 거참, 연애편지 쓰기 참 어렵더라. 편지를 다 써놓고 몇번이나 찢어 버렸는지 몰라. 좋은 구절이 생각 안 나서 말이주기."

"자꾸 어린애 취급하지 마라!"

"전에는 글 첫머리를 쓸 때 그냥 '숙희 씨, 보십시오' 하고 시작했는디 말이여, 이번 편지에는 '사랑하는 숙희 씨, 보세요' 했주. 일편단심, 영원한 사랑, 사막의 오아시스, 사랑의 보금자리…… 이런 말도 쓰고, 또 '푸른 하늘 은하수에 하얀 쪽배를 타고서 단둘이 사랑을 속삭이는 꿈도 꾸었습니다' 하고 '불타는 이 심장을 알아주세요' 하는 말도 썼주기."

"어이구, 닭살 돋암져."

"너는 아직 어려서 사랑이 무스건지 모른다게. 왕눈이 너는 학교 공부는 잘해도 연애편지는 쓸 중 모르지? 어린애는 몰라. 넌 급장이라도 아기 급장이라, 아기!"

"야, 왕돌이! 강행필!"

"어이쿠, 금착(깜짝)이여! 야가 뜬금없이 급장 노릇 하네. 무사 성한테 소리치멘? 여긴 학교가 아니라 동네여."

"난 시방(지금) 급장으로서 말하는 거라. 강행필, 학급 축구공을 함부로 동네에서 차지 말 것!"

학급 축구공이란 창세의 학급 전체가 돈을 내어 단체로 구입한 공을 말하는데, 보건부장인 행필이 책임지고 보관하고 있는 중이다.

"무사 동네에서 공 차면 안 되여?"

"동네에서 공 차는 건 좋은디, 무사 꼭 숙희 누나네 집 대문 앞에서 공을 차멘? 대문에다 팡팡 차대고 울담 넘어 역부로(일부러) 공을 차넣고선, 어이구 엉큼해, 공 찾는다는 핑계로 그 집에 들어가고 말이여. 에이, 징그러워!"

"야, 왕눈아, 좀 봐주라게. 숙희 씨가 막 보고 싶은디 어떵 하란 말이냐. 느도 사랑해봐라. 느도 앞으로 두어해 있으면 이 불타는 심장을 이해하게 될 거여."

행필이 손가락 관절을 딱딱 꺾는다.

"와, 불타는 심장이라!"

"사랑 때문에 고민되니깐 담배가 막 피우고 싶어지는 거라. 넌 어린애라 이 심정 모른다게. 왕눈아, 부탁 하나

더 하자."

"이번엔 또 무신 부탁이라?"

"넌 급장이라 교무실 출입 자주 하잖아. 교무실에 가거들랑 선생들 피우던 담배꽁초 좀 갖다주라."

"담배꽁초? 어이구, 지랄 났네!"

"창세야, 너는 사랑에 고민하는 이 심정 모른다게."

"야, 왕돌이, 나보고 자꾸 어린애라고 하지 말라니깐!"

"오구오구, 우리 왕눈이 성났져. 발바닥 뜨겁지? 이리 오라, 우리 아기, 업어주쿠메."

창세가 좋아라고 히히거리면서 털썩 행필의 등에 업힌다.

"저기 물가까지 업어다줄 테니깐 이따가 꼭 편지 전해주라이."

"좋아! 그런디 연애편지를 다른 사람들 보는 앞에서 전해도 되나?"

"되고말고. 오숙희는 강행필의 각시다, 하고 여러 사람 보는 앞에서 도장을 쾅 찍는 것과 마찬가지 아니냐게."

두 소년은 서로 업고 업힌 채 밭과 밭 사이로 난 소로를 걸어 바닷가로 간다. 길가에는 하얀 삘기꽃이 떼지어 피어 있고 수영도 여기저기 자라 있다. 등에 업힌 창세가 수영 줄기를 꺾어 씹으면서 새콤한 단물을 빨아 먹는다. 밭들은 보리 베어낸 그루가 바닥에 촘촘한 것이 바리캉으로 밀어버린 두 소년의 머리통처럼 민숭민숭하다.

소로가 끝날 무렵 동쪽 가까운 곳에 연대가 나타난다. 이전 시대에 왜구의 침입에 맞서 봉화를 올리던 연대는 왜구가 섬 땅을 점령하고 있는 지금 흔적만 남아 잡풀이 무성하다. 창세는 연대 아래쪽의 조그만 콩밭에 힐끗 시선을 준다. 그야말로 손바닥만 하게 작은 밭이다. 큰 밭 두개는 화물선을 산다고 부친이 팔아버리고 남은 것이 저 밭 하나다. 누나는 부지런히 물질해서 잃어버린 재산을 꼭 되찾고 말겠다고 말한다. 연대 바로 위쪽 박털보네 대장간에서 똑딱똑딱, 망치로 쇠 때리는 소리가 들려온다. 상체를 벌겋게 벗어부치고 땀을 흘리면서 망치질하는 박털보 삼촌의 모습이 눈에 선하다.

똑딱 소리는 바다에서도 들려온다. 똑딱똑딱똑딱…… 똑딱선이라고도 불리는 발동선의 엔진 소리다. 그 소리가 가까이에서는 통통통 하고 들리기 때문에 통통선이라고도 불린다. 푸른 연기 동그라미를 허공에 띄우면서 똑딱선 하나가 서쪽으로 가고 있고, 그 뒤를 돛단배가 따라간다. 갈색 돛이 헐어 다른 천으로 누덕누덕 기웠다.

연대 아래쪽 바다에 많은 해녀들이 동네별로 떼지어

물질을 한다. 소라, 미역과 함께 감태도 채취하고 있을 것이다. 소라는 턱없이 낮은 값이긴 해도 통조림 공장에 팔리지만 감태는 무상 공출 대상이다. 바싹 말린 감태를 불에 태워 재에서 염산가리를 얻는데 그게 폭약 재료다. 해녀들이 작업하는 근처에는 오늘도 원성 높은 일본 잠수기선이 하나 흉물스럽게 떠 있다. 잠수복에 투구를 쓴 잠수부가 해녀 어장에 침입하여 싹쓸이해가는 중이다. 빼앗긴 식민지 바다, 그럼에도 제주 바다는 여전히 아름답다. 저만큼 멀찍이 달아나 있는 썰물의 바다는 등 푸른 고등어 빛으로 푸르고, 검은 현무암의 해안선을 따라 부글거리는 파도의 거품 떼는 눈부시게 희다.

검은 현무암의 해변에서 바위를 달군 열기가 해풍에 밀려오는데, 그 속에 아주 향기로운 냄새가 실려 있다. 해초를 햇볕에 말릴 때 생기는 요오드 냄새는 갯냄새 중에 가장 향기롭다. 기포 구멍이 숭숭 뚫린 널찍한 현무암 암반과 풀밭에 해녀들이 채취한 미역과 감태가 널려 햇볕에 꾸들꾸들 말라간다. 달구어진 바위와 돌이 창세의 맨발바닥을 뜨겁게 지져댄다. 뜨거운 줄도 모르고 바위에 찰싹 붙어 뻗어 있는 흰 돌찔레(돌가시나무)꽃이 신기하다. 현무암 지대가 끝나고 모래 둔덕이 나타난다. 그 위로 순비기나무들이 뱀떼처럼 얽히고설켜 기어가고 있다.

문득 눈앞에 사방이 탁 트인 푸른 공간이 펼쳐진다. 푸른 하늘과 푸른 바다가 만들어내는 광활한 공간이다. 비상경계령이 삼엄하게 내려진 바다는 잠수기선과 화물을 나르는 10톤짜리 조그만 발동선 하나와 감물 들인 갈색 돛을 세운 돛단배 하나만 가까이에 보일 뿐 휑하니 비어 있다. 그러나 바닷속에는 귀신고래보다 더 크다는 미군 잠수함들이 잠행하고 있고, 먼 수평선 위 뭉게구름 속에는 구라망 전투기들이 숨어 있고, 더 높은 구름 속에는 B29가 숨어 있다. 그래서 육지 바다에 진출하는 해녀들의 워정 물질이 몇달째 끊겼고, 앞바다의 물질도 멀리 나가지 못하고 해변 가까운 데서 한다. 그것도 돈이 되는 소라, 전복은 잠수기를 사용하는 잠수부들이 싹쓸이해버리고 해녀들은 공출용 감태 채취에 내몰려 그것들을 캘 여유도 없다.

비상경계령 속에서도 바람만은 여전히 막힘없이 건들건들 시원하게 불어온다. 서늘한 바람이 허파뿐만 아니라 심장까지 가득 채우는 것 같다. 바다가 주는 해방감이다. 바다풀인 갈색 듬북(뜸부기)떼가 돗자리처럼 펼쳐져 흰 갈매기들을 태우고 늠실늠실 물결을 탄다. 해녀들도 동네별로 떼지어 갈매기들과 함께 가볍게 물결을 타면서 자맥질을 한다. 거꾸로 박히면서 미끈한 두 다리로 물 위에 쌍돛대를 세운다. 호오잇호오잇, 가쁜 숨비질 소리가 맑은 허공에 퍼진다. 갈매기의 흰 날개, 해녀들의 흰 물옷, 흰 머릿수건이 햇빛에 눈부시게 빛난다.

창세네 동네 해녀들은 물 위에 솟은 작은 바위섬인 새똥여 근처에서 언제나처럼 테우를 띄워놓고 작업한다. 갈매기 똥이 하얗게 덮여 있어 새똥여였다. 테우는 해녀들이 채취한 감태를 받아놓기 위한 것이다. 그들 중에 창세의 누이 만옥과 행필의 짝사랑 숙희도 있다.

“와아, 저 넓은 바당!” 행필이 바다를 향해 두 팔을 한껏 벌리며 감탄사를 터뜨리고는 「스텐카 라진」을 흥얼거린다.

“넘쳐 넘쳐 흘러가는 볼가 강물 위에 스텐카 라진 배 위에선 노랫소리 들린다……”

“뭐, 볼가강이 아무리 넓댄 해도 우리 제주 바당만큼이나 하카. 난 이 담에 크면 무역선 타고 저 수평선 너머 나갈 거여!” 어깨를 으쓱거리면서 창세가 힘주어 말한다.

“암, 그래사주. 좁짝한(비좁은) 섬에서만 있으면 소똥굴리는 소똥구리밖에 안 되주.” 행필이 고개를 끄덕인다.

두 소년은 동네 해녀들의 작업장에서 그리 멀지 않은 큰 바위로 가서 아무렇게나 활활 옷을 벗어 바위 그늘에다 내던진다. 무명 팬티 바람이 된 그들은 밀알을 씹어

귀마개를 하고 작살을 꼬나잡고서 바닷물로 풍덩풍덩 뛰어든다. 몸 붉은 붉바리, 눈 큰 볼락, 허리 긴 갈치, 입 뾰족 꽁치, 몸 납작 객주리, 알록달록 어렝이, 우럭, 고도리 들이 놀고 있는 투명한 물속으로 들어간다. 행필은 작살질의 명수, 한번 물에 들면 허리에 찬 노끈 꿰미에 고기가 빼곡 들어찰 때까지 두시간 넘어도 물 밖에 나오지 않는 물귀신이다. 이번에도 숙희의 부친 제사상에 오를 붉바리 서너마리를 잡을 때까지 물 밖에 나오지 않을 것이다.

엉장메코지 근처에 돌고래떼 수십마리가 물결을 힘차게 가르며 동쪽으로 이동하고 있다. 현무암 언덕인 엉장메코지는 흰 파도 거품을 일으키면서 거대한 쐐기처럼 바다로 진입해 있는데, 거기가 설문대할망 전설, 그 연륙의 꿈이 깃든 곳이다. 멀리 원당봉 너머에 일본군 제로센 전투기 두대가 낮게 떠 날아가고 있다.

누님의 이름은 안만옥, 누님은 얼굴이 고왔어. 콧등에 주근깨가 살짝 뿌려져 있었는데, 그 때문에 더 고왔주, 참나리꽃처럼! 활짝 벌어진 주황색 꽃잎에 깨알같이 검은 점들이 박힌 참나리꽃 말이여. 그런디 체격을 보면 영락없이 남자인 거라. 외탁한 거주. 외삼촌을 닮았어. 허우대가 남자처

럼 크고, 어깨도 여자 어깨가 아니라. 양어깨가 조붓이 동그스름하지 않고 수평으로 쫙 펴졌거든. 뚝심도 좋았주. 그래서 어머니가 자꾸 잔소리했어. 어깨를 죽이고 다니라, 시집 못 간다고, 어깨 넓은 여자는 품에 들어오지 않아서 남자들이 싫어한다고 말이여. 누님은 그런 말을 들은 척도 안 했어. 어깨를 쫙 펴고 코끝을 치켜올리고 남자처럼 당차게 성큼성큼 걸어다녔주기. 남의 뒤를 따라가기 싫어해서 언제나 앞장서 걸었어. 여장부, 여자 대장이여, 대장! 허허허.

그런데 그렇게 뚝심 좋고 당찬 스물한살 만옥이 그날은 물속에서 큰 전복을 따다가 힘에 부쳐 하마터면 익사할 뻔했다. 창세가 행필의 연애편지 심부름을 한 바로 그날이었다.

그날은 오후에 날씨가 갑자기 흐려져서 물속도 흐렸다. 물속이 흐리면 물건이 잘 보이지 않고 마음도 우울하다. 그러잖아도 돈도 안 생기는 강제노동이라 만옥은 더 맥이 빠졌다. 해류를 타고 흐느적거리는 감태를 한아름 베어 막 수면 위로 떠오르려는데, 갑자기 햇빛이 비치고 물속이 환해지면서 바위틈에 붙어 있는 큰 전복 하나가 번쩍 눈에 띄었다. 전복은 값 많이 나가는 수중 귀물, 참는 숨이 얼마 남지 않았지만 몸이 저절로 거기로 쏠렸다. 지체 없이 팔에 안았던 감태를 버리고 더 깊이 자맥질하여 전복에 바싹 다가갔다. 전복은 빠끔하게 열려 있었지만 바위틈이라 빗창을 찌르기가 불편했다. 어쩔 수 없이 어설픈 자세로 찔렀는데, 한뼘 길이의 빗창이 깊이 들어가지 못하고 그만 전복에 꽉 물려버렸다. 빗창을 젖혀 전복을 떼어내야 하는데 숨이 얼마 남지 않아 기운을 쓸 수 없었다. 숨이 참을 수 없이 가빠졌다. 아뿔싸! 자칫 숨이 막혀 죽을 판, 손목에 감은 끈을 풀어 전복에 물린 빗창을 내버린 채 황망히 물 위로 떠올랐다. 떠오르다가 더이상 숨을 참지 못해 울컥 물을 삼키고 말았다. 그와 동시에 물안경에 틈이 벌어져 물이 왈칵 들어오고 머릿수건이 벗겨졌다. 허파가 찢어지는 듯, 눈알이 튀어나오는 듯한 고통! 허겁지겁 솟구쳐올라 수면을 터뜨리는 순간, 손을 뻗어 간신히 테왁을 붙잡고 그 옆의 듬북떼 위에 널브러졌다. 눈앞 풍경이 벌겋게 변하면서 까무룩 정신을 잃었다. 다행히 정신은 금방 돌아왔다. 아득히 멀어져가던 정신이 다시 돌아오는 그사이에 노란 놋잔 한개가 번쩍거리며 나타났다가 천천히 사라졌다. 만옥은 테왁을 그러안고 두려운 마음을 가라앉히려고 숨을 몰아쉬었다. 물 아래 들어가서 너무 욕심을 부리면 죽을 수도 있다는 것을 새삼 실감하는 순간이었다.

번쩍거리며 나타났다가 사라진 노란 놋잔, 그것은 연대동 해녀가 저승 문턱에서 보았다는 바로 그 술잔이었다. 그 해녀는 깊은 물속에서 전복을 따다가 물을 먹고 실신했는데, 정신을 잃는 순간 눈앞에 기묘한 별천지가 펼쳐지더라고 했다. 왕관 모양의 말청각, 우뭇가사리가 밀생한 고운 채색의 기암괴석이 솟아 있고, 울긋불긋 아름답고 부드러운 산호가 숲을 이루고, 형형색색의 물고기들이 떼를 지어 유영하는 아름다운 세계였다. 갑자기 대낮처럼 환한 빛이 비치더니 웬 흰색 강아지 한마리가 나타나 따라오라고 꼬리를 살랑살랑 흔들었다. 그 강아지를 얼마쯤 따라가니 눈앞에 아주 크고 살진 전복 한 개가 붙은 바위가 나타났다. 그것을 떼려고 손을 뻗치자 전복은 반짝반짝 빛나는 놋잔으로 변했는데, 그때 홀연 눈앞에 고운 옷차림의 여인이 나타나서 엄하게 꾸짖었다. "이곳은 인간 세상이 아니다. 남해 용궁이다. 네가 여기에 들어오면 용궁을 침범한 죄인이 되어 큰 벌을 받고 인간 세상으로 나갈 수 없다. 그래도 들어오겠느냐?" "아이고, 잘못했수다! 제발 덕분 살려줍서. 인간 세상으로 돌아가쿠다." "그러면 이 강아지를 따라 오던 길로 돌아가거라." 그렇게 정신을 잃고 물 밑 감태숲에 나자빠진 그녀를 다른 해녀들이 머리를 움켜쥐고 끌어올려 "이 새끼, 이년!" 하고 욕을 하면서 팔다리와 몸통을 마구 문질러 간신히 살려냈단다.

만옥은 긴장이 풀리면서 몸이 덜덜 떨렸다. 제 집 안방처럼 편안하게 느껴지던 물속이 이제는 두렵게 느껴졌다. 무서운 생각에 그만 뭍으로 올라갈까 하다가, 겁쟁이가 되어서는 안 된다고 마음을 다잡았다. 전복에 물려 빼앗긴 빗창을 되찾아야 했다. 그녀는 잠시 테왁에 몸을 의지한 채 놀란 가슴을 진정하고 멀리 새콧알할망당 쪽을 향해 머리를 조아렸다. "새콧알할마님! 할마님 자손이 원정드렴수다. 나이는 스물하나, 이름은 안만옥이 원정(願情)드렴수다. 할마님, 할마님, 불쌍한 이 자손 부디 무사하게 도와주십서!"

테왁을 안고 쉬는 동안, 구름 속에 숨었던 해가 다시 이글거리며 나타났다. 뜨거운 여름 햇볕이 오그라든 그녀의 두 어깨를 부드럽게 풀어주었다. 벗겨진 머릿수건은 다행히 테왁 위에 걸쳐져 있었다. 마침내 원기를 회복한 그녀는 머릿수건을 다시 질끈 당겨 쓰고 두 팔로 힘차게 물속을 헤치면서 자맥질해 들어갔다. 흐릿했던 물속은 다시 햇빛이 들어 환하게 밝아져 있었다. 만옥은 빗창을 물고 있는 전복을 금방 찾아냈다. 빗창을 힘껏 잡아젖혀 전복을 바위에서 떼어냈다. 칠팔년 묵은 큰 전복이었다.

한쪽 손에 테왁 들고
한쪽 손에 빗창 들고
한길 두길 내려가보난
저승 문이 다 왔구나
이여싸나 이여도 싸나

해가 서편 하늘에 반쯤 기울어질 무렵 만옥은 다른 해녀들과 함께 지친 몸을 잠시 쉬기 위해 뭍에 오른다. 갑추, 옥미, 만옥, 월아, 숙희 등 다섯명의 해녀가 둥근 테왁에 달린 망시리(그물 자루)를 어깨에 올려 메고 힘겹게 걸음을 뗀다. 초록 파래가 덮인 물가 바위가 맨발 밑에서 미끄럽다. 물이 줄줄 흐르는 망시리마다 소라, 미역, 감태가 가득 들어 있다. 몸에서도 물이 줄줄 흘러내린다. 흰 머릿수건과 적삼, 그 아래 받쳐 입은 검정색 소중의(속곳), 그 아래 드러난 맨살 허벅지들. 젖은 옷이 둥근 테왁보다 더 큰 엉덩이와 가슴에 달라붙어 흐벅진 몸매를 드러낸다. 반라의 몸들이 검은 현무암 암반 위에서 탄력 있게 움직인다. 근처 얕은 물웅덩이에서 참방거리면서 놀던 검게 그은 조무래기들 몇명이 반갑다고 소리 지르면서 달려온다. 뒤따라 다른 동네 해녀들도 뭍에 오른다.

감태와 미역이 널찍한 검은 암반에 널린다. 아이들도 작업을 돕는다. 미역은 뿌리 쪽의 우글쭈글한 미역귀를 잘라낸 뒤 한장 한장 가지런히 펼쳐 넌다. 물속에 오래 머문 탓에 차가워졌던 몸이 햇볕을 쬐자 금세 따뜻해진다. 작업을 끝낸 그들은 쉼터인 불턱에 모여든다. 세개의 불턱에 동네별로 해녀들이 모여든다. 불턱은 큰 바위 양 옆으로 둥그렇게 돌담을 쌓아 만든 조그만 공간이다.

해녀들은 망시리 속의 소라를 대바구니에 옮기고 나서 둥그렇게 자리 잡고 앉는다. 햇볕 따가운 노천 불턱에서 조금이라도 그늘진 곳이라곤 큰 바위 아래뿐인데, 그 자리는 서른세살 양갑추의 차지이다. 그녀는 연장자이고 물질 경험이 많아서 늘 대장 노릇을 한다. 땅에서는 기어다니고 바다에서는 날아다닌다는 상군 해녀인 그녀는 오늘도 소라를 누구보다도 많이 잡았다. 그녀가 평평한 돌을 깔고 앉자 큰 엉덩이가 더욱 푸짐해진다. 엉덩이가 그렇게 무거운데도 자맥질을 제일 잘한다.

배고프다고 우는 젖먹이를 등에 업고 소학교 1학년짜리 공순이 나타난다. 학교는 지금 여름방학 중이다. 아기는 천 모자를 썼지만 햇볕에 얼굴이 발그레 익어 있다. 백일짜리 물아기(갓난아기)다. 갑추가 탱탱 분 가슴 한쪽을 물적삼 밖으로 털썩 꺼낸다. 가히 위압적이다. 젖통이 겨드랑이까지 불룩하게 이어져 풍만하다. 벌써 젖꼭지에 흰 젖이 스며나와 흐르고 있다.

"갑추 성님, 젖물이 막 흘러내렴수게. 어서 아기 젖 먹입서. 성님은 젖이 많이 나와서 아기 키우기 좋쿠다예" 하고 스물다섯살 현옥미가 말한다. 그녀는 얼마 전에 물질하다가 바위에 부딪혀 앞니 하나가 부러졌다.

"젖통이 커사 젖이 많이 나오는 법이주. 자고 나면 밤새 고여서 샘물처럼 찰랑찰랑 넘치거든."

"와, 부럽다!" 옥미가 감탄사를 발한다.

공순이 등에 업은 아기를 풀어 그 가슴에 안긴다. 발가숭이 아기가 큰 가슴에 달라붙어 젖꼭지를 담뿍 물고 힘차게 빨아댄다. 깔딱깔딱, 목구멍으로 젖 넘어가는 소리. 열여덟살 막내 오숙희가 옆에 다가가 아기 젖 먹는 모습을 신기한 듯 들여다본다.

"깔딱깔딱, 하하, 우습다! 아기 젖 먹는 소리, 참 듣기 좋네예. 아기가 막 배고팠던 모냥이라예." 웃을 때 늘 그렇듯이 그녀의 콧등에 오밀조밀 주름이 잡힌다.

"이 세상에 아기 목구멍으로 젖 넘어가는 소리처럼 듣기 좋은 소리는 없주, 깔딱깔딱. 그다음으로 듣기 좋은 소리는 마른 논에 물 대는 소리, 콸콸콸."

그 말에 다른 해녀들이 맞아, 맞아 하면서 고개를 끄덕거린다.

아이들은 불턱 밖에서 간식거리인 미역귀를 불에 굽기 위해 땔감을 모은다. 파도에 떠밀려온 듬북떼가 여기저기 널려 있는데, 바싹 마른 듬북은 불에 잘 탄다. 아이들이 마른 듬북과 바닷물에 닦여 뼈처럼 하얘진 나무토막을 주워모아 불을 피운다. 마른 듬북과 나무토막이 푸르스름한 불꽃을 피워올리면서 주위에 고소한 냄새를 퍼뜨린다. 소금을 머금은 것들이라 타닥타닥 타는 소리가 요란하다. 미역귀가 구워지면서 갈색에서 초록빛으로 변한다. 다른 동네 해녀들이 피우는 모닥불의 푸른 연기가 검은 바위들 사이 여기저기에서 피어오른다.

아이들과 함께 익은 미역귀를 우적우적 씹으면서 해녀들은 이 말 저 말 꺼내 수다를 떨기 시작한다. 불턱은 온갖 소식과 소문이 모이고 퍼져나가는 해녀들의 사랑방이다.

"이것 봅서, 나 큰 전복 하나 잡았수게."

만옥이 대바구니를 기울여 보여주면서 자랑한다. 바구니를 반쯤 채운 소라들 위에 아주 큼직한 전복이 하나 놓여 있다. 뒤집힌 채 싱싱하고 푸짐한 속살을 옴찔옴찔 움직거리는 전복을 보고 해녀들이 탄성을 지른다.

"아따메, 크다! 칠팔년은 묵은 놈이네."

"살이 푸짐한 걸 보난 암전복이여."

"저렇게 우둥퉁 살진 전복은 맛도 좋고 몸보신도 되주."

옆에 앉은 강월아가 만옥의 사내처럼 굵은 팔뚝을 탁 치면서 말한다.

"이년이 기운이 보통 센 게 아니네. 저렇게 큰 전복은 빗창을 물면 보통 힘으론 못 떼어내는디."

"아이고, 아까 막 무서웁디다!"

만옥이 길게 한숨을 토하고서 좀 전에 물속에서 겪은 일을 실감 나게 말해준다. 연대동 처녀가 본 그 놋잔을 자기도 보았다고, 하마터면 전복 귀신에 잡아먹힐 뻔했다고. 말하는 사람도 듣는 사람도 놀라움에 눈이 똥그래진다. 이야기가 끝나자 갑추가 정색을 하고 말한다.

"만옥아, 앞으론 조심하라이. 물속에선 함부로 욕심 부려선 안 되여."

"아이고, 명심하쿠다."

갑추가 다시 말한다.

"물질하다보면 죽고 사는 거 백지 한장 차이라. 전복이 값 많이 나간다고 너무 욕심 부리면 큰일 난다이. 눈앞에 전복은 보이지, 남은 숨은 없지, 그럴 때 욕심냈다간 물숨 먹고 죽는 거라. 전복이 귀신이여, 사람 잡는 물귀신! 저승에서 벌어다가 이승에서 쓰는 것이 해녀 인생인디, 부디 명심들 하라이. 바다를 이길 수는 없느니."

"삼춘, 이 전복값이 얼매나 되카마씸? 운동화 한켤레 값은 받아사 하는디. 창세 운동화가 헐어서……"

아기에게 젖을 물린 채 갑추가 대답한다.

"운동화 한켤레 값? 그보다사 더 받아사주. 하이고, 저 전복이 어느 쪽발이 놈 아가리에 들어갈 건가? 보리고 조고 감태고 우리 것은 몬딱 그놈들 차진디. 뼷골 빠지게 일해도 우리 살림을 우리가 못 살고 남의 살림 살아주는 판이니!"

월아가 말한다.

"아마도 저 전복은 모리 입에 제일 먼저 들어갈 거여. 천일식당 불여우! 그년이 그 왜놈한테는 아주 설설 기니까. 만옥아, 흥정 잘하라이. 아주 독한 년이여. 물건값 막 깎기 일쑤라."

천일식당의 그녀는 깍쟁이일 뿐만 아니라 성깔 사나운 것으로 호가 난 여자였다. 만옥은 언젠가 비석거리 오일장에서 그녀가 벌이는 활극을 본 적이 있었다. 사람들이 득시글한 오일장에서는 가끔씩 우연히 마주친 본처와 첩이 서로 머리채를 잡고 싸움을 벌여 좋은 구경거리가 되곤 했는데, 그날의 주인공이 천일식당의 그녀였다. 상대는 이웃 마을 함덕 여자. 천일식당 여자가 남편을 빼앗긴 분풀이로 함덕 여자의 머리채를 움켜쥐고 사정없이 휘둘러댔는데, 참으로 볼만했다. 그 장면이 떠오르자 만옥은 저도 모르게 까르르 웃음이 터진다. 느닷없이 터진 웃음소리에 갑추가 돌아본다.

"너 무사 웃엄시냐?"

"하이고, 우스워라! 저번 오일장에서 그 여자가 시앗싸움 하는 거 봤수게. 머리끄덩이 움켜쥐고 죽일 년아 살릴 년아 하고 막 휘둘러대니깐 함덕 여자가 '에구구, 에구구, 성님, 성님, 살려줍서! 에구구, 에구구, 나 죽네, 나 죽어!' 하고 막 비명을 지르고예. 하이고, 우스워, 호호호!"

월아도 깔깔대면서 맞장구친다.

"나도 시장에서 둘이 싸우는 걸 봤주. 그 불여우가 첩의 머리를 깎아버리겠다고 가위 들고 막 좇아가는데……"

말이 채 끝나기도 전에 만옥이 다급하게 묻는다.

"좇아가서 머리를 깎아부런마씸?"

"아니, 어림없주. 젊은 여자 달음박질을 좇아갈 수 있나. 그 불여우가 큰 궁둥이를 홰홰 휘두르멍 뒤뚱거리는 꼴이 볼만하더라."

호호호호, 아이고, 호호호, 에구구, 웃음에 약한 만옥이 깔깔대다가 아주 자지러지고 만다. 그것을 보고 갑추가 끌끌 혀를 찬다.

"저 아이 보라게. 아이고, 저 아이 죽어감져."

웃음을 겨우 그친 만옥이 손등으로 이마를 훔친다.

"그런디 갑추 삼춘, 천일여관에 나랑 같이 가줍서. 난 홍정을 잘 못하는디, 삼춘이 홍정 좀 붙여줍서게."

"기여(그래), 이따가 통조림 공장에 소라 팔고 난 후에 천일식당에 같이 가자이. 하이고, 그년, 심술쟁이라 주둥이 생긴 것도 별나. 맨날 심술부리면서 주둥이를 댓발씩 늘이고 댕기주. 크고 두툼한 것이, 그 주둥이를 썰어 국 끓이면 저 전복만큼이나 푸짐할 거라."

"요새 손님 없다고 그 나온 입이 더 튀어나왔어라" 하면서 월아가 입술을 삐죽 내밀어 보인다. 모두들 그 여자의 살집 많고 튀어나온 입술을 떠올리며 깔깔댄다. 만옥이 다시 웃음에 겨워 자지러지면서 배가 당겨 헉헉댄다. 갑추가 웃으면서 말한다

"아이고, 저 아이 웃는 것 보라, 호호호! 참, 만옥아, 느 친구 염숙이 아직도 소식 없어?"

"어이구, 삼춘도. 이런 전쟁 시국에 어떵 편지를 자주 합네까게."

만옥의 또래 염숙은 올봄에 다른 해녀 일곱명과 함께 떼를 지어 금강산 바로 아래 고성 바다로 원정 물질을 가 있었다. 월정리의 어느 밥술깨나 뜨는 집에 시집갔다가 두해도 못 살고 지난봄에 돌아온 그녀였다. 어업조합 서기였던 사내는 노름꾼 주제에 걸핏하면 손찌검하고 받은 밥상을 마당에 내던질 정도로 성질이 못되어먹은데다가 양반집입네 하고 테왁을 깨뜨리면서까지 바다 물질을 막는 통에 염숙은 만정이 떨어졌다. 늘 바다가 그립고 함께 물질하던 벗들이 그리웠다고 했다. 바다는 그녀에게 친정 엄마 같은 존재였다. 그래서 문을 박차고 나와버렸다. 다행히 아이가 없었다. 친정 부모가 펄펄 뛰었다. 시집에서 나가라고 해도 문지방에 딱 버티고 서서 못 나간다고 우겨야 할 판에 제 발로 기어나왔다고, 죽어도 그 집에서 죽어야 한다고, 남의 집에 줘버린 아기 나는 모르니 친정에 오지 말라고 했다. 그래서 염숙은 친정에도 들어가지 않고 곧바로 금강산 앞바다로 원정 물질 가는 배에 올라타버렸다. 문상옥의 10톤짜리 배였다.

그 통통배가 목적지인 금강산 밑 고성의 어촌에 도착하기까지는 아흐레가 걸렸다. 그 어촌에는 해녀를 실은 제주 배 다섯척이 이미 와 있었다. 도착 즉시 염숙은 만옥에게 편지를 보내왔는데, 배 타고 갈 때 고생한 이야기와 낯선 땅, 낯선 바다에 대한 호기심이 적혀 있었다. 아흐레 동안 배 타고 가면서 바닥에 앉아 뭉개노라니 무명 갈옷 바지 엉덩이 부분이 미어져 구멍이 나더라고 했다. 바람이 불면 돛을 세워서 가고 바람이 잘 때만 엔진을 켰는데, 기름을 아끼느라고 노를 저어 갈 때도 많았다. 해녀들이 교대로 노를 저었고 그때마다 흥을 돋우려고 노래를 합창했다. 뱃노래도 부르고 유행가도 불렀다. 십여년 전 해녀 항쟁 때 불렀던 노래도 불렀다. "우리들은 제주도의 가엾은 해녀들, 비참한 살림살이 세상이 알아."

편지에서 염숙은 금강산 바로 아래쪽이라 바다 물속도 아름답다고, 조만간 시간 내어 문상옥을 인솔자 삼아 단체로 금강산 구경도 해볼 생각이라고 했다. 바다에 배를 띄워놓고 그것을 기지 삼아 작업을 한다고 했다. 어촌에서 멀리 떨어진 곳에서 작업할 때는 숙식도 배에서 해결하는데, 한 배에 탄 아홉명의 식구들 중에 유일한 남자인 문상옥이 사공 일을 겸하면서 물질 작업 중인 해녀들의 안전을 살피고 현지에서 판매와 잡다한 교섭을 맡았다. 그는 해녀들이 작업하는 동안에는 배 위에 혼자 남아 항상 책을 읽는데, 보나마나 들키면 잡혀갈 금서가 분명하다고 염숙은 편지에 썼다. "그런 책은 위험한 거라. 멀쩡한 사람을 혼을 빼버려. 그런 책에 한번 빠지면 잘 나오지 못하는 모냥이더라."

염숙은 뜻밖에도 문상옥에게 관심이 있는지 그에 대한 이야기를 많이 적었다. 그는 이년 전에 아끼던 아내를 병으로 잃고 꽤 오랫동안 상심했었다. 재작년부터 목포형무소에서 일년 넘게 징역을 사는 동안 아내를 잃은 슬픔은 어느 정도 사그라들었으나 출소의 기쁨은 없었다. 감옥 바깥도 감옥이나 다름없었고, 이렇다 할 활동을 하지 않는데도 책 읽는 지식분자라고 감시의 그물에 갇혀 있는 것이 너무도 답답했다. 어디로든 달아나고 싶었으나 일본도 조선도 일본인 천지, 그는 땅이 아닌 바다로 나가고자 했다. 비록 출어세 명목으로 혹독하게 뜯기기는 했지만 그래도 바다 영업은 마음이 편했다. 그래서 해녀들을 모아 태우고 섬을 떠났다. 책 읽기를 무엇보다도 좋아하는 그는 감시의 눈길 없는 바다 한가운데에서 자유롭게 금서를 읽을 수 있었다. 해녀들이 물에서 작업하는 동안 자신은 선상에서 해녀들의 언 몸을 덥힐 불이나 지키면서 맑스를 읽었다. 그가 염숙을 잘 대해준다고 했다.

10톤짜리 작은 배를 타본 적이 없는 만옥은 그 조각배가 아무 사고 없이 그 먼 곳까지 갈 수 있었다니 놀라웠다. 하기는 그런 배가 물결 사나운 현해탄도 넘는다는데,

오사카 공습을 피해 귀향하다가 물속 기뢰를 맞아 침몰했다는 소식도 들려왔다. 염숙네가 떠날 때 별문제 없던 제주 바다가 이제는 매우 위험해진 것이다. 바닷속에 기뢰가 우글거리고 어뢰가 내달린다. 인간 어뢰도 있다. 훈련 중인 인간 어뢰를 만옥은 물질하다가 몇번 보았다. 서우봉에서 출발해 관곶 앞바다까지 흰 물꼬리를 일으키며 달려왔다가 되돌아가는 그 무서운 속도를 본 뒤로는 아무 해가 없는 돌고래떼를 만나도 어뢰처럼 느껴져 간담이 서늘해진다.

따알리아! 만옥이 무심중에 그 이름을 중얼거린다. 실은 염숙보다 간호병으로 징집당하게 되었다는 따알리아가 더 걱정이다. 만옥과 동갑내기 절친한 동무 따알리아는 조천소학교를 마친 뒤 읍내 서점에서 점원 노릇을 일년쯤 하다가 작년에 간호사가 되겠다고 오사카에 건너갔다. 일년제 간호사 양성소에 입학한 그녀는 조그만 철공소를 경영하는 숙부 집에 머물고 있노라고 했다.

따알리아로부터 편지가 세번 왔는데, 그때마다 만옥에게 전해준 사람은 집배원이 아니라 우편소 서기 부대림이었다. 작년에 서울의 체신학교를 졸업한 그는 제주 읍내 우편국 본국에 발령을 받아 다섯달쯤 근무하다가 몇달 전에 고향 마을인 조천 지국으로 전근해 왔다. 따알리아를 노골적으로 짝사랑하는 그를 만옥은 별로 좋아하지 않았다. 두살 위지만 하는 꼴이 마뜩잖아서 댓바람에 반말로 쏘아주곤 했다. “어휴, 이녁이 뭔데 남의 편지를 함부로 갖고 댕기는 거라? 배달부가 할 일을!” “어어, 만옥아, 너무 경(그렇게) 욕하지 말라게. 이렇게 소중한 편지를 어떵 배달부한테 맡길 말이냐. 어서 그 편지 내 앞에서 읽어봐. 따알리아가 일본 가서 어떵 지내는지 나도 막 궁금하다게.” 대림이 양복 안주머니에서 편지를 꺼내 건네줄 때마다 만옥은 소중한 편지에 그의 체취가 묻어 있는 것만 같아 기분이 나빴다. 간호학교 입학 두달 뒤에 보내온 편지에는 그녀의 얼굴 사진이 들어 있었다. 대림은 편지 봉투를 만져보고 사진이 들었다는 것을 알고서 보여달라고 몸살이 나게 졸라댔지만 만옥은 매정하게 거절해버렸다. “만옥아, 따알리아가 느 애인이냐? 느네 둘이 서방 각시 하는 사이여, 뭐여?” 대림이 투덜거렸다.

명함 크기의 예쁜 사진이었다. 워낙 미인이지만 사진 속 얼굴은 더 예뻐 보였다. 만옥이 즐겨 땋아주던 댕기머리가 단발머리로 바뀐 것이 좀 아쉬웠지만 그게 간호학교 규칙이라고 했다. 오사카에서도 사진관 주인이 그 사진을 크게 확대하여 바깥 진열장에 붙여놓을 정도로 사진 속 그녀의 얼굴은 정말 붉은 달리아처럼 화사하게 예뻤다. 그녀는 어느 날 사진관 앞을 지나다가 진열장에 붙어 있는 자신의 사진을 발견하고 깜짝 놀라고 창피스러워 곧바로 뛰어들어가서 항의했는데, 주인이 영 말을 듣지 않아 이튿날 동급생 몇명을 데리고 가서야 간신히 사진을 뗄 수 있었다고 했다. 그런데 편지에서 그런 사연을 들려주며 즐거워하던 따알리아가 얼마 전에 본가로 불길한 내용의 전보를 보내왔다. 졸업을 한달 앞두고 간호병 징집영장이 나왔다는 것이다. 죽음의 전장에 끌려가게 되다니, 만옥은 따알리아 걱정에 마음이 자못 우울해진다. 무사해야 할 텐데, 무사해야 할 텐데…… 만옥은 간절히 기도를 바친다. '새콧알할마님, 부디 도와주십서. 우리 따알리아를 도와주십서. 불쌍한 할마님 자손이우다. 부디 무사하게 도와주십서! 운수 좋게 해주십서!'

"아이고, 무슨 세월이 이리도 모진고!" 월아가 탄식한다. "우리 아기 아방은 죽었는지 살았는지 소식이 없고……"

마음이 여린 그녀의 눈에 어느새 눈물이 그렁그렁 고인다. 규슈 탄광에 끌려간 남편 황평일을 생각하는 것이다. 지지난겨울에 징용당한 그는 도착한 직후 딱 한번 편지를 보내오고 일년이 넘도록 죽었는지 살았는지 소식이 없다.

갑추도 옥미도 한숨을 토한다. 갑추의 남동생이 일본 호세이대 3학년 재학 중에 징병되어 도쿄 근처 지바시의 고사포 학교에서 훈련을 받고 있는데, 보름 뒤에 졸업하면 즉시 전쟁터에 투입될 거라고 했다. 동네 이발사인 갑추의 남편 고정오는 관동군 이발병으로 차출되어 한라산에 가 있다. 옥미의 남편은 오사카의 어느 스프링 공장에 일하러 가 있고, 남동생은 인도차이나 전쟁터에 끌려가 있다. 한글을 모르는 그녀는 만옥을 빌려 동생과 남편에게 두어번 편지를 써 보냈는데, 이제 몇달째 깜깜무소식이다. 옥미가 또다시 한숨을 토한다.

"아이고, 이놈의 전쟁 언제 끝날 건고? 걱정되연 죽어지켜. 근심 따문에 물에 들어도 눈이 흐릿해 물건이 잘 안 보여. 마음이 편안해사 물건이 눈에 들어오는디…… 아까도 하마터면 바위에 머리를 다칠 뻔했어."

그러잖아도 몇달 전 물결 사나운 날에 물질하다가 바위에 부딪혀 반토막 난 앞니 때문에 더욱 불행해 보이는 그녀를 만옥이 달랜다.

"옥미 성님, 너무 걱정 맙서게. 저 왜놈들 곧 망한댄 햄수다. 망하는 거 시간문제랜! 저놈들 곧 뒈싸질(뒤집힐) 거우다."

그 말에 갑추가 자조적으로 내뱉는다.

"아이고, 만옥아, 모르는 소리 말라. 저 칠만 관동군이 원수여! 저놈들만 망하는 게 아니라 저놈들 땜에 우리 섬 백성도 같이 망한댄. 미국 놈들이 우리 제주도를 아주 박살 낸댄. 물속에선 잠수함이 폭발탄을 쏘고, 하늘에선 비행기가 폭발탄을 쏘아대고…… 읍내에서는 관공서뿐만 아니라 가정집에도 방공호를 팠댄 햄서. 곧 미국 비행기, 군함들이 몰려왕 와장창 폭격한댄. 제주도 전체가 불바당 되엉 우리 섬 백성 절반 이상 죽는댄!"

갑추의 거친 말에 모두들 말을 잃고 침울해진다.

읍내에서는 집 안에 방공호를 판다는 말에 만옥은 가슴이 뜨끔하다. 뒤란에 땅을 파고 곡식 항아리를 숨겨놓은 것이 생각나서다. 말은 안 하지만 그렇게 숨겨놓은 구덩이가 집집마다 있을 텐데, 이제는 사람이 들어갈 구덩이를 파야 하나? 만옥이 침울한 분위기를 바꿔보려고 말머리를 돌린다.

"아이고, 삼춘도! 무섭게시리 그런 소리 하지 맙서게. 아무 죄 없이 우리가 무사 죽습니까? 하여간에 저 왜놈들 망할 건 시간문제랜 햄수다. 곧 시국이 편안해질 거우다."

만옥의 옆에 앉은 막내 숙희도 일부러 밝은 음성으로

말한다.

"전쟁이 끝나사 나도 육지 물질 가볼 건디. 여기 우리들 중에 육지 물질 안 가본 사람은 나밖에 없수다게. 물질 핑계에 육지 구경 한번 해사 하는디. 염숙 성님네가 고성에서 물질 끝내고 돌아올 적에 금강산 구경하고 온댄 합디다만."

"아이고, 요 아이야, 하는 말이 그렇주 경 못 한다게. 이 무서운 시국에 한가하게 산천 구경은 무신." 갑추가 어림없는 말이라고 고개를 흔든다.

"하지만 바당 구경도 재미 좋아. 난 고성 바당에 안 가봤주만 금강산 바로 아래니까 바당도 아름다울 거여. 산천의 경치가 지방마다 다르듯이 바당도 이 바당 저 바당 다 경치가 달라. 난 네해나 육지 물질을 댕겼는디, 백령도, 대마도, 울산, 원산, 갯가 경치도 다르고 물속 경치도 다 다르주. 하지만 뭐 우리 제주 바당보단 못해. 제주 바당이 최고! 최고로 아름답주. 울긋불긋 고운 산호숲에 돌도 곱고 물고기들도 아롱다롱 곱고 종류도 많주. 서해 바당은 뻘 바다라 물속이 뿌영해여. 그래도 백령도는 전복이 많아."

"백령도 바당은 물건은 많아도 물이 차서 오래 견디질 못했수게. 들물, 썰물도 우리 고장하고는 달라서 몸 다치기 쉽고." 만옥이 말한다.

"오호, 맞아, 만옥이 너도 그때 같이 갔구나. 그때 따알리아 그 아이는 물이 차서 물질 못 하겠다고 울다가 먼저 고향에 돌아갔주, 하하하! 세상에, 그런 아이는 처음 봤어. 바당 물질은 힘과 배짱으로 하는 건디, 따알리아는 몸도 가냘프고 바당 물질에 안 맞는 체질이주. 학교도 나오고 아방이 돈도 많이 버는디 무엇이 아쉬워서 해녀 노릇 할 말이냐. 간호학교에 가길 잘했주. 우리사 못 배우고 가난하니까 물질로 먹고살주만."

만옥은 따알리아의 가냘픈 몸매와 유난히 흰 살빛을 떠올린다. 이 세상 것 같지 않게 매혹적인 흰빛! 백령도 바닷물이 차갑다고 견디지 못한 것은 피부가 너무 희어서였을까? 그녀의 피부는 햇볕에 그을었다가도 며칠만 지나면 옅은 구름이 머물렀다 지나간 듯이 신기하게도 다시 흰빛으로 돌아갔다. 야학에서 흰색은 검정색보다 햇볕을 덜 흡수한다고 배웠는데, 그래서 그런 걸까? 집안 살림이 비교적 넉넉한 편인 그녀는 다른 해녀들과 달리 그렇게 열심히 물질을 하지는 않았다. 학교 다니는 틈틈이 바다에 나왔는데, 그저 바다가 좋고, 국거리로 미역이나 좀 따면서 만옥들과 어울리는 것이 좋아 물질을 한다는 식이었다. 백령도 물질도 만옥이 간다니까 따라나

섰다가 그곳 물이 차가워 견디지 못했던 것이다.

"그런디 대마도 바당은 어떱디가? 나도 거기 한번 가봐사 하는디……" 숙희가 갑추에게 묻는다.

"대마도는 물살 센 곳이 많아."

"대마도 해녀들 물질할 때 젖가슴 안 가린댄예?"

"배꼽 아래만 가려. 뭐, 시원하고 좋주. 그런디 일본 여자는 속옷을 잘 안 입어. 그냥 시원하게 기모노만 입고 댕기주. 오줌 마려우면 그냥 앉아 싸고. 하하하!"

까르르 웃음보들이 터지고 열여덟살 숙희의 얼굴이 빨개졌다.

"하이고, 난부끄럽게시리!"

동무들과 깔깔대던 만옥이 문득 정색한 표정을 짓는다. 앞으로 어떻게 해야 할까? 이 동무들과 함께 내년에 육지 물질을 나갈까? 백령도, 대마도, 울산, 통천, 청진…… 해녀가 그나마 돈을 좀 만질 수 있는 수단은 육지 물질밖에 없다. 아버지가 돌아가시고 형편없이 찌그러진 집안 살림을 어떻게 하면 다시 일으켜 세울 수 있을까? 일본인 세상이 망한다 해도 해녀 물질로는 돈벌이가 어려운데. 그러지 말고 외삼촌과 함께 말 무역을 할까? 말 다루기는 남자도 힘든 거친 일인데 내가 과연 할 수 있을까? 못 할 거야, 어림없어. 만옥은 머리를 흔든다.

창세가 나타난 것은 바로 이때, 불턱에 들어서면서 여자들에게 "나 왔수다" 하고 꾸벅 인사를 한다. 만옥의 눈이 휘둥그레진다. 창세의 오른손에 누런 편지 봉투가, 왼손에는 꿰미에 꿰인 빛깔 좋은 붉바리 세마리가 들려 있다.

"아니, 느가 뜬금없이 무슨 일고?" 만옥이 물었다.

창세가 좌중을 둘러보고 빙긋이 웃는데 얼굴에 장난기가 가득하다.

"편지 배달하레 완."

"편지 배달? 얘가 무신 소리고? 흥, 무신 편지를 배달한다는 것고?"

"연애편지!"

"연애편지?"

'연애편지' 소리에 모두 화들짝 놀라 눈이 똥그래진다.

"편지 임자 저기 있수게. 자긴 남자 어른이라 불턱에 못 온다고 핸, 나가 대신 왔수다."

창세가 낄낄 웃으면서 몸을 돌려 뒤를 돌아다보고, 여자들도 일시에 창세를 따라 그쪽을 바라본다. 거기, 열발짝쯤 떨어진 곳에 행필이 큰 바위 모서리에 비딱하게 기대서 있다. 태연한 척 미소를 짓지만 얼굴이 빨갛다. 행필에게 가 있던 시선들이 약속이나 한 듯이 이번에는 숙희에게로 쏠렸다. 숙희의 얼굴도 홍당무가 되었다. 빨개져도 아주 귀밑까지 빨개졌다.

"아이고, 난 몰라! 저 귀신, 또 나타났네!"

숙희가 이마에 드리운 머리카락을 괜히 잡아당기면서 어쩔 줄 몰라 한다.

"모레가 누님 아버지 제삿날 맞지예? 행필이 성이 그렇게 말합디다. 이 붉바리 세마리는 제사에 쓰랜마씸. 자, 받읍서."

창세가 편지와 함께 물고기 꿰미를 들고 다가가자 숙희는 안 받겠다고 손을 내저으며 옆으로 앵돌아앉는다. 그러는 숙희를 보고 모두들 깔깔댄다. 고개를 젖히고 손뼉을 치면서 저마다 한마디씩 농지거리를 한다.

"하이고, 행필이 벌써 숙희네 제사 걱정하는 것 보라!"

"요것들이 식도 안 올리고 벌써 서방 각시 노릇 하네!"

"저 아이가 숙희 아방 제삿날 언젠지 아는 걸 보니 숙희 느가 말해준 모냥이네!"

"천만에, 아니우다! 난 저 귀신하고 말도 안 합니다게!" 화가 난 숙희가 볼멘소리를 한다. 여자들의 파안대소에 더욱 몸이 옴츠러든 숙희가 "아이고, 저 귀신! 아이고, 저 귀신!"을 연발한다.

"창세야, 그것이 연애편지라는 것가? 연애편지, 거 난 말만 들었는디, 행필이 거기에 뭐랜 썼을까?"

콧등을 찡그리며 짓궂은 표정을 짓던 갑추가 숙희에게 정색해서 말한다.

"아따, 숙희야, 느 속마음 다 알아진다. 속으론 좋으면서 아닌 척하지 말라게. 어서 그 편지 받으라. 행필이만큼 좋은 신랑감 드물다."

그러자 숙희가 갑자기 옴츠렸던 몸을 펴고 바로 앉으면서 선언하듯 말한다.

"게민 좋수다, 저 귀신이 하도 달려들언 나도 이젠 지쳤수다. 저 귀신보고 여기 와서 이 편지 읽으랜 합서. 여기 성님네들 다 듣게시리! 성님네들이 저 귀신이 좋댄 하면 나도 좋댄 하쿠다."

그 말에 모두들 와락 웃음을 터뜨리며 좋다고 떠들어댄다. 갑추가 싱글벙글 웃으면서 타령조로 "얼씨구 좋네, 얼씨구 좋아! 창세야. 행필이 부르라" 하다가 곧 고쳐 말한다.

"아니다. 다 큰 소나이(사내)는 불턱에 출입 금지니까, 창세 느가 대신 읽으라."

창세가 돌아서서 행필을 소리쳐 부른다.

"행필이 성!"

"무사?"

행필이 무슨 일인가 몰라 불안해서 손가락 관절을 딱딱 꺾는다.

"나보고 편지 읽으랜 햄서."

"무스거(뭐)? 잘 안 들려."

"나보고 편지 읽으랜."

그 말에 행필이 좋아라고 손바닥으로 제 엉덩이를 치면서 폴짝 뜀질한다.

"좋지, 좋아! 야, 창세야, 좀 멋들어지게 읽어주라."

그 넉살에 숙희의 얼굴이 더욱 빨개진다.

"어이구, 저 귀신, 기가 막혀서."

봉투에서 편지를 꺼내든 창세가 행필을 향해 혀를 날름해 보이고는 목청을 가다듬는다.

"막 정성 들연 쓴 편지네예, 검은 잉크로 한자 한자 또박또박. 자, 읽으크메 들어봅서. '사랑하는 숙희 씨!'"

창세가 서두를 떼자 여자들이 기다렸다는 듯이 동시에 탄성을 터뜨리고, 숙희의 얼굴이 귀밑까지 새빨개진다. "사랑하는 숙희 씨!" 하고 콧소리를 내면서 만옥이 숙희를 와락 껴안는다. 숙희가 그 힘센 팔에서 벗어나려고 파들거리고, 여자들은 손으로 무릎을 치고 땅을 치며 자지러진다.

"메께라(어머나)!

"홈마, 홈마, 나 죽어!"

"사랑하는 숙희 씨! 사랑하는 숙희 씨! 아이고, 나 죽네."

창세가 낭랑한 목소리로 편지를 계속 읽어간다. "일편단심" "영원한 사랑" "사막의 오아시스" "사랑의 보금자리" 같은 말이 나오고, "푸른 하늘 은하수에 하얀 쪽배를 타고서 단둘이 사랑을 속삭이는 꿈도 꾸었습니다"라는 구절도 나오고, "끓는 물에 화상 입을 적에, 살가죽이 양말 벗겨지듯 홀러덩 벗겨질 적에, 얼마나 아팠습니까? 끓는 물에 소라를 삶아야지 사람 살을 삶는 그런 나쁜 새끼가 어디 있습니까!"도 나오고 "불타는 이 심장을 알아주세요"도 나오는데, 그때마다 여자들은 연방 "홈마, 홈마" 소리 지르면서 웃음을 터뜨린다. 웃기 잘하는 만옥이 이번에도 너무 웃다가 허리가 결려 깔깔 웃음이 아이고아이고 신음으로 변한다.

"하이고, 저 만옥이 웃다가 죽어가는 거 보라, 하하하!"

가까운 바다 위에 통통배 서너척이 통통 소리를 내며 지나가는 오후 시간이다. 작열하는 태양 아래 바다는 짙푸른 잉크빛이고, 달궈진 검은 바위에 엉긴 소금이 눈부시게 희다. 코밑에 땀방울이 송골송골 맺힐 정도로 더위를 느끼게 되자 연장자 갑추가 우뚝 일어서면서 소리친다.

"아, 덥다! 이젠 물에 들자. 물때가 늦어졈져."

"압박과 착취와 기만과 강요 속에, 물에 들자!" 만옥도 소리친다.

보리를 거둬들이긴 했지만 그해도 가혹한 공출로 인해 쌀 키운 사람 쌀 없는 농사가 되어버렸다. 공출 압박이 어찌나 혹독하던지 남의 보리를 돈 주고 사서라도 할당량 부족분을 채워야 했다. 경찰과 면서기 들이 뇌물을 먹고 멋대로 공출 할당량을 줄였다 늘렸다 하고 있었으니, 누군가에게 할당량을 줄여주면 그만큼을 다른 사람이 부담해야 했다.

열여섯살 강행필이 참다못해 기어코 사고를 치고 말았다. 그러잖아도 보리걷이가 끝나는 대로 강제노역에 다시 끌려가게 되어 있는 터라 속을 끓이며 크게 상심하고 있던 그였다. 보리 공출 할당량을 채우지 못한 집의 가장들이 면사무소 마당에 불려가 벌을 받았는데, 거기에 행필의 병든 부친도 끼어 있었다.

참으로 치욕적인 징벌이었다. 일본인 순사 모리가 순

사보 짝귀를 데리고 난동을 부렸다. 어른들은 앞에 꿇리고 젊은이들은 뒤에 꿇려놓고, 한 사람씩 엉덩이를 걷어차고 양 귀뺨을 좌우로 종 치듯 마구 후려갈겼던 것이다. 목검으로 머리통과 목을 치기도 했다. 성적이 아주 나쁜 사람들은 삐죽삐죽 뿔이 솟은 소라 껍데기 위에 꿇어앉은 채 그렇게 얻어맞았다. 위장병을 앓아 농사일을 제대로 하지 못하는 행필의 부친도 소라 껍데기 위에 무릎을 꿇은 채 뺨을 맞았다. 육체적 고통보다 치욕의 고통이 더 컸다. 면서기 두명을 데리고 나타난 하이하이 면장은 "공출 할당량을 못 채우면 모가지라도 뎅겅 잘라서 가마니를 채워야 할 게 아니냐!"라면서 으르딱딱댔다. 가장이 걱정되어 따라온 마누라, 자식, 며느리 들이 그 벌 받는 광경을 보고 울고불고 대성통곡이었다.

그러나 행필은 울지 않았다. 우는 대신에 사고를 크게 쳐버렸다. 병든 아비가 당하는 꼴을 보자 꼭지가 돌아버린 행필이 돌담에 기대놓은 모리와 짝귀의 자전거 두대를 큰 돌로 내리쳐 박살 내고는 냅다 튀어버렸다. 모리와 짝귀가 눈에 쌍심지를 켜고 여기저기 수색한다고 길길이 날뛰었는데, 그 통에 창세도 가까운 친구라고 불려가 귀뺨을 맞으면서 닦달당했다. 그러나 평소와 달리 경찰은 사나흘만 설쳐댔을 뿐 더이상 검거에 적극적이지 않았다. 아무래도 달리 신경 쓸 일이 많은가보았다. 전황이 급박하게, 불리하게 돌아가는 것이 분명했다. 사실인지 아닌지 모르지만 히틀러가 자살하고 독일이 항복했다는 소문이 몰래 돌고 있었다.

미군 상륙이 임박했다는 소문이 파다한 가운데, 요시찰인물에 대한 예비검속이 시작된 것도 그 무렵이었다. 혹시 있을지 모를 반역 행위가 두려워 내려진 조치로, 그렇게 검거된 사람들이 읍내 경찰서 유치장 두개를 가득 채웠다. 조천리에서도 몇사람 검거되었는데, 리베라 상회의 장영발도 그중 한 사람이었다. 문상옥은 해녀들을 데리고 금강산 앞바다에 가 있었기 때문에 검거를 면했다. 유치장에 갇힌 사람들은 미군이 상륙작전을 개시하면 그 즉시 처형당할 거라는 소문이었다.

오사카와 도쿄가 수차례에 걸친 미군의 집중적 대공습으로 수천 떼주검의 거대한 지옥도로 변해버렸다는 소문이었다. 제주 출신 노동자들 일부가 공습을 피해 위험을 무릅쓰고 귀향을 감행했다. 군대환이 격침되고 관부연락선마저 운항이 정지된 상황에서 그들이 이용할 수 있는 배라곤 통통선 혹은 발동선이라고 불리는 5톤, 10톤짜리 조각배뿐이었다. 열댓명이 돈을 모아 통통배를 구입해서 바다에 띄웠는데, 그야말로 망망대해에 일엽편주였다. 바람 불면 돛을 세우고, 바람 자면 발동기를 틀었다. 덮치는 파도와 파도 사이에서 배는 겡글랑겡글랑 깨춤을 추고, 그 요동질에 휘둘린 사람들은 심한 멀미에 초주검 상태로 바닥에 납작 엎드려 물을 퍼내면서 바다를 건넜다. 지붕 없는 조각배인지라 열댓명이 한덩어리로 엉긴 채 방수천을 뒤집어쓰고 사나흘 밤낮을 비바람과 파도 비말에 고스란히 노출된 채 시달려야 했다. 그런 배를 탄 사람들 중에는 불행히도 파도에 뒤집히거나 수중 기뢰에, 또는 미군의 공습에 폭사당하는 경우도 있었다.

그러한 상황에서 7월 중순 어느 날 통통배 한척이 죽음의 바다를 무사히 건너 조천 포구에 들었다. 그 5톤짜리 작은 배가 위험스럽게 거친 파도를 타고 다가오는 것이 보이자 포구 근처 사람들이 "배 들었져! 배 들었져!" 하고 소리 지르면서 달려갔다. 창세도 동네 아이들과 함께 달려갔다. 승객은 대개 조천면 사람들이었는데, 그중에도 큰 마을인 조천리 출신이 제일 많았다. 초주검이 된 승객 열댓명이 짠물에 전 채 배 위 좁은 공간에 통조림 속 정어리처럼 엉겨 있었다.

그들은 도쿄의 항만이나 공장에서 일하던 노동자들

로, 대공습에 공장이 여지없이 파괴되어 일자리가 사라지고 자칫 폭탄에 맞아 죽을지 모르게 되자 죽어도 고향에서 죽자 하여 돌아온 사람들이었다. 고향의 흙냄새를 어서 맡고 싶어 갈급증이 난 그들은 서둘러 상륙했으나 땅에 발을 딛자마자 땅이 높아졌다 낮아졌다 하는 것 같아 술 취한 사람처럼 휘청거렸고, 그것을 본 아이들이 재미있다고 깔깔 웃어댔다. 휘청거리던 그들이 털썩 무릎을 꿇고 엎드려 흙냄새를 맡았다. 아예 맨땅에 몸을 던져 흙에 얼굴을 비비면서 냄새를 맡는 사람들도 있었다. 그들의 얼굴이 흐르는 눈물로 번들거렸다. 고향의 흙냄새였다. 키우던 말과 소가 아무리 멀고 낯선 곳에 홀로 남겨져도, 그게 깜깜한 밤중일지라도 태어난 외양간을 찾아오는 것이 본능이듯이, 머나먼 객지의 그들 역시 고향의 흙냄새에 이끌렸던 것이다.

그렇게 멀미에 시달린 몸으로 뭍에 오른 그들을 모리와 짝귀가 임검했다. 그들은 낮에는 공습이 무서워 무인도에 숨어 있다가 밤에만 항해했노라고, 그래서 제주까지 오는 데 열흘이 걸렸노라고 했다. 현해탄을 건너오는 중에 침몰한 배의 마스트가 수면 위에 삐죽삐죽 솟아 있는 것도 여럿 보았노라고 했다. 도쿄 사정은 어떤지 모리가 묻자 배에서 내린 사람들이 이구동성으로 말도 말라며 머리를 내둘렀다.

“아이고, 말도 맙서! 미군 B29 공습에 와장창 깨지고 불타서 가와사키에서 요코하마까지 무인지경이 되었수다!”

“집들이 다 불타고 무너져서 전선줄과 수도꼭지만 남았수다게.”

“양식도 불에 탔수다. 꺼멓게 그을린 쌀을 먹다가 왔수게.”

“아아아, 가망 없구나!” 하고 풀이 죽어 낮게 탄식하던 모리가 갑자기 화들짝, 차렷 자세를 취하고는 눈을 부릅떴다.

“당신들, 말조심해! 어디 가서 그따위 소리 하면 좋지 않을 줄 알아! 그건 어디까지나 유언비어야.”

그런데 그 배를 타고 온 사람들 중에 뜻밖에도 일년 전 품팔이하러 오사카에 건너갔던 창세네 동네 청년 고승우가 있었다. 그는 일본 놈 돈을 좀 먹어보겠다고 큰소리치면서 건너갔다가, 어느 스프링 공장에서 절단기에 오른손 검지손가락이 잘리고 말았다. 손가락만 잘린 게 아니라 바로 옆에서 터진 폭탄의 폭발음 때문에 왼쪽 귀의 청력을 잃었다. 오사카에 미군 공습이 심할 때 폭탄이 그의 공장 바로 옆에 떨어져 하마터면 죽을 뻔했던 것이다. 그렇긴 해도 방아쇠를 당기는 검지손가락이 잘려나간 바람에 군대에 끌려가지 않은 것만은 불행 중 다행이었다. 그는 징병을 기피하기 위해 고의로 손가락을 자른 것 아니냐고 경찰 조사까지 받았다고 했다. 동그란 검은테 안경에 똥그란 눈 때문에 '올빼미'라는 별명을 가진 그는 두 눈이 퀭하니 들어가고 볼도 푹 꺼져 스물한살 청년임에도 늙은이처럼 보였다. 오른쪽 볼에도 길게 찢어져 꿰맨 흉터가 있었다. 아내 현옥미가 초라한 남편을 얼싸안고 눈물을 펑펑 쏟았다. "아이고, 덕이 아방, 고맙수다! 죽지 않고 돌아와주언 참말로 고맙수다!" 덕이는 두살짜리 아기 이름이었다.

돌아온 고승우는 잠자리에서 자주 악몽을 꾸었다. 무섭게 비명을 지르며 벌떡 일어나 앉는 그를 아내가 꼭 안아 진정해주어야 했다. 보름쯤 집에서 쉬고 난 고승우는 남에게 빌려주었던 돛배를 돌려받아 다시 고기잡이에 나섰다.

도쿄와 오사카를 공습하는 폭격기들이 조만간에 바다 건너 칠만 관동군이 주둔하고 있는 제주도로 쳐들어올 것이라는 소문이 온 섬에 퍼져 있는 가운데, 일본이 곧 패망하고 말 것이니 정신 똑바로 차리자는 내용의 삐라를 뿌린 읍내 농업학교 학생 몇명이 검거되었다.

구름 속에서 먼 우레처럼 비행기 소리가 자주 들리곤 하더니, 어느 날 미군 전투기 몇대가 구름 아래로 내리꽂혔다. 원당봉 상공에서 공중전이 벌어졌는데, 일본군이 완패하여 제로센 전투기 네대가 격추되었다. 그 공중전은 조천리에서도 잘 보였다. 검은 연기 꼬리를 달고 잇따라 추락하는 제로센들을 보고 소학교 하급반 아이 하나가 큰 소리로 만세를 불렀다. "반자이(만세)! 반자이! 반자이!" 그 자리에 있던 어른들이 놀라 황급히 그 아이를 제지했다. 그런데 그 아이는 미군의 승리에 만세를 부른 것이 아니라, 학교에서 일본군은 패배를 모르는 무적의 군대라고 배웠기 때문에 추락한 비행기들이 당연히 미군기라고 생각해서 만세를 불렀던 것이었다.

진뜨르 비행장에 깔 뗏장을 캐서 날랐던 학교 아이들은 보리걷이가 끝나자 들판에 나가서 송진을 채취해야 했고, 그다음에는 미군기 공습에 대비한다고 학교 울타리 밑에 방공호를 파야 했다. 함덕리 해군 대대의 군마들을 위해 칡넝쿨, 마삭줄 따위 먹기 좋은 풀을 거두어 바치기도 했다. 일요일도 여름방학도 없는 고되고 지겨운 노역이었다. 밤이 되면 등화관제로 마을은 매일 불 한점 없는 암흑 세상이었다. 마침내 방공호 작업이 끝났고, 그제야 비로소 사흘간의 휴가가 주어졌다. 그때를 이용하여 창세는 와흘리에 있는 외갓집에 놀러 갔다.

와흘리는 조천리에서 도보로 한시간 반밖에 안 걸리는 거리여서 전에는 보름에 한번꼴로 자주 찾아갔는데, 지난 석달 동안은 진뜨르 비행장 작업과 송진 채취 노역에 시달리느라 한번도 가지 못했다. 외갓집으로 가는 꾸불꾸불한 마찻길이 창세의 꿈속에 여러번 나타났다. 그곳에 가면 여름에는 들판에서 말떼를 몰고 다니면서 놀았고, 늦가을에는 외삼촌의 오소리 사냥에 따라다니는 일이 즐거웠다. 추운 겨울날 외갓집에 놀러 갔다가 돌아올 때면 외할머니가 대문 앞까지 배웅하면서 혹시 추위에 손이 시릴세라 뜨겁게 달군 단단한 먹돌과 삶은 달걀 두개를 수건에 싸서 양쪽 호주머니에 넣어주시곤 했다. 눈을 가늘게 뜨고 웃는 그 인자한 모습이 그리웠다.

석달 만에 밟아보는 정겨운 길이었다. 창세의 등에는 누이가 캔 싱싱한 소라와 물미역이 든 선물 바구니가 지워져 있었다. 등짐이 제법 묵직했으나 외할머니를 어서 보고 싶기도 하고 혹시 더운 날씨에 해물이 상하지나 않을까 걱정도 되어 창세는 총총 걸음을 재촉했다.

한라산 쪽으로 완만하게 경사져 올라간 마찻길 연도의 밭에 한뼘 자란 어린 조들이 미풍에 바르르 떨고 있는 모습이 귀여웠다. 대삿갓을 쓴 갈옷 차림의 아낙네들이 쪼그려 앉아 김매고 있었다. 아낙네들의 김매는 모습도, 밭담 위에 얼크러진 으아리 덩굴의 흰 꽃도, 저만큼 앞에서 말 두마리를 이끌고 가는 밀짚모자에 갈옷 차림의 노인의 뒷모습도 모두 창세에게는 익숙한 풍경이었다. 사람이나 말을 놀라게 하는 일이 결코 벌어지지 않는 편안한 길이었다.

그러나 그 길이 예전 같지 않다는 것이 곧 밝혀졌다. 갑자기 뒤쪽에서 엔진 폭음이 들려왔다. 언젠가 일주도로 닦는 작업을 할 때 보았던 것과 비슷한 국방색 오토바이가 창세가 걸어가는 길에 나타났던 것이다. 지난 석달 사이에 관동군 중대 병력이 와흘에 주둔하고 그 때문에 병사들이 그 길을 수시로 이용하고 있음을 창세는 모르고 있었다. 자욱하게 피어오른 흙먼지 속에서 부르릉거리는 엔진 폭음이 점점 커지더니 오토바이 한대가 불쑥 튀어나왔다. 그 순간 익숙하고 편안한 풍경이 와장창 깨졌다. 등에 장총을 비껴 멘 누런 군복의 군인이 오토바이에 타고 있었는데, 둥근 철모 아래 쓴 고글이 커다란 메뚜기 눈 같았다. 오토바이가 좁은 길을 꽉 채우고 부르릉 부아아앙, 엄청난 괴성을 지르며 달려들었다. 그 서슬에 놀란 창세가 뒷걸음치다가 길가 밭담에 부딪혀 등에 진 바구니가 팽개쳐지고, 앞에 가던 말 두마리는 더 크게 놀라 밭담을 훌쩍 뛰어넘어 조밭을 내달렸다. 어린 조들이 내달리는 말발굽에 사정없이 짓밟혔다. 오토바이는 나타날 때처럼 순식간에 사라져버렸다. 뿌옇게 피어오른 흙먼지 아래 말고삐를 놓친 노인이 밭담 위에 자빠진 채 어안이 벙벙한 표정으로 입을 딱 벌리고 있었다. 한라산 쪽 먼 데서 야포 연습 포성이 커엉커엉 들려왔다.

외갓집 동네는 풀밭으로 덮인 상뒷동산 기슭에 자리잡고 있었다. 집 정면에서는 넓은 목장 들판이 보이고, 집 뒤에는 겨울에 북풍을 막아주는 대숲이 있었다. 그 집에 여든한살 외할머니와 마흔다섯살 외삼촌 내외, 그렇게 세 식구만 단출하게 살았다. 외사촌누이 둘은 오래전에 다른 마을로 시집가고, 아직 장가가지 않은 외사촌형은 재작년에 목포상업학교를 졸업하고 돌아와 읍내 항구에서 '마루보시(丸星)'라는 이름의 큰 운수회사에 신입 사원으로 취직해 있었다.

와흘 마을은 1리와 2리, 두개의 행정구역으로 나뉘어 있었는데, 그중에 조그만 두 마을인 궤뜨르와 물터진골을 합친 와흘2리를 창세의 외삼촌 양산도가 맡아 이장 노릇을 하고 있었다. 마을에 할당된 공출량 중에 제일 많은 양을 살기가 좀 나은 편인 그가 맡아주었기 때문에 마을 주민들이 고마워했다. 그는 서른마리 넘게 말을 키웠는데, 그 때문에 마당이 다른 집보다 두배나 넓고 마구간도 남쪽 울담을 전부 차지할 정도로 컸다. 그 많던 말이 지금은 강제공출에 빼앗겨 열다섯마리만 남았다. 열두마리는 징용당한 청년들과 함께 홋카이도 탄광과 규슈 탄광에 끌려가 있었고, 나머지 세마리는 한라산 아래 부대오름의 진지 동굴 파는 현장에서 청년들이 곡괭이로 파낸 흙과 돌을 날랐다. 급박해진 정세에 따라 진지 동굴 작업을 단기간에 끝내야 했으므로 사람과 말이 함께 채찍을 맞으면서 혹독한 노동에 허덕였다. 그래서 창세의 외삼촌은 부대오름의 진지 동굴과 와흘 마을 사이를 오르내리면서 말들이 과로로 쓰러지지 않도록 방목 중인 다른 말들을 이끌고 가서 교대해주곤 했다. 말은 일단 과로로 쓰러지면 다시 일어나지 못하는 수가 많았다.

외갓집에 간 이튿날 창세는 노역으로 골병든 말 두마리가 외삼촌과 함께 돌아오는 것을 보았다. 망가진 몰골이 너무도 애처로웠다. 혹사당한 끝에 빈사 상태에 이른 말과, 마찬가지로 제대로 먹지 못해 골병든 사람들 얘기를 하면서 외삼촌의 구둣솔처럼 짙고 억센 눈썹이 분노로 꿈틀거렸다.

그는 '양산도'라는 별명에 걸맞게 「양산도」 타령을 잘 불렀고 「말 모는 소리」는 더 잘했다. 푸른 목장 위로 청아하고 유장하게 울려퍼지는 그의 노랫소리에 멀리서 다른 테우리(목동)들이 화답했고, 그 노랫소리를 들으면서 말들은 고분고분 평화롭게 풀을 뜯었었다. 그러나 이제는 아니었다. 칠만 관동군에 점령당한 이후 초원은 과거의 목가적 풍경을 잃어버렸다. 오름에 굴을 판다고 다이너마이트가 터지고 연습 사격하는 총소리, 야포 소리가 낭자했다. 목장에 방목 중이던 소와 말이 모진 수난을 당하고 있었다. 말들은 노역에 끌려가 혹사당하고, 소들은 매일 수십마리씩 함덕리 도살장에 끌려가 관동군의 먹이가 되었다. 초원에 뛰놀던 노루들도 사냥감이 되자 산속 깊이 숨어들어 보이지 않았다. 이렇게 목장이 여지없이 착취당하고 있는데 양산도의 입에서 노래가 나올 턱이 있겠는가. 토해져나오는 거라곤 한숨과 증오의 중얼거림뿐이었다.

돌아온 말들은 등뼈, 갈비뼈, 엉치뼈가 드러나 보일 정도로 여위었고, 너무 많이 짐을 운반한 탓에 등가죽이 벗겨지고 발굽이 상했으며, 먼지에 잔뜩 버무려진 버석버석한 갈기와 꼬리털이 마구 뭉치고 엉켜 있었다. 그중 한

놈은 다이너마이트 폭음에 놀라 신경을 다쳤는지 연방 불안하게 머리를 내두르면서 푸르르푸르르 투레질을 해댔다. 외삼촌이 그 말의 머리를 한쪽 팔로 감싸안고 다른 손으로 콧등을 부드럽게 쓸어주었다. 놀란 말은 여러날 그렇게 쓰다듬어 달래주어야 가라앉는다고 했다.

외삼촌은 먼저 말들을 연못으로 끌고 가 흙먼지에 찌든 몸을 씻긴 다음 한 놈 한 놈 짯짯이 살펴서 썩은 상처를 도려내고 발굽에 박힌 돌조각과 흙을 제거해주었다. 그러고는 한차례 보양식을 먹여주었다. 보양식이란 참기름에 섞은 날달걀이었는데, 그것을 사이다 병에 넣어서 먹이는 것이다. 말고삐를 나무줄기에 바투 묶은 다음 외삼촌이 한쪽 팔로 말의 머리를 감싸안고 두 손으로 말의 큰 입술을 아프게 당겨 입을 열면 옆에 있던 창세가 잽싸게 사이다 병을 입안에 들이밀어 참기름 달걀을 흘려넣었다.

와흘 마을에는 중대 병력의 일본군이 주둔하고 있었는데, 그들은 전투 훈련과 진지 동굴 공사를 번갈아 했다. 소나무숲 속에 국방색 천막의 막사들이 쳐졌고 창세의 외갓집이 그들의 보급품 창고가 되었다. 외갓집이 마을에서 그중 번듯하게 생긴 집이라고 하여 일본군이 방 하나와 마구간을 빼앗아 사용했던 것이다. 방에는 각종 보급품을 보관했고, 열다섯마리의 말이 공출당해 빈 공간이 많아진 마구간은 한쪽을 칸막이 하여 곡식 가마니를 쌓아놓았다.

와흘에 머무는 사흘 동안 창세는 외할머니와 같은 방에서 지냈다. 할머니는 팥, 콩, 메밀 따위 잡곡과 마른 고사리를 인근 마을 여기저기로 다니면서 모아다가 조천 오일장에 내다 팔았다. 글과 숫자를 몰라도 셈을 잘했다. 할머니에게는 추수철이 되면 운반 도중 길에 떨어진 이삭을 주워다가 방구석에 쌓아놓는 버릇이 있었다. 보리 거둘 때는 보리 이삭을, 조 거둘 때는 조 이삭을 모았다. 이삭이 어느 정도 모이면 방망이로 찧어 낟알을 내든지 해야 하는데, 할머니는 그냥 그대로 무심하게 방치하기 일쑤였다. 그래서 쥐들이 들락거렸다. 식구들이 치우자고 해도 듣지 않았다. 쥐도 먹어야 살 게 아니냐고 했다. 그러니까 쥐를 먹이려 이삭을 모으는 셈이었다. 그런 할머니가 만만했는지 쥐는 아예 그 이삭 더미 속에 새끼를 낳기까지 해서 창세를 질색하게 만들었다. 아직 털도 나지 않은 분홍빛 새끼 쥐들이 오글거리는 것이 어찌나 징그럽던지! 그것들을 치우려고 비와 쓰레받기를 들었더니 할머니가 막무가내로 막았다. 절에 다니면서 늘 관세음보살을 읊조리는 할머니는 살생을 극도로 싫어했다.

그런데 이번에 보니 방 한쪽 잡곡 몇포대 쌓인 옆에 늘 모아놓던 이삭 더미가 보이지 않았다. 강제공출로 곡식이 귀해진 탓에 길바닥에 떨어져 뒹구는 이삭도 더이상 찾기 어려운가보았다.

할머니는 그렇게 방구석을 헛간처럼 만들면서도 이불이 얹혀 있는 멀구슬나무 궤만은 아주 정결하게 취급했다. 궤 속에 들어 있는 옷 중에 제일 귀한 것은 할머니가 시집올 때 입었던 장옷과 치마저고리였다. 명주로 호사스럽게 만든 그 옷들은 시집간 여자들이 늙어 임종할 때까지 잘 보관했다가 수의로 입는 소중한 물건이었다. 그런 수의를 호상옷이라고 했다. 어머니도 시집올 때 입었던 옷을 이제는 호상옷으로 궤 속에 보관하고 있었다. 어머니도 할머니처럼 그 옷에 좀이나 곰팡이가 슬지 않게 늘 박하 잎이나 담뱃잎을 넣어두고 자주 햇볕을 쪼였다. 평생에 세번밖에 못 입는 옷이었다. 혼인날 그 옷 입고 꽃가마 타고, 늙어서 회갑 날에 그 옷 입고 잔칫상 받고, 그러다 더 늙어 죽게 되면 그 옷을 수의로 입고 꽃상여를 탔다.

외할머니는 만성 체증을 앓았다. 그래서 창세는 외가에 가면 반드시 할머니의 허리를 발로 밟아 체기를 내려드렸다. 모로 누인 허리를 자근자근 밟아 누를 때면 구룩

구룩 비둘기 울음소리 같은 트림이 나왔다. “할머니 배 속에 비둘기가 들어 있는 거 닮수다예.” “오호, 비둘기가 맞다. 비둘기가 배고프댄 구룩구룩 우는 거 아니가, 호호 호!” 그런데 전과 달리 이번에는 창세가 발로 허리를 누르자 할머니가 아프다고 질색하였다. “에구에구, 아프다. 그만, 그만! 아이고, 요 녀석, 요사이 몸이 막 커졌구나, 발도 무거워지고.” 할머니를 뵙지 못한 지난 석달 사이에 창세는 자신도 모르게 몸집이 쑥 커져 있었던 것이다. 그래서 아프지 않도록 멀구슬나무 궤짝 위의 이불에 몸을 기대고서 살금살금 밟아드렸다.

그런데 창세는 몰랐지만, 할머니는 마구간에 쌓아놓은 일본군의 식량을 몰래 아주 조금씩 빼돌리고 있었다. 보초병이 지키긴 했지만 그는 툇마루에 앉아 총을 무릎 위에 내려놓은 채 졸기를 잘했다. 할머니는 죽창처럼 끝을 뾰족하게 깎은 한뼘 길이의 왕대롱을 이용해 쌀을 훔쳤다. 그것을 가마니에 푹 찌르면 쌀이 대롱 속으로 사르르 흘러들었다. 굶기를 밥 먹듯 하는 가난한 옆집 식구를 위해서 한 일이라고 나중에 할머니는 말했다. 강제공출로 빼앗긴 곡식이니 그걸 빼돌리는 것은 도둑질이 아니라고 했다.

두명의 병사가 이틀에 한번 교대하여 보초를 섰는데,

그중 한명은 열일곱살 소년병이었다. 창세가 학교에서 배운 일본어로 그 소년과 얘기를 나누며 할머니에게 통역해드렸다. 구마모토 농촌 출신인 그 소년은 자기네 고장에서도 여기처럼 말을 방목한다고 하면서 고향 집이 그립다고, 어머니가 보고 싶다고 울먹거렸다.

어느 날 그 소년병이 툇마루에 앉아 졸다가 중대장에게 딱 걸리고 말았다. 마침 창세가 할머니를 도와 울타리 안의 채마밭에서 김을 매고 있을 때였다. 갑자기 말을 타고 나타난 안경잡이 중대장이 졸고 있는 소년병을 다짜고짜 말채찍으로 후려갈겨 깨웠다. 장총을 잡고 용수철처럼 튀어 일어난 소년의 머리통을 말 위의 중대장이 다시 채찍으로 후려갈겼다. 군모가 떨어지고, 소년병이 옆으로 쓰러질 듯 비틀거렸다. "지쿠쇼(개새끼)! 바카야로!" 소년병이 얼른 군모를 주워 쓰고 똑바로 몸을 세우는데 다시 채찍이 날아왔다. 목 위에 채찍 맞은 자국이 금세 지렁이처럼 부풀었다. 군마는 다락같이 높았고 그 위의 중대장은 더욱 높아 허공에 치솟아 있었다. 그 무서운 모습에 창세는 몸서리쳤다. 나중에 외삼촌이 독종이라면서 그자의 이름을 가르쳐주었는데, 다카하시라는 그 이름은 이후 평생 창세의 뇌리에서 지워지지 않았다.

중대장이 돌아간 뒤 소년병은 장총을 잡은 채 흑흑 흐

느껴 울었다. 할머니가 피마자 잎사귀를 따와서 소년의 목에 붙여주었다. "하이고, 불쌍한 것! 요렇게 어린걸 코 꿰어 전쟁판에 끌고 왔구나, 쯧쯧쯧. 관세음보살, 관세음보살……"

창세는 외갓집에 머물면서도 학교에 제출할 송진과 관솔을 채취해야 했다. 마을 뒤 울창하던 소나무숲은 관동군의 땔감인 숯을 구워 바치려 벌목한 탓에 많이 훼손되어 있었다. 베인 소나무 밑동에는 송진이 잔뜩 엉겨 있었다. 그 송진을 긁어모으고 나대(벌목도)로 관솔을 캤다. 소나무숲에서 창세는 역시 같은 작업을 하러 온 동급생 둘을 만났다. 집이 와흘인데 조천까지 왕복 세시간을 걸어서 통학하는 소년들이었다.

오후 시간에 창세는 주로 마을 뒤 상뒷동산에 올라 거기에 방목 중인 외삼촌네 말들을 지키면서 시간을 보냈다. 그 동산은 조망이 좋았다. 남쪽으로는 한층 가까워져 더 높고 크게 보이는 한라산이 있고 북쪽에는 푸른 바다가 붕긋이 하늘로 떠올라 있었는데, 그 사이의 넓은 벌판에 밭과 목장의 푸른 초원이 질펀하게 펼쳐져 있었다. 먼 바닷가에 조천 마을 민가들과 연북정도 보였다.

방목하는 말이 열다섯마리뿐이고 대개 같은 장소에서 풀 뜯기를 좋아하는 짐승이어서 테우리 노릇 하기가 그리 어렵지 않았다. 물 먹을 때만 정신 차리고 살피면 되었다. 상뒷동산 아래쪽에 버들못이 있는데, 말들은 그 연못에 물을 먹으러 갈 때면 언제나 떼를 지어 달려가곤 했다. 그때는 다른 말떼도 함께 달려갔다. 돌연 초원의 정적을 깨뜨리며 자욱이 먼지구름을 피워올리며 내달리는 수십마리 말떼의 쾌활한 질주와 땅을 울리는 말발굽 소리는 정말 근사한 것이어서 언제나 그 시간이 기다려졌다. 말떼의 발굽 소리는 말이 내는 것이 아니라 땅속 한가운데서 울려나오는 땅울림 소리 같았다.

말떼의 질주가 끝나면 초원은 다시 조용해졌다. 드넓은 초원에 깔린 맑은 햇빛과 거대한 정적, 맑은 햇빛 속에 옹기종기 사이좋게 모여 있는 와흘 마을의 초가집들, 그 사이로 대숲 우거진 외갓집도 보였다. 소나무숲 속에 숨어 있는 국방색 천막의 일본군 막사들도 보였다. 문득 초원의 정적을 깨뜨리며 커엉커엉, 야포 연습 사격의 포성이 들려왔다.

2부

원자폭탄 투하, 그 대재앙의 소식도 보도 통제로 며칠 뒤에야 알려졌다. 쪽배를 타고 바다를 건너온 피란민들이 이구동성으로 말했다. “지옥이여, 지옥, 화탕지옥!” 거대한 재앙불 속에 두 도시가 잿더미가 되고 민간인 이십여만명이 떼죽음을 당했다고, 조선인도 많이 죽었다고 했다. 그 속에 제주 사람도 섞여 있을 터였다. 섬 전체가 칠만 관동군의 요새가 되어버린 상황에서 도민의 두려움은 컸다. 히로시마, 나가사키에 이어 제3의 원자폭탄이 떨어져 섬 전체가 불바다가 될지 모른다는 두려움이었다.

8·15는 그러한 공포 분위기 속에서 찾아왔다. 일왕의 항복 선언이 조금만 늦었더라도 제주 땅은 원자폭탄을 맞아 바닷속으로 가라앉을 뻔했다고, 사람들은 놀란 가슴을 쓸어내렸다.

와흘 외갓집에서 사흘간 쉬다가 조천에 돌아온 창세는 이틀 뒤에 그날을 맞았다.

그날 하급반 아이들은 방학 중이어서 등교한 것은 5, 6학년뿐이었다. 아이들은 그날도 기무라의 지휘에 따라 제식훈련과 총검술 연습을 했는데, 정오가 가까워지자 그가 갑자기 아이들을 운동장 조회대 앞 땅바닥에 꿇어앉혔다. 그가 목검을 앞으로 뻗으면서 외쳤다. "곧 라디오를 통해 황송하옵게도 천황 폐하께서 칙서 말씀이 있을 터이니 공손히 무릎 꿇고 경청하라!" 황민화교육에 길들여진 아이들은 삼가 천황의 말씀을 듣기 위해 공손히 무릎을 꿇었다. 이어서 교장 와타나베를 비롯한 교직원 예닐곱명이 우르르 몰려나오고 조회대 위에 큼직한 제니스 라디오가 올라갔다. 라디오는 신주 모시듯 자줏빛 비로드가 깔린 조그만 탁자 위에 올려져 있었다. 선생들도 조회대를 중심으로 양쪽으로 나뉘어 땅바닥에 무릎을 꿇고 라디오를 향해 앉았다. 중앙 현관 앞 국기 게양대에는 붉은 일장기가 펄럭이고 있었다.

이윽고 연북정에서 정오를 알리는 사이렌 소리가 들려왔고, 그 소리가 잦아들자 라디오가 말하기 시작했다. 한껏 볼륨을 높인 라디오는 잡음이 심했다. 일본 국가 「기미가요」 연주가 들리고 이어서 기다리던 천황의 떨리는 목소리가 흘러나왔다. 천황의 발언은 말이 어렵고 지직거리는 잡음 때문에 창세는 무슨 뜻인지 알아들을 수 없었다. 그런데 웬걸, 귀 기울여 듣던 교직원들 사이에서 갑자기 탄식 소리가 터져나오는 게 아닌가! 탄식은 곧 울음으로 변했는데, 제일 크게 우는 사람은 와타나베와 기무라였다. 숫제 머리를 쿵쿵 땅에 박으며 대성통곡이었다. 그 옆에서 조선인 교원 세명은 어찌할 줄 몰라 당황한 모습이었다.

라디오 소리가 잘 들리지 않아 무슨 일인지 모르는 아이들은 눈알만 이리저리 굴렸다. 그때 기무라가 실성한 듯 벌떡 일어나 악악 괴성을 지르며 길길이 날뛰더니, 교무실이 있는 중앙 현관으로 달려갔다. 그 뒤를 교장 와타나베와 일본인 교원들이 손수건으로 눈물을 닦으면서 따라갔다. 정두길을 포함한 조선인 교원 세명만 뒤에 남았다. 아이들은 여전히 무릎을 꿇은 채였다.

5학년 담임 정두길이 아이들 쪽으로 바싹 다가왔다. 스물세살 총각인 그의 얼굴은 눈물 자국 하나 없이 흥분으로 상기되어 있었다. 그가 일본인 교원들이 사라진 현관 쪽을 힐끗 돌아보고 나서 떨리는 음성으로 말했다.

"너희들, 시방 라디오에서 뭐라고 말했는지 아나?"

그의 입에서 나온 것은 놀랍게도 일본말이 아닌 조선말이었다. 학교에서 사용이 금지된 조선말이 튀어나오자 아이들의 눈이 휘둥그레졌다. 정두길은 바싹 긴장해 있었다. 다시 중앙 현관 쪽을 힐끗 바라보았다. 거기 국기 게양대에 일장기가 버젓이 너풀거리고 있었다. 두려움에 졸아드는 자신의 약한 마음에 화가 난 듯 정두길이 신경질적으로 소리쳤다.

"일본이 항복했어! 일본이 졌다는 말이다!"

일본이 졌다? 아이들은 너무 놀라 입이 딱 벌어지고 눈이 휘둥그레졌다. 창세도 그 순간 머릿속이 하얗게 바랜 듯 현기증을 느꼈다. 항복? 일본이 졌다고? 그러자 몇몇 아이들이 울음을 터뜨렸다. '우리나라'가 싸움에 진 것이 슬퍼서 우는 '황국 소년'의 철없는 눈물이었다. 또한 싸움에 졌으니 앞으로 들이닥칠 미군이 무섭기도 했다. 와타나베 교장은 "우리나라가 싸움에 지면 미군들이 와서 너희를 다 죽일 것이다"라고 말했었다. 그 아이들의 울음이 다른 아이들에게 전염되기 시작했다. 창세도 콧날이 시큰해지면서 눈에 눈물이 맺혔는데, 그것이 슬픔의 눈물인지 기쁨의 눈물인지 그 자신도 그저 어리둥절하기만 했다. 선생이 황급히 손을 내저으면서 "야, 이놈들아, 그게 아니여!" 하고 제지했다.

"이 멍청이들아, 왜 울어? 일본이 졌는데, 일본이 항복했다는데 너희가 왜 울어? 느네 아방이 죽었냐, 어멍이 죽었냐, 울기는! 우리가 해방이 되었단 말이다! 일제의 압박에서 해방되었단 말이여! 멍청한 놈들, 왜 무릎을 꿇고 있는 거여?"

이렇게 침을 튀기며 일갈한 다음 선생은 두 손을 허리에 얹고 큰 소리로 구령을 질렀다.

"전체 일어섯!"

구령 소리에 아이들이 화들짝 놀라 일어났다. 울음소리가 뚝 그치고 일시에 조용해졌다. 항일 전통이 있는 학교의 아이들이건만 당장 입에서 기쁨의 탄성은 터져나오지 않았다. 아무래도 미심쩍고 두려웠던 것이다. 선생이 '항복'과 '해방'과 '자유'를 힘주어 말했어도 그 말뜻이 아이들에게는 아직 모호했다.

"이놈들아, 왜 입을 헤벌리고 있는 거여? 아직도 무슨 말인지 못 알아듣겠어? 일본이 패망했단 말이다, 패망!"

그제야 창세는 뒤통수를 긁으면서 중얼거렸다. "일본이 항복했다는데 나가 왜 눈물이 났지? 어째 싱겁더라니!"

해방과 자유, 그것은 야학의 어둠 속에서 가슴 졸이며 듣고 말하던 단어들이었다. 그제야 기쁨의 눈물이 흘러내렸다. 몇분 전까지만 해도 위험하기 짝이 없던 그 두 단어를 창세는 눈물을 흘리면서 자꾸만 중얼거려보았다.

같은 시간, 비석거리에도 사람들이 모여 리베라 상회의 라디오를 통해 일왕의 항복 선언을 듣고 만세를 불렀다. 거기에 모인 사람들 중에 한의원 한봉 노인도 끼어 있었는데, 그는 그것 보라고, 자기가 말한 『정감록』의 예언 '사구 삼십육'이 맞지 않았느냐고 연방 싱글벙글이었다.

그날 칠만 일본군이 주둔한 한라산 기슭과 오름들에서는 대성통곡이 터졌다. 여기저기 산재한 크고 작은 부대들이 아침점호 때마다 거의 동시에 군가를 합창하여 오싹한 분위기를 연출하더니, 급기야 그것이 대성통곡으로 변하여 동시다발로 제주 산야에 메아리쳤던 것이다. 그날 부대오름의 군 주둔지에 징발된 말들을 돌보러 갔던 창세의 외삼촌 양산도는 오름의 분화구 안 풀밭에 모인 병사 수백명이 벼락같이 통곡을 터뜨리는 장면을 목격했다. 이웃 마을 함덕리에 주둔한 해군 대대의 병사들은 엉엉 울면서 바다를 향해 총을 수백발 난사했는데, 그 총소리가 조천리에서도 들렸다. 칠만 병력의 일부를 이루는 일만 천명의 제주도 출신 병사들도 그들 사이에 끼어 눈물을 흘렸지만, 그것은 슬픔이 아니라 벅찬 안도의 눈물이었다. 마침내 전쟁이 끝났구나! 그러한 감정은 일본군 병사들도 마찬가지, 패전의 슬픔도 있었겠지만 이제는 살았구나 하는 안도감이 더 컸으리라.

그날 이후 며칠 사이에 고급 장교 몇명이 울분과 절망에 빠져 할복자살하고 그것에 촉발된 일부 병사들이 함부로 총을 쏘아대면서 난동을 부리는 사건이 발생했으나, 그러한 집단 광기는 오래 계속되지 않았다.

함덕리에서 들려오는 총소리에 깜짝 놀란 조천리 사람들은 일본의 항복이 어쩐지 미심쩍어서 만세도 부르지 못한 채 어정쩡하게 8월 15일 오후를 보냈다. 만세의 함성을 터뜨리기는커녕 마을은 야릇한 두려움으로 오히려 평소보다 더 조용한 것 같았다. 그 무기력함은 혈기 있는 마을 청년들 대부분이 징용과 징병으로 끌려가버린 탓도 있었을 것이다.

하지만 이튿날이 되자 마을의 분위기는 아침부터 달라져 있었다. 오랜 세월 어둠 속에 숨어 있던 태극기 두 장이 이른 아침의 밝은 햇빛 속에 나타났다. 하나는 마을 회관 격인 향사 건물의 지붕 밑 천장 속에서 나왔고, 또 하나는 기미년 3·1만세운동의 주역 삼인 중 한 사람인 양오 김시범의 집 안방 벽지 속에서 나왔다. 김시범은 리베라 상회의 장영발, 대장장이 박털보, 우편소 서기 부대림, 교원 정두길 등을 이른 아침에 불러모아놓고 낫으로 벽지를 찢었는데, 단도와 함께 태극기가 나왔다. 이십육년 전 기미년에 "조선 독립 만세"를 부를 때 휘둘렀던 태극기였다. 감격적인 순간, 거기에 모인 네 사람의 입에서 만세 소리가 동시에 터져나왔다. 그들은 서로 부둥켜안고 펑펑 눈물을 쏟았다.

그 직후 정두길이 자전거를 타고 득달같이 창세네 집에 달려와 들뜬 목소리로 광목을 내라고 소리쳤다. 전쟁으로 집집마다 물자 부족을 겪는 형편이라 태극기를 만들 광목이 있을 만한 곳은 미싱 일을 하는 창세네 집밖에 없었던 것이다. 창세 모친이 광목을 펼쳐놓고 재단가위로 물살 가르듯이 쫙 갈라 깃발을 세개 만들 수 있도록 하여 건네주자 정두길은 인사 대신 "조선 해방 만세!"를 외치면서 급히 자전거에 올라타더니 밖으로 내달렸다.

정두길이 광목을 갖고 돌아간 뒤 창세는 얼른 아침을 먹고 학교로 달려갔다. 어떤 기대감이 가슴을 잔뜩 부풀게 했다. 오늘 학교에서 벌어질 일들이 몹시 궁금했다. '해방'이 과연 무엇일까? 어둠 속 야학에서 몰래 들었던 해방이란 말이 구체적으로 어떤 것인지 이제 조금 알 것 같기도 했다. 우선 등교할 때마다 등을 짓누르던 그 무거운 짐이 사라진 것이다. 다섯장 뗏장의 무게가 사라졌다는 사실이 너무도 놀랍고 기뻤다. 압박과 해방! 온몸을, 등을 짓누르던 그 무게가 압박이고, 그것이 사라져 몸과 마음이 날아갈 듯이 가볍고 홀가분해진 지금의 상태가 바로 해방인가보다고 창세는 생각했다.

그날 일본인 교원들은 학교에 나타나지 않았다. 조선인 교원 세 사람만 출근했는데, 그렇지만 일장기는 여전히 중앙 현관 앞 깃대에 걸려 너풀거리고 있었다. 주재소와 연북정 초소에도 일장기가 여전히 펄럭거렸고, 총칼로 무장한 순사들은 전보다 더 삼엄하게 경계를 펴고 있었다.

정두길은 태극기를 그리기에 앞서 짧지만 사뭇 엄숙한 의식을 치렀다. 그는 칠판에다 힘주어 한글을 썼는데, 분필이 딱딱 세번이나 부러졌다. 검은색 칠판 위에 흰색 글자들이 또박또박 굳세게 박혔다. **한글은 우리나라 글입니다.** 그 문장은 아이들에게 암흑 속에 지워졌던 빛줄기가 번쩍 떠오르는 것 같은 느낌을 주었다. 아이들이 긴

장하여 꿀꺽 생침을 삼키며 선생을 바라보았다. 선생의 얼굴은 기쁨으로 발갛게 달아올랐고, 짙은 눈썹 아래 깊숙이 눈빛이 형형했다. 이어서 그의 입에서 학교에서 사용이 금지되었던 조선말이 나왔다.

"이것이 바로 한글이다! 우리나라 글이란 말이다! 너희들 중에 이 한글을 읽을 줄 아는 사람 몇이나 되나, 있으면 손들어보자."

교실에서 늘 일본어를 사용하던 선생의 입에서 떨리는 목소리로 조선말이 흘러나오자 아이들은 처음에는 놀란 표정이더니 곧 감격의 눈빛을 빛내면서 어깨를 들썩거렸다. 서른명 중에 손을 든 아이는 송찬일, 안창세, 신갑송 등 세명뿐이었다. 강행필은 도피 중이었다. 선생이 창세를 지목했다.

"그러면 급장, 뭐라고 쓰여 있는지 너가 읽어봐라."

"한글은 우리나라 글입니다."

"옳지! 한글은 우리나라 글이다. 우리는 빼앗겼던 우리말, 우리글을 되찾았어. 그리고 빼앗겼던 우리 이름도 되찾았지."

그러고서 선생은 엄숙한 표정으로 선언했다.

"내 이름은 정두길, 이제 나는 고지마 이쓰키가 아니다!"

놀라움과 호기심으로 아이들의 눈이 똥그래졌다. 선생이 그 말을 세번 반복하고 입을 다물자, 그 말을 흉내 내느라고 교실이 이내 소란스러워졌다. 아이들은 "내 이름은 정두길, 이제 나는 고지마 이쓰키가 아니다"를 두어번 되풀이하더니, 이내 그 말에 자신의 이름을 넣어 말하기 시작했다.

"좋아, 좋아, 그런 식으로 각자 자기 이름을 말해보자. 누가 먼저 해볼까?"

"내 이름은 송찬일! 이제 나는 야마모토 아키라가 아니다!"

"내 이름은 신갑송! 이제 나는 무라이 마사오가 아니다!"

"내 이름은 안창세! 이제 나는 아베 마코토가 아니다!"

그렇게 서른명의 아이들이 선생의 지시에 따라 차례차례 일어나 씩씩하게 자기의 본이름을 외쳤다. 그러고는 교실이 떠나가라 만세를 부르고 환성을 질러댔다. 좋다, 좋다, 좋구나! 신주머니와 모자 들이 허공을 날고, 발을 구르고, 책상을 치고, 서로 얼싸안았다.

그렇게 속성으로 정체성 탈바꿈의 의식을 치른 뒤 곧바로 태극기 제작에 들어갔다. 정두길이 아침 일찍 김시범의 집에 가서 본떠온 태극기를 등사기로 대량으로 찍어내 학생들에게 색칠하도록 했다. 다른 교원 두 사람과 박털보 등 몇몇 청년들도 교실에 나타나 함께 태극기 제작에 참여했다. 정두길은 아침에 창세네 집에서 끊어온 광목에다 태극기를 그렸다.

아이들은 물론 청년들도 온전한 태극기를 보기는 그날이 처음이었다. 그동안 그들이 알고 있던 태극기는 모래 위에, 흙바닥 위에 작대기로 그렸다가 들킬세라 얼른 지워버리곤 하던 금기의 물건이었다. 중앙 현관 앞 깃대 높이 일장기가 여전히 기세 좋게 너풀거리고 있는 가운데 모두들 흥분을 삼키며 조용히 태극기를 그렸다. 둥근 태극 문양은 붉은 잉크와 푸른 잉크로 곱게 칠하고, 네 귀퉁이의 궤는 먹으로 칠하고, 마지막으로 그것을 손에 들 수 있게 댓개비에 풀을 붙여 달았다. 종이와 잉크는 장영발이 자기 상점에 있는 것을 죄다 털어 내놓은 것들이었다.

조천소학교 5, 6학년 아이들이 한창 태극기를 만들고 있는 그 시간에, 해군 징집영장을 받고 대기 중이던 산간 마을 선흘리의 한 청년이 집결 장소인 조천면사무소로 내려오던 도중 그제야 일본의 패전 소식을 들었다. 그 마을에는 라디오를 가진 집이 없었던가보았다. 그 청년은 간밤에 동네에서 마련해준 송별 잔치를 잘 받아먹고 아침 일찍 마을을 떠난 터였다. 탄광이나 전쟁터에 노무자로 나가면 살아 돌아올지 죽어 돌아올지 모르니 원이라도 풀어준다고 마련한 잔치였다. 그런데 제주 바다를 건너기는커녕 도보로 불과 이십리도 못 가서 그 소식을 들었던 것이다.

가슴팍에 일장기를 두르고, 전송한다고 따라오는 벗 두 사람을 양옆에 끼고 걸어오는 그 청년을 마침 집에 잠깐 들렀던 화물트럭 조수 스물한살 박석호가 보았다. 석호는 마을 대장장이 박털보의 동생이었다. 그는 청년을 보자마자 다짜고짜 달려들어 가슴팍에 두른 일장기를 확 낚아채서는 길바닥에 팽개쳤다. 청년 셋이 깜짝 놀라 입이 딱 벌어졌다.

"아니, 국기를! 이놈이 미쳤나?"

"어허, 촌백성이라 모르는구나. 이젠 일본 시대가 끝났다고!"

"무스거? 일본 시대가 끝나?"

"일본이 손들었단 말이주기!"

"일본이 손들어? 왜 손들어?"

"왜 손들어라니? 허 참, 이 작자가 말귀를 영 못 알아듣네. 일본이 항복했다니깐 그러네."

"항복이라?"

"하여간 당신, 운수대통이네, 군대 안 가도 되니깐."

그러자 따라온 다른 청년이 펄쩍 뛰며 석호의 귀뺨을 후려갈겼다.

"무스거, 항복? 누가 그 말 곧이들을 중 알고? 이놈이 헛소리햄져. 잡혀가서 피똥 싸고 싶어서 환장했나!"

선흘리와 마찬가지로 와흘리도 해변에서 멀리 떨어진 중산간 마을이라 해방 소식이 하루 늦게 전해졌다. 창세가 나중에 들은 이야기인데, 16일에도 외삼촌이 몇달 내에 일본이 망할 거라고 말하여 주위 사람들을 대경실색하게 한 촌극이 벌어지기도 했다. 하루 전에 일왕이 항복선언을 한 줄도 모르고 자못 심각하게 그런 '예언'을 했던 것이다.

"틀림없어, 나가 장담하주. 보나마나 일본이 몇달 내로 망하고 말 거여!"

"하이고, 무서워. 그런 소리 말게. 이 사람, 참말로 큰일 날 소리 하네."

5, 6학년 아이들 육십여명은 태극기 제작이 끝나자 곧

행진에 들어갔다. 겁을 집어먹은 학생들에게 모범을 보이기 위해 정두길이 자신이 만든 큰 태극기를 장대 끝에 달고서 행렬의 선두에 섰다. 멀지 않은 곳에 주재소가 있는지라 아무래도 조심스러워 마을 안길을 한바퀴만 돌고 끝내기로 했다. 행진이 끝나면 학생들이 자기 동네의 이 집 저 집을 찾아다니며 태극기 그리는 법을 가르쳐주기로 되어 있었다. 광목 살 돈이 없으면 임시로 집에 있는 일장기 위에다 태극기를 그리라고 정두길이 아이들에게 일렀다. 일장기의 붉은 원 아랫부분에 먹칠을 해서 태극 문양을 만들고 네 귀퉁이에 사괘를 그려넣으라, 그것이 일장기를 죽여 태극기를 만드는 길이라고 했다.

교문을 나선 학생들은 처음에는 관청 뜰에 데려다놓은 촌닭들처럼 어리둥절한 표정이었다. 두명의 조선인 교원과 대장장이 박털보, 우편소 서기 부대림 등 몇몇 마을 청년들이 행렬 옆에 나란히 걸어가면서 열정적으로 학생들을 격려했다. 십삼년 전 일본 국가 제창 거부 사건으로 퇴학당한 박털보를 제외하면 모두가 그 학교 졸업생이었다. "조선 해방 만세!" "조선 독립 만세!" 땅딸막한 체격의 박털보가 흔들흔들 팔자걸음을 걸으면서 판지를 똘똘 말아 만든 종이 확성기를 입에 대고 만세를 선창했고, 학생들이 따라 불렀다. 그런데 학생들의 목소리가 영 시원찮았다. 청년들은 발악하듯이 소리치면서 아이들을 부추겼다. "더 크게!" "눈을 똑바로 뜨고 목소리 크게!" "잡아먹을 듯이 눈을 부릅뜨고!" 학생들은 점점 커지는 자신의 목소리에 흠칫흠칫 놀라는 표정이었다. 겁 많은 노루가 제 방귀 소리에 놀라듯이. "반자이!" 하던 입에서 "만세!" 소리가 나오기 쉽지 않았던 것이다.

그렇게 해서 아이들의 사기가 조금씩 살아나고 있는데, 느닷없이 웬 새끼 돼지 한마리가 행렬 한가운데에 뛰어들고 그 뒤를 쫓아 한 아낙네가 소리치며 달려드는 소동이 벌어졌다. 돼지우리를 탈출한 놈이었다. "요녀러 자슥, 어디레 도망감시니! 저 도새기(돼지) 잡으라!" 그 털빛 고운 조그만 짐승은 매우 민첩했다. 아이들 다리 사이로 이리 호록 저리 호록 쏜살같이 내달렸고 아이들이 "와아!" 하고 소리를 지르면서 그걸 잡으려 한바탕 난리굿이 벌어졌다. 마침내 한 아이가 몸을 던져 돼지를 덮치자, 황급히 달려온 아낙네가 "요녀러 자슥, 묶어야지 안되켜" 하면서 돼지의 뱃구레를 한쪽 무릎으로 누르고 허리에 감았던 새끼줄을 풀어 네 발을 꽁꽁 묶었다. 꽥액꽥액 귀청 떨어지게 울어대며 버르적거리는 돼지를 불끈 안고서 아낙네가 서둘러 행렬 밖으로 나갔다. 아이들이 몸을 흔들며 깔깔댔다.

그 새끼 돼지 소동은 행진 분위기를 어수선하게 만들기는커녕 오히려 야릇한 활기를 주어 만세 소리가 더 높아졌다. 정두길이 치켜든 큰 태극기가 해풍을 받아 장대가 휘어지도록 기세 좋게 펄럭거렸고, 종이 확성기로 외치는 박털보의 팥떡같이 붉은 얼굴도 더욱 붉어졌다.

"조선 해방 만세! 조선 독립 만세!"

그것은 이십육년 전 기미년 만세동산에서 터져나왔던 바로 그 구호였다. 그 얼마나 대담하고 가슴 벅찬 말인가! 처음에는 따라 외치던 아이들 목소리가 겁을 먹어 어정쩡했으나 차츰 목청이 커졌다. 다시 태어난 어린 태극기들이 세상을 향해 첫발을 내딛는 광경이었다. 잇따라 터지는 만세 소리가 8월의 대기를 더욱 뜨겁게 달구었다.

"만세! 만세!"

"조선 독립 만세!"

"조선 해방 만세!"

"자유 만세!"

"만세! 만세!"

시위 행렬은 주재소를 피해 침낭거리, 차낭골, 비석거리를 차례로 돌았다. 마을 안길에는 만세 소리를 듣고 어른들이 나와 있었다. 그러나 모두 어리둥절한 표정이었다. 젊은이들이 강제노역에 끌려가버린 터라 길가에 나와 있는 이들은 대개 노인이거나 중늙은이였다. 오랜 세월 바짝 엎드려 있던 이들인지라 관공서에 일장기가 아직도 펄럭이고 있는 판국에 항복이 과연 무슨 뜻이고 해방이 무슨 뜻인지 그야말로 어리둥절, 우두망찰이었다. 학부형들은 행렬 속의 자기 아이를 보면서 혹시라도 잘못될까봐 걱정하는 눈빛이 역력했다.

마을 안길에서 노인들이 겁먹고 차마 부르지 못한 만세 소리는 나중에 빨래터 젊은 아낙네들의 입에서 터져나왔다. 시위 행렬이 마지막으로 지하수가 푸지게 솟는 두말치물 근처를 지나갔는데, 그 아래쪽 빨래터에 젊은 아낙들이 가득 모여 있었다. 건너편의 장수물도 빨래꾼들로 붐볐다.

창세는 그 많은 여자들 중에서 누이 만옥을 찾아보려고 눈알을 굴렸다. 빨래터에 그렇게 많은 사람이 모이기는 드문 일이었다. 그들은 바로 그날부터 강제 물질에서 놓여났기에 오랜만에 묵은 빨래를 하려고 물가에 몰려와 있었던 것이다. 학교 아이들이 행진을 멈추고 그들을 향해 태극기를 흔들며 만세를 연창하자 거기에 호응해서 두 빨래터에서 동시에 만세 소리가 터져나왔다. 창세는 장수물 아래쪽에서 젖은 빨래를 머리 위로 흔들면서 만세를 부르는 누이를 발견하고 목청껏 맞고함을 쳤다.

그런데 그때, 웬 학생 녀석이 불쑥 나타나 "야아!" 하고 소리를 지르면서 행렬 가운데로 뛰어들었다. 강행필이었다. 멀리서 달려왔는지 땀범벅이었다. 아이들이 "와!" 하고 행렬을 무너뜨리며 그에게 달려들었다. 행필은 아이들을 제치고 먼저 담임선생에게 가서 꾸벅 인사했다. 정두길이 행필을 꽉 안았다 놓아주자 이번에는 아이들이 그를 에워싸서 어깨를 치고 몸을 만지며 반가워했다. 흰 낯빛을 보니 집 안에 오래 숨어 있었던 모양이었다. 일경의 자전거 두대를 부수고 달아났다가 한달 만에 나타난 행필은 아이들에게 영웅이 되어 있었다. 창세는 너무 반가워 눈물을 글썽거렸다.

"행필이 성, 그동안 어디 숨어 있언?"

그는 그날 아침에야 해방 소식을 듣고 달려왔노라고 했다.

"하하, 선흘리 친척집에 꼭꼭 숨어 있었주. 야아, 해방이 참말로 좋구나!"

기분이 좋아 어깨가 귀까지 올라간 행필이 연신 함박웃음을 터뜨리면서 어른들이 하듯이 아이들과 돌아가며 악수를 했다. "건투!"를 연발하면서. '건투'는 노투사 김시범이 단골로 쓰는 말이었다. 아이들이 행필을 따라 "건투!"를 복창하면서 그게 또 재미있다고 발을 구르며 깔깔댔다. 한 아이가 사뭇 흥분한 나머지 씩씩한 노래를 부른다는 것이 그만 일본 군가를 뱉고 말았다. "마모루모 세메루모 쿠로가네노……" 하다가 제풀에 깜짝 놀라 얼른 손바닥으로 입을 틀어막았다. 누군가 그 아이의 이마에 꿀밤을 한대 먹였다.

이날 오후에는 신이 난 화물차 조수 박석호가 태극기를 흔드는 창세네 학급 아이들을 자기 차에 가득 태우고 경적을 빵빵 울리면서 북촌리까지 달려갔다 왔다.

이제 마을은 온통 해방의 감격으로 들썩거렸다. 창세네 집의 붉은 수탉도 돌담 위에 올라 활개를 치면서 꼬끼오 하고 해방을 선포했다. 집집마다 대문에 태극기가 너풀거렸다. 절반 이상이 일장기 위에 먹으로 그린, 정두길의 말마따나 일장기를 죽여서 만든 태극기였다. 사방 곳곳에 나붙은 삐라들도 조선 해방을 외치고 있었다. 종이가 귀했기 때문에 이제는 쓸모없어진 일본 책을 뜯어 두어장씩 붙여 삐라로 재활용했다. 일본어 활자들 위에 붓으로 시꺼먼 먹물 글씨를 쓸 때의 쾌감은 꽤나 각별한 것이었다. 삐라 제작에 참여했던 창세는 비석거리의 게시판에 삐라를 붙이던 날, 오전 내내 그 옆에 지켜서서 글을 읽지 못하는 사람들을 위해 삐라 내용을 읽어주었다. "조선 해방 만세!" "조선 독립 만세!"

17일 초저녁에 박털보네 대장간의 석유램프 불빛 아래 네댓명의 청년들이 모여 현 시국과 앞으로의 할 일을 놓고 갑론을박 왈가왈부 떠들고 있는데, 뜬금없이 하이하이 면장이 나타났다. 살이 쪄서 이중 턱이 된 얼굴을 문틈으로 들이밀고 "안녕들 하신가?" 했다. 귀하신 몸이 웬 행차일까? 모두들 눈이 휘둥그레졌는데, 그 순간 부대림이 세상 바뀐 것을 깜빡 잊고 "아이고, 면장님" 하면서 자리에서 엉거주춤 일어나 절을 하려 하자 정두길이 버럭 소리를 질렀다.

"야, 이놈아, 정신 차려! 어디다 절하는 거여?"

퉁을 먹은 부대림이 "아차!" 하고 뒤통수를 긁으면서 도로 주저앉았고, 그것을 본 다른 청년들이 일제히 폭소를 터뜨렸다. 당황한 면장이 문밖에 선 채 어찌할 바를 몰라 주뼛거렸다. 며칠 전만 해도 무섭게 보이던 콧수염이 꾀죄죄하고 초라하게 보였다. 아무리 좁은 틈이라도 미끈둥 들이밀고 들어설 것 같은 포마드 바른 작은 머리통이 램프 불빛에 번들거렸다. 일본인만 보면 심지어 나이 어린 순사 모리 앞에서도 간이라도 내줄 듯이 굽신대던 이름난 아첨꾼, 그가 잘 먹어서 두둑하게 살진 목덜미를 긁으면서 머리를 조아렸다.

"용서를 구하러 왔네. 용서해주게. 나가 면장질 하면서 욕먹을 짓 많이 해서……"

박털보가 비아냥조로 물었다.

"그거, 손에 들고 온 보따리는 뭐우꽈?"

그 말에 기다렸다는 듯이 면장이 얼른 보따리를 풀면서 알랑거렸다.

"자네들, 참말로 해방 사업에 불철주야 얼마나 수고가 많은가? 아암, 조선 해방 만세여. 만세, 만만세여! 해방 사업에 수고하는 자네들을 격려하젠 술과 안주를 조금 가져왔네. 냉중에 나가 크게 한턱 쓸 생각이라. 불원간 섬 밖에 나갔던 사람들 귀향하면 해방 기념 잔치를 열 게 아닌가? 그때 나가 도새기 세마리를 내크라, 도새기 세마리!"

보따리에서 삶은 닭 한마리와 됫병짜리 소주 한병이 나왔다. 청년들의 눈이 다시 똥그래졌다.

"이크, 이거 뇌물이네! 저 양반, 어디 다른 집에서 받은 뇌물을 우리한테 가져온 거 아니라?"

경찰이나 면사무소에 무슨 책잡힐 일이 생겼을 때 으레 초벌 뇌물로 갖다 바치는 것이 바로 삶은 닭 한마리와 됫병 소주 한병이었던 것이다.

"허허, 뇌물이 돌고 도네. 세상이 바뀌긴 한 모냥이라, 하늘 같은 면장님이 우리 같은 졸자한테 뇌물을 바치는 걸 보면. 허허허!"

해방의 소식은 제주도 전역에 빠르게 퍼졌다. 해방을 축하하는 함성이 도처에서 터졌고 벽보, 삐라 들도 곳곳에서 소리쳤다. **조선 해방 만세! 조선 독립 만세!** 민중의 열기는 미친 듯이 끓어올라 빠르게, 쉽게 동원되었다. 함성에 놀란 도청과 면사무소의 조선인 관리들과 '검은 개' 순사들이 도망치는 사태가 벌어졌고, 불안한 일본인 민간인들은 문을 닫아걸고 두문불출이었다.

비행장, 도로, 항만, 진지 동굴 건설 작업장에서 일하던 징용자들 중에 좀 대담한 이들은 절망에 빠진 일본군의 눈을 피해 곡괭이과 괭이, 삽, 리어카 같은 연장과 간이 숙소에서 덮고 자던 담요를 빼돌렸다. 대량 학살당한 유대인의 머리카락으로 만들었다는 소문이 있는 군용 담요였다. 유대인의 시신으로 비누를 만든다는 소문도 있었다.

검거를 피해 숨어 있던 지하 생활자들이 밝은 햇빛 속

으로 몸을 드러냈다. 예비검속에 걸려 읍내 경찰서 유치장에 갇혔던 리베라 상회의 장영발도 풀려났다.

이어서 한라산과 그 아래 오름들에 동원되었던 제주 출신들이 마침내 놓여났다. 병사 일만 천명, 노무자 육천명이 동서남북으로 흩어져서 자기 마을을 찾아 내려갔다. 조천리에도 그들이 돌아왔다. 흙때가 묻고 거의 넝마가 되도록 헐어빠진 국방색 군복을 입은 그대로 얼굴은 하나같이 햇볕에 그을고 볼이 꺼지게 야위었으며 수염이 더부룩 자라 있었다. 두달간이나 면도를 하지 못했다고 했다. 그 몰골이 어찌나 흉하고 낯설던지 제 식구들도 얼른 알아보지 못할 지경이었다. 발에 맞지 않는 지카타비나 군화를 오래 신어서 발은 옹이투성이였다. 식구들이 그들을 맞아 얼싸안고 기쁨의 눈물을 뿌렸다. 기한 없이 계속된 강제노역에 웃어본 적이 없는 그들은 해방의 기쁨에도 제대로 웃지 못하고 눈물만 흘릴 따름이었다. 쇠약해진 몸으로 8월의 땡볕 속을 허위허위 걸어온 터라 너무 지쳐 있기도 했다. 그들은 저녁밥을 양껏 먹자마자 까무러치듯 고꾸라져 혼곤한 잠에 떨어졌는데, 거의 이틀 동안을 깨지 않았다.

창세 동네에 돌아온 청년들 중에는 이발병이던 고정

오와 와흘 마을 위 바농오름 숲속에 박혀 팔자에 없는 숯꾼 노릇을 하면서 숯을 구워 바쳐야 했던 송광일도 끼어 있었다. 칠만 관동군의 연료를 충당하기 위해 많은 군인이 숯 굽는 일에 동원되었는데, 숯꾼답게 그의 군복은 볼썽사나운 숯 검댕으로 얼룩져 있었다. 그는 창세와 같은 반 친구 송찬일의 형이었다. 한라산 기슭에 군용도로 뚫는 공사에 측량기사로 가 있던 창세의 당숙 안봉주도 돌아왔다. 서우봉의 진지 동굴 작업을 하던 청년들도 해방되었고, 어뢰정 특공대원으로 훈련받던 청년들도 죽을 날만 기다리다가 천행으로 살아서 고향에 돌아올 수 있었다.

사람들뿐만 아니라 강제노역에 시달리던 수백필의 말들도 풀려나 제 마을로 돌아왔다. 창세네 외갓집에도 세 마리가 돌아왔다. 바다 건너 일본으로 징발당한 열두마리가 돌아올 리는 만무이므로, 이제 말은 남아 있던 열다섯마리에 세마리가 보태져 열여덟마리가 되었다.

해방의 기쁨은 빨래터에도 와 있었다. 침울했던 빨래터에 빨랫방망이의 경쾌한 소리와 함께 와글와글 수다가 되살아났고 깔깔깔 즐거운 웃음소리가 낭자했다. 현무암의 검은 암반 위에 하얗게 널린 빨래들, 강렬한 햇볕에 말라가는 눈부신 흰빛도 아름다웠다. 조천 포구 근처에는 용천수 물통이 서른세군데나 있었는데, 그중 수량이 풍부한 장수물, 큰물, 그리고 창세네 집 근처의 두말치물에 전에 없이 많은 사람이 모여들어 빨래하고 목욕했다. 강제노동으로 때와 땀에 전 일옷을 벗을 틈이 없던 이들이 이제 그 옷을 활활 벗어 깨끗이 빨았다. 콸콸 용솟음치는 시원한 물에 때에 전 몸을 씻었다. 물통의 물은 아주 시원한 냉기를 뿜어내어 물에 들지 않고 옆에만 있어도 더위를 식힐 만했다. 빨랫방망이를 두들기면서 갑추가 말했다.

"이제 나라가 해방되었으니까 우리도 해방이다! 마음 놓고 신나게 아기를 여럿 펑펑 낳자!"

"아이고, 성님도, 상스럽게시리 펑펑이 뭐우꽈? 호호호!"

"만옥아, 너도 이젠 시집가사 할 거 아니가? 비바리(처녀)가 스물한살이면 늙었댄 하는데……"

"예예, 나도 시집강 아기 여럿 펑펑 낳쿠다, 호호호! 새 나라 새 일꾼을 펑펑 낳아사 합주. 하지만 그건 이삼년 후에! 좀 기다려봅서. 이삼년 돈 좀 벌다가 시집가쿠다. 먼저 기울어진 집 일으켜 세워놓고."

걸어서 한시간 반 걸리는 와흘 마을 사람들도 그 물에

빨래를 하러 왔다. 용천수가 없는 중산간 마을의 물은 대개 맑지 않은 못물이어서 흰 빨래에는 적당하지 않았다. 같은 동네의 두어집씩 작당하여 마차에다 빨래와 함께 어린아이들을 태우고 왔는데, 거기에는 무쇠 솥단지와 땔감이 실려 있었다. 빨래를 양잿물과 함께 솥에 넣어 푹푹 삶아 빤 다음 그 솥을 씻어 밥을 지어 먹었다. 어른들이 빨래를 하는 동안 아이들은 발가벗고 얕은 물에서 탐방탐방 물장구를 치며 놀았다.

한라산에서 돌아온 청년들은 처음에는 무기력 증세를 보였다. 일제의 억압에 짓눌려 축 처졌던 어깨는 억압에서 벗어났어도 얼른 펴지지 않았다. 전쟁의 공포와 모진 노예노동이 육체뿐만 아니라 정신까지 시들게 했던 것이다. 그들은 사나흘 넘게 방 안에서 통나무처럼 뒹굴면서 긴 잠을 자고 휴식을 취한 다음에야 하나둘씩 어슬렁어슬렁 비석거리 팽나무 밑으로 모여들기 시작했다. 오래 자란 수염을 말끔히 면도했는데, 검게 탄 얼굴에서 수염 자랐던 자리만 하얘서 마치 흰 마스크를 쓴 것 같았다. 그 야릇한 얼굴들을 보면서 아이들이 재미있다고 낄낄거렸다.

목포형무소에서 제주 사람 여러명과 함께 출감한 이민하가 고향에 돌아온 것은 학교 아이들의 만세 행렬이 있은 지 일주일쯤 지나서였고, 극히 일부였지만 마을 청년들이 무력증을 떨치고 활기를 찾기 시작한 것도 그때부터였다. 노투사 김시범의 "건투!"와 악수 인사가 젊은 이들 사이에 크게 유행하였다. 창세 또래 아이들도 따라 했다. 어제 만났는데도 오늘 만나면 반갑다고 손을 맞잡고 흔들면서 "건투!" 혹은 "조선 독립 만세!" 하고 소리쳤다.

이십여명 되는 마을 청년들은 저녁마다 비석거리 팽나무 아래 모여 시국 연설과 토론을 벌였다. 그들의 선배인 이민하와 박털보가 나타나 진행을 거들었고, 노래 지도는 연설과 토론에 소질 없는 정두길이 맡았다. 일본인들에게 구박당하면서 "얼라면 얼어주고 녹으라면 녹아주마, 이래도 한세상 저래도 한세상……" 하고 탄식의 노래나 부르며 청춘을 허송한 중년들도 하나둘씩 모습을 드러냈다. 중년 이상의 유지들이 모이는 장소는 김시범의 집이었다. 김시범의 딸 김옥희도 고향에 돌아왔다. 만옥보다 네살 위인 그녀는 일년 전 사범학교를 나와 전라도 영암에서 교원으로 일하고 있던 터였다.

하루 일과가 끝나는 저녁이면 비석거리는 해방의 기

뻄을 재확인하고 시국이 어떻게 돌아가는지 소식을 들으려는 청년들과 아이들의 열기로 가득했다. 어른이나 아이나 술에 취한 듯이 사뭇 들떠 있었다. 일본인 순사들이 무서워 노래를 부르기는커녕 무슨 말을 해도 귓속말을 하고 걸음도 고양이처럼 살금살금 걸어야 했던 그들이 이제 실컷 소리 지르고, 실컷 웃고, 실컷 울었다. 노래를 합창했다. 노래를 배우고 부르는 것이 유행이어서 거의 날마다 그야말로 고성방가였다. 해방이 좋기는 좋았다! "동해물과 백두산이 마르고 닳도록" "학도야 학도야 청년 학도야" "울 밑에 선 봉선화야" "낮에 나온 반달은" "푸른 하늘 은하수"도 부르고 "강남 달이 밝아서" "정이월 다 가고" "너영 나영 둘이 둥실"도 부르고, 「산타 루치아」「핀란디아」「감격시대」「목포의 눈물」「오돌또기」「이야홍」「서우젯소리」도 불렀다. 억압 속에서 몰래 부르던 저항가들도 해방되어 「스텐카 라진」「독립군가」「적기가」도 불렀다. 그중에는 새로 나온 「농민의 노래」도 있었다.

불러라, 노래 불러라 농민의 깃발은 들에 날린다
논밭을 빼앗겨 삼십육년간 우리는 얼마나 기다렸던가
불러라, 노래 불러라 농민의 깃발은 휘날린다

창세는 날마다 저녁이면 비석거리 팽나무 밑으로 가서 청년들이 하는 말을 귀 기울여 듣고 노래도 배웠다. 밤에도 마을은 잠을 이루지 못하여 이 집 저 집에서 늦게까지 토론하고 노래하는 소리가 들렸다.

밤에 잠 못 이루는 것은 그들만이 아니었다. 일본인 거류민들, 즉 통조림 공장, 조선소, 정미소 사장들, 우편소 소장과 그 가족들이 마을 서쪽 외곽에 저들끼리 모여 살고 있었는데, 그들 역시 혹시 있을지 모를 보복이 두려워 잠을 이룰 수 없었던 것이다.

일단 끓기 시작한 집단 열정은 돌파구를 찾아야 했다. 종기처럼 곪아 있는 치욕과 증오, 그것이 터져나와야 해방이었다. 어딘가 돌파구를 찾아 터져야 했다.

그 무렵 어느 날, 주재소와 면사무소 뒷마당에서 서류 뭉치를 태운다는 첩보가 날아들자 스무명가량의 청년들이 비석거리에 모였고, 그들을 따라 학교 아이들과 그보다 어린 조무래기들까지 모여들어 대열을 이루었다. 대열은 힘차게 꿈틀거렸다. 향사 창고에 갇혀 있던 북이 뛰쳐나와 앞장섰다. 덩덩덩 북소리가 청년들의 가슴을 울려 들뜨게 했다. 그래도 주재소는 무서워 피하고, 면사무소를 타격 대상으로 삼았다. 청년들이 몽둥이와 작대기를 들고 함성을 지르면서 쳐들어갔다. 다른 아이들과 함께 창세와 행필도 그 뒤를 따라갔다. 열살 아래 조무래기들도 뒤따랐다.

하이하이 면장과 서기들은 어느새 도망치고 없었고 오직 급사 하나만이 뒷마당에 남아 불타는 서류 뭉치 곁에서 부지깽이를 손에 든 채 부들부들 떨고 있었다. 서류들은 반 넘어 탔는데, 청년들이 달려들어 발로 밟아 불을 껐다. 검은 재가 허공에 점점이 날아올랐다. 서류를 소각하라는 상부의 명령이 있었다고 급사가 말했다.

청년들과 함께 온 장영발이 급사의 손에서 부지깽이를 빼앗아 타다 만 서류들을 헤집어 보고는 외쳤다. "어허, 이건 우리를 수탈한 내용을 기록한 것들이네. 증거인멸이여, 증거인멸!" 그러나 청년들은 누구도 반쯤 타버린 서류 뭉치에 관심이 없었다. 아이들만이 타다 남은 종이 뭉치의 용도를 생각해내고 앞다퉈 달려들었다. 창세도 달려들어 잿더미 속에서 타다 만 종이를 한줌 집어냈다.

실내로 우르르 쳐들어간 청년들은 몽둥이로 유리창과 사무 집기를 때려 부수기 시작했다. 그때 박털보가 나서서 소리쳐 말렸다. "행동 중지! 행동 중지! 야, 이놈들아, 부수지 마라! 정신 빠진 놈들, 여기 있는 것 모두가 우리 물건이여. 이젠 왜놈 물건이 아니란 말이다. 인민의 것, 인민의 재산이란 말이여. 멍청한 놈들!" 날뛰던 청년들이 그 말 한마디에 대번에 기세가 꺾였다. 모두들 아뿔싸 싶은 표정이었다. 창세는 무엇보다 박털보가 힘주어 발음한 '인민'이라는 말에 놀랐다. 그것은 어둠 속 야학에서나 들을 수 있었던 숨어 있던 말이 아닌가! 그 금기의 단어를 공개 장소에서 듣기는 처음이었다. 세상이 정말 달라지긴 달라졌구나. 인민, 인민의 것, 인민의 재산…… 그럼 행필이 저 유리창의 쇠막대를 훔쳐 작살을 만든 것은? 그래서 창세는 나중에 두고두고 행필을 낄낄거리며 놀려댈 수 있었다, 인민의 재산을 훔쳤다고.

면사무소 마당 한쪽 구석에 뭔가가 쌓여 있어 방수천을 벗겨보니 공출 양곡인 보리 몇가마니가 나왔다. 상부에 반출하려 쌓아놓은 것들로, 거의 다 실어가고 몇가마니뿐이었다. 그 양곡이야말로 '인민의 것'이었다. 그것을 어떻게 처리하느냐를 놓고 왈가왈부하다가, 팔아서 해방 사업에 쓰자는 것으로 결론이 났다.

면사무소가 습격당하자 주재소의 조선인 순사들이 불안해졌다. 칠만 관동군이 아직 철수하지 않은 상황인지라 공격의 화살은 일본인 대신에 그들의 앞잡이였던 악질 친일분자들에게로 향했다. 보복이 두려운 짝귀가 바로 며칠 뒤에 종적을 감추었고, 어린 급사마저 일본인들 심부름이 창피하다고 나와버렸다. 원래 주재소에는 짝귀 외에도 조선인 순사가 한명 더 있었는데, 쌍둥이로 태어나서 이름은 한쌍백, 나이는 스물하나로 채용된 지 석 달도 채 안 된 신출내기였다. 그는 도두리 출신이었다.

그런데 그가 맹랑하게도 주재소를 떠나지 않고 버텨 웃음거리가 되었다. "난 안 나가쿠다. 나한테 무슨 죄가 있수과? 순사 된 지 석달밖에 안 된 나가 민간에 잘못한 거 뭐 있수과? 아무 죄도 없는데 나가 무사 나가마씸?" 그는 어렵게 시험에 합격하여 모처럼 얻은 직장인데 억울해서 나갈 수 없다고, 그대로 남아 있다가 나라가 세워지면 인수인계하고 조선의 경찰이 되겠다고 했다.

그러한 그가 어떤 말을 전해 듣고 크게 충격을 받았다. 나라가 세워지면 맨 먼저 할 일은 친일파 처벌이며 경찰은 삼년 징역, 면장과 면서기는 이년, 학교 선생은 일년 징역을 살게 될 것이라는 말이었다. 그 말을 듣고 고민하던 그는 독한 소주 두사발을 벌컥벌컥 들이마시고는 인사불성이 된 채 마을 어른들이 회의를 하고 있는 김시범의 집 마루에 몸을 던져 널브러져버렸다. 그러고는 대성통곡이었다.

"아이고, 어르신네들, 날 잡아갈 테면 어서 잡아갑서. 날 잡아강 감옥에 처넣읍서. 그런디 나가 잘못한 게 뭐우꽈, 양? 아무 죄도 없는 날 감옥에 넣을 거우꽈?"

졸지에 벌어진 일에 사람들이 깜짝 놀라 눈이 휘둥그레졌다가 이내 무슨 일인지 알고 웃음을 터뜨렸다. 그 모임의 좌장인 양오 김시범이 좋은 말로 타일렀다.

"허허, 자네, 술 먹고 이거 사람들 앞에서 무슨 추탠가? 자네가 오해하고 있는 모냥인디, 우린 자넬 감옥에 넣을 자격도 권리도 없어. 석달짜리 풋내기 순사인 자네가 무슨 죄가 있겠나." 그러다 급기야 언성을 높였다. "그런디, 다른 검은 개 놈들은 다 도망갔는디 자네 혼자 왜 거기에 남아 있는 건가?"

"인수인계를 위해서 나 혼자라도 남아사 되는 거 아니우꽈?"

"무스거, 인수인계? 하이고 참, 말도 안 되는 소리! 그리고 해방된 마당에 거 입은 옷 꼴이 뭐여? 그 흉악망측한 검은 개 옷을 지금도 입고 있다니, 자네 지금도 왜순사인가? 왜순사라면 마땅히 벌을 받아사주!"

"아이고, 아니우다. 나 왜순사 아니우다!"

"그럼 당장 그 옷 벗고 고향에 돌아가게!"

"예예, 알았수다! 알았수다!"

조천소학교의 일본인 교원들이 제 나라로 돌아간 것은 8월 말께였는데, 그 무렵을 전후하여 제주 여러 지역의 일본인 거류민들이 섬을 빠져나갔고 그들과 엇갈려 해외로부터 제주인 전재민들의 본격적인 귀향 행렬이 꼬리를 물었다. 먼저 대구형무소, 목포형무소, 광주형무소 등지에서 풀려난 항일 인사들이 들어왔고 그뒤로 오사카 공장지대의 이주노동자를 비롯한 해외 도민 오만 명의 대이동이 이어졌다. 강물의 흐름 같은 긴 행렬에 규슈 탄광 등지에서 풀려난 청년들, 히로시마의 원자폭탄 세례에서 간신히 살아남은 이들과 오사카 감옥에 투옥되었던 젊은 투사들이 합류했다.

죽은 줄만 알았던 사람이 더러 살아서 돌아오기도 했는데, 규슈 탄광에 끌려갔던 강월아의 남편 황평일이 그런 경우였다. 그는 비교적 일찍 돌아온 귀향민이었다. 깎지 못해 몽당빗자루처럼 지저분하게 솟은 머리칼에 헐어빠진 당코(炭鑛)바지 차림으로 낡은 배낭 하나만 등에 지고 부두에 내린 그를 사람들이 달려가 둘러싸고 환성을 질렀다. 그는 보름 전쯤 부도환(우키시마마루)을 타고 간다고 집에다 전보를 쳤는데, 그 배가 폭침당해 오천명이 죽었다는데도 죽지 않고 살아 돌아온 것이었다. 라디오에서 크게 방송된 그 사건은 모르는 사람이 없었다.

사람들에게 둘러싸인 그는 아직도 멀미가 가시지 않은 표정으로 고개를 갸웃거리면서 아내를 찾았다.

“어, 우리 각시 안 나왔네?”

“허허, 우린 자네가 부도환 사건으로 죽은 중만 알았주. 자네 각시가 너무 상심해서 병이 났다네.”

“그 배가 폭발했댄 하는디, 어떵 핸 죽지 않고 살아와졌는가?”

“나 그 배 안 탔수다.”

“무스거, 그 배 안 타? 게민 거짓말로 전보 쳤다는 말이라?”

“아이고, 무슨 말인지 알아지쿠다, 허허허! 나가 어떵 핸 죽지 않고 살아났느냐? 흠, 운이 좋아십주, 허허허! 그러니까 집에다 전보 치고 나서, 이젠 고향 가게 됐다고 막 기분 좋은 김에 술을 좀 먹었수다게. 승선 시간을 세 시간쯤 앞두고 규슈 탄광에서 같이 일했던 경상도 울산 놈하고 이별주를 먹었는디, 조금 먹는다는 것이 그만 둘 다 술에 취해 인사불성이 되어부런마씸. 몸이 형편없이 쇠약해졌는디 빈속에 막소주를 먹었으니…… 경핸(그래서) 그 배를 못 탔주마씸. 허허허, 운이 좋아십주.”

“와, 억세게 운 좋았구먼!”

"탄광에서 고생 많았주이?"

"아이고, 말도 맙서. 죽단 살아났수다게. 나가 죽지 않고 살아 돌아온 건 참말로 기적입주. 석탄 잔뜩 실은 갱차가 레일에서 탈선핸 뒤집어져부렀주마씸. 그 바람에 갱차 끌던 말이 크게 다쳐 죽고, 말을 끌던 나도 하마터면 죽을 뻔했수다게. 이것 봅서, 얼굴도 찢어지고……"

그의 오른쪽 뺨에는 길게 찢어져 꿰맨 상처가 있었다. 지네 발 모양의 봉합선이 분홍빛으로 선명했다. 워낙 덩치가 큰데다 얼굴 한쪽에 흉터까지 생겨 인상이 험악해졌다. 그는 다시 아내를 찾는 듯 주위를 기웃거리다가 말을 이었다.

"생지옥입주, 생지옥! 하루 종일 채찍 맞아가멍 곡괭이질을 해십주. 갱차 레일과 곡괭이 날에 어슴푸레 새벽빛이 비칠 때 시작해서, 그 쇠붙이에 어슴푸레한 저녁 빛이 올 때까지 일해서마씸. 조금이라도 반항하면 도사견을 풀어 막 물게 하고예. 우린 사람이 아니었수다. 완전 마소 취급당해십주. 말을 잘 다루는 제주 출신이라고 나한테 갱차 끄는 말을 맡깁디다. 말도 사람도 똑같이 고통을 받아십주. 그날 나와 함께 갱차를 끌다가 죽은 말은 제주말이었수다게. 그 탄광에 갱차 끄는 말은 모두 제주말이라마씸. 말도 징용당한 거주게. 갱차 끄는 일도 곡괭이질만큼이나 힘들었수다. 사람도 말도 줄줄 흐르는 땀에 탄가루가 시꺼멓게 뒤범벅이 되언 완전 귀신 꼴이었수다게. 아이고, 불쌍한 짐승! 그 고생을 하고 죽고 말았으니…… 나 지금 각시한테 빨리 가야 하니깐에, 자세한 건 냉중에 말하기로 합서."

황평일은 저간의 사정을 짧게 말하고는 서둘러 집으로 향했다. 잰걸음으로 걸어가는 그의 뒤를 창세를 포함한 댓명의 아이들이 재재거리면서 따라갔다. 잠시 후 집에서 벌어질 극적인 장면을 구경하기 위해서였다. 어서 아내를 보고 싶어 마음이 바쁜 그였지만 새콧알할망당 앞을 그냥 지나치지는 않았다. 잠깐 가던 걸음을 멈추고 두 손 모아 머리를 조아렸고, 아이들도 그를 따라 머리를 조아렸다. 드디어 집 앞에 다다랐다. 대문이 반쯤 열려 있었는데, 그 안에서 개가 먼저 나와 그를 보고 왈왈 짖어댔다. 근 삼년 만에 찾아온 집, 개도 주인을 몰라보았다. 그는 뒤따라온 아이들을 돌아보며 씽긋 웃어 보이고는 집 안을 향해 큰 소리로 외쳤는데, 그것이 "주인장 계슈?"였다. 아이들의 눈이 휘둥그레졌다. 주인장은 자기인데?

"주인장 계슈?"

"거 누구우꽈?"

"여기가 혹시 황평일 씨 댁 맞수과?"

"맞수다만, 무슨 일로? 아아아, 아이고, 영순이 아방!"

그다음은 아이들이 마음 졸이며 기다린 대로 극적인 장면이 연출되었다. 아내가 맨발로 달려나와 와락 남편을 끌어안고 반갑다고 엉엉 우는 장면이. 그래서 아이들 사이에서 황평일의 별명은 '주인장 계슈?'가 되었고, 그 후 한동안은 그 장면에 나온 말들을 연극 대사처럼 읊는 것이 유행이었다. "주인장 계슈?" "거 누구우꽈?" "여기가 혹시 황평일 씨 댁 맞수과?" "맞수다만, 무슨 일로?" "아아아, 아이고, 영순이 아방!" 징용 전에 박털부네 대장간에서 일했던 그는 닷새 정도 쉬면서 몸을 추스르자 곧바로 대장간에 복귀했다.

면사무소를 습격하고 난 다음 목표는 순사 짝귀의 집과 하이하이 면장의 집이었다. 그들에게 빼앗긴 '인민의 것'을 도로 찾기 위해서였다. 면사무소 습격이 있은 지 일주일쯤 지났을 무렵, 따가운 햇볕에 간장독, 된장독, 멸칫독이 구수하게 익어가는 어느 날, 쉰명 가까운 청년들이 두패로 나뉘어 짝귀의 집과 하이하이 면장의 집으로 쳐들어갔다. 아이들도 우르르 따라갔다.

창세가 따라간 곳은 면장의 집이었다. 주류, 비료, 담배, 소금 등의 판매권을 독점했을 뿐만 아니라 강제공출의 할당량을 두고 농간을 부리면서 뇌물을 챙긴 작자였다. 아이들은 감히 집 안으로 들어가지 못하고 돌담 구멍에 눈을 붙인 채 구경을 했는데, 성난 물결처럼 떼지어 왈칵 들이닥친 청년들은 불문곡직 우선 울담을 허물어뜨렸다. 청년들은 닥치는 대로 몽둥이를 휘둘러댔다. 장독이 깨지고 물 항아리가 깨져 땅바닥에 쏟아진 간장과 물이 질펀했다. 사기그릇이 깨지고 장롱과 밥상, 책상도 박살이 나 집 안은 순식간에 난장판이 되어버렸다.

면장은 마루 밑에 기어들어가 숨어 있었다. 마룻장을 뜯고 끄집어냈는데, 입은 흰옷이 온통 먼지투성이가 되었고 포마드 바른 머리와 콧수염, 얼굴에는 거미줄이 잔뜩 엉겨 있었다. 그는 누가 명령하지 않았는데도 항복 자세로 두 팔을 번쩍 들고 제발 목숨만 살려달라고 애원하면서 장물을 숨긴 곳을 실토했다. 이웃집을 빌려 숨겨놓은 것들을 꺼내고 보니 광목, 비단, 순모 양복지가 각각 한통과 백미 세가마, 고무신 스무켤레, 빨랫비누 두상자, 설탕 두포대, 왜간장 두통 등이었다. 헛간의 건초가리 속에서는 보리쌀 두가마, 소금 두가마와 놋그릇들이 나왔다. 보리가마와 놋그릇은 공출 명목으로 초과 징수하여 몰래 가로챈 물건들이 분명했다. 오래 묵은 소금은 가수

분해되어 바닥에 간수가 흥건했는데, 육지 무역이 두절되자 소금값이 금값 되기를 기다리면서 묵혀놓은 것이 분명했다.

청년들은 하오리를 찾아내어 면장이 입은 옷 위에 덧입혔다. 그가 집에서 즐겨 입는다는 붉은색 바탕에 검은색을 곁들인 화려한 옷이었다. 그러고는 두 청년이 양옆에서 어깻죽지를 움켜잡고 대문 밖으로 끌고 갔는데, 상체는 들리고 하체는 땅바닥에 질질 끌렸다. 마당에 들어차 있던 사람들이 잔뜩 흥분하여 왁자지껄 떠들면서 따라갔다. 심부름을 맡은 대여섯명의 아이들이 앞으로 내달려 이 골목 저 골목 들쑤시면서 소리쳤다. 창세와 행필도 소리치며 내달렸다.

"비석거리에 나옵서! 마을 재판 있수다! 하이하이 면장 재판 있수다! 비석거리로 나옵서!"

덩덩덩덩 북소리가 분위기를 돋우는 가운데 마을 사람들이 잰걸음으로 비석거리로 몰려들었다. 짝귀의 집에 쳐들어갔던 청년들도 달려왔다. 그 집 곳간에서도 면장 집에서 나온 것과 비슷한 품목, 비슷한 수량의 장물이 적발되었다고 했다.

비석거리 팽나무 밑 평상 위에 하이하이 면장이 무릎을 꿇었고, 대장장이 두 사람, 박털보와 황평일이 양옆에서 그를 지키고 서 있었다. 한쪽 뺨에 길게 찢긴 상처를 가진 황평일의 험상궂은 인상이 살벌함을 더했다. 면장은 고개를 숙인 채 덜덜 떨었는데, 언제나 발그레 혈색 좋던 낯빛이 핏기가 가셔 하얗게 바래 있었다.

사람들은 뙤약볕에 뜨거워진 흙바닥에 앉아 팽나무 그늘 아래 놓인 평상 위를 주시했다. 팽나무와 멀구슬나무 가지에도 조무래기들이 올라앉아 구경하고 있었다. 장내의 사람들은 좀 얼떨떨한 표정이었는데, 권력자 면장이 거기에 무릎을 꿇고 있다는 것이 얼른 믿기지 않는 모양이었다. 혹시 경찰이나 함덕에 주둔하고 있는 일본군들이 면장을 구하러 쳐들어오지나 않을까 싶어 동구 밖 쪽을 힐끗거리는 사람들도 있었다.

비석거리 마당이 사람들로 가득 채워졌을 때 마을 재판이 열렸다. 덩덩덩 북소리가 크게 울리자 기다리던 황평일이 웃통을 확 벗어던지고는 벌건 상체를 드러낸 채 한 손으로 면장의 머리칼을 움켜쥐었다. 그날 집회의 주재자는 대장장이 박털보였다. 쇠를 다루는 사람답게 입에서 카랑카랑한 쇳소리가 튀어나왔다.

"조천리민 여러분, 우리 동포를 배신한 악질 놈이 여기 있수다. 악질 친일분자 이놈을 징치합시다. 죄를 지은 자는 마땅히 벌을 받아사 합니다. 이놈이 왜놈 쪽발이를 상전으로 모시면서 우리를 얼마나 깔보고 구박했습니까? 우리 곡식을 빼앗고, 우리를 때리고 발로 차고, 우리 얼굴에 침을 뱉고 하지 않았수과? 친일분자들 중에 이놈처럼 죄가 큰 자는 반드시 벌을 받아사 합니다! 해방된 조국에서 악질 친일분자는 반드시 청산되어사 합니다! 자, 그럼 여러분, 이놈이 저지른 죄상을 낱낱이 밝혀봅시다. 이놈한테 억울하게 당한 일들 어서 말해봅서."

웃통을 벗은 황평일이 면장의 머리칼을 움켜잡아 흔들면서 소리쳤다. 툭 튀어나온 실팍한 가슴 근육과 팔뚝 근육이 꿈틀거렸다. 대장간에서 망치질로 단련된 근육이었다.

"아까 이놈 집에서 이놈이 약탈해간 물건을 몇개 적발했수다만, 아직도 숨겨놓은 것이 분명히 더 있을 거우다. 여러분들 중에 이자의 부탁을 받앙 물건을 숨겨놓고 있는 사람 있으면 오늘 당장 신고합서. 냉중에 숨긴 것이 탄로 나면 좋지 않을 거우다. 알았수과?"

이렇게 엄포를 놓은 그가 큰 주먹으로 엎어놓은 양은 냄비 찌그러뜨리듯이 면장의 머리통을 힘껏 내리쳤다.

"이놈, 자백하라! 우리한테서 약탈해간 물건들 어디, 누구네 집에 숨겨놨나?"

면장이 "아이코!" 하고 비명을 지르면서 두 손으로 머리를 감싸자, 거기에 감전된 듯 장내에 "끙!" 하고 탄식 비슷한 소리가 일시에 일어났다. 이 고장 최고 권력자가 매 맞는 꼴이 너무도 놀라웠던가보았다.

북소리가 연달아 울리면서 장내에 활기를 불어넣자 어리벙벙해 있던 사람들의 눈빛이 초롱초롱 밝아졌다. 짙은 붉은색 하오리가 흰 무명옷과 갈옷의 무리 가운데서 독버섯처럼 징그럽게 도두보였다. 면장을 향하여 너도나도 손가락질, 삿대질하면서 욕을 퍼부어댔다. 삶은 닭과 됫병 소주를 얼마나 받아 처먹었느냐고, 뇌물 먹고 공출 할당량을 조작했다고, 할당량을 다 채우지 못했다고 뿔소라 껍데기 위에 꿇어앉혀 때리고 차고, 모가지를 끊어서라도 할당량을 채우라 하지 않았느냐고, 새끼 밴 소를 다른 소로 바꿔 내겠다고 애걸해도 듣지 않았다고, 저 왜놈의 종자, 뒷모가지 좀 보라, 뒤룩뒤룩 살진 모가지 좀 보라고, 저놈 집엔 개, 도새기도 잘 먹어 피둥피둥 살이 쪘더라고, 자식 둘 공부시키려고 서울 숭인동에 기와집도 한채 사놓았다고……

그때 치안대 청년 하나가 불쑥 일어나 소리쳤다.

"저놈을 처단합시다!"

그러자 뒤따라 청년 두명이 튕긴 용수철처럼 벌떡벌떡 일어났다.

"옳소! 저놈을 당장 처단합시다!"

"저놈을 팽나무에 매답시다!"

"코를 꿰어 끌고 댕기자!"

처단하자는 소리에 놀란 장내가 사뭇 술렁거렸다. 그때 돌연 면장이 꿇어앉은 자세 그대로 평상 아래로 곤두박질쳤다. 두 사내가 뒤따라 뛰어내렸는데, 미처 말릴 새도 없이 면장은 땅바닥에 솟은 돌부리에 이마를 마구 찧어댔다. 피가 낭자하게 흘러 얼굴 전체를 적셨다. 끔찍했다.

"아이고, 잘못했수다! 제발 살려줍서! 한번만 살려줍서!"

피투성이 얼굴, 그 처참한 모습에 술렁거리던 장내가 물을 끼얹은 듯 조용해졌다. 박털보가 말했다.

"여러분, 고정하십서. 우린 민간인이라 이자를 처단할 권한이 없수다. 무엇보다 귀중한 것이 사람의 목숨인디 함부로 해선 안 되어마씸. 그런 문제는 정부가 수립된 다음에 국법에 의해 처리해사 합주. 아직은 국법이 세워지지 않은 상황이니까, 지금 우리는 마을 법, 즉 동형법(洞刑法)에 따라 이자를 다스리자는 거우다."

동형은 일제 치하에서 사십년 가까이 금지되었던 것으로, 죄가 가벼우면 멍석에 말아 매타작을 하는 멍석말이였고 중죄인은 마을에서 추방하는 축출경외(逐出境外)

였다. 면장은 죄질이 나빴으므로 당연히 후자였다.

그는 마을에서 추방당하기 전에 북을 등에 지고 마을 구석구석을 돌아야 했다. 그 북은 평소에 마을 심부름꾼인 허서방이 마을에 공지 사항을 알릴 때 두드리는 물건이었다. 붉은 하오리를 입은 면장이 북을 등에 지고 고개를 푹 숙인 채 걸어가고, 그 뒤에 북채를 쥔 황평일이 따라가면서 북을 쳤다. 거기에 바싹 붙어 조무래기들이 들까불면서 따라가고 그 뒤로 마을 사람들이 북 장단에 맞춰 시위 행렬을 이루었다. 황평일이 북을 치면서 "왜놈의 개, 하이하이!" 하고 소리치면 그 소리를 받아 사람들이 합창으로 "하이하이!" 외쳤고, 그때마다 면장은 "아이고, 나가 잘못했수다! 나가 잘못했수다!" 하고 숙인 머리를 더욱 숙이면서 양손을 비벼대는 것이었다. 시위 행렬은 점차 흥이 나서 꿈틀거렸고, 덩실덩실 어깨춤을 추는 사람들도 있었다.

"왜놈의 개, 하이하이!"

"하이하이!"

"아이고, 나가 잘못했수다! 잘못했수다!"

그렇게 거리굿을 하듯이 흥청거리며 마을을 한바퀴 돌고 난 시위 군중은 "축출경외!"를 연달아 외치며 면장을 동구 밖으로 내쳤다.

“다시는 마을에 얼씬도 하지 마라!”

“얼씬했다간 죽을 줄 알아!”

아낙네들 몇이 달려들어 소금을 뿌리면서 외쳤다.

“쑤어나라, 쑤어나라! 요놈의 잡귀, 잡놈, 썩 물러가라! 쑤어나라, 쑤어나라!”

동구 밖은 일본군 군용차량들이 쌩쌩 내달리던 일주도로인데, 면장은 이제는 휑하니 비어버린 그 길을 가로질러 산 쪽으로 허둥지둥 달아났다.

면장을 마을 밖으로 내친 시위대는 예순살의 원로 김시범 선생을 모시고 동쪽으로 일주도로변에 위치한 만세동산으로 행진해갔다. 기미년 3·1만세운동 때 올라 만세를 불렀던 동산에 그 운동의 주역으로 징역살이를 한 김시범 선생을 모시고 오른 조천리민들의 가슴에는 참으로 만감이 교차했다. 조천리의 모든 항일운동의 원천은 만세동산이었고, 항일로 점철된 마을의 수난사는 언제나 그들의 자부심이었다. 그런 만세동산에서 만세 소리가 다시 터져나온 것이다. 만세동산의 남쪽 사면을 빈틈없이 뒤덮은 군중은 강풍 맞은 대숲처럼 다 함께 온몸을 흔들면서 열렬하게 만세를 불렀다. 이십육년 만에 터져나오는 “조선 독립 만세”였다. 열세살 창세도, 열여섯살 행필도 땅에 두 발을 쿵쿵 구르면서 목이 쉬도록 소리쳤다. 일제에 의해 억눌렸던 땅, 그 땅에서 기운이 솟아올라 그들의 몸에 넘쳐흐르는 것 같았다. 온 세상, 온 우주가 환희로 가득 찬 느낌이었다. 한층 가깝게 다가온 한라산을 향하여, 그 아래 질펀하게 펼쳐진 푸른 들판을 향하여, 저 푸른 희망을 향하여 함성을 지르고 또 질렀다. 휑하니 비어 있는 일주도로 또한 밝은 미래를 향한 새로운 질주를 기다리는 것처럼 보였다. 조선 독립 만세!

그 무렵 다른 지역에서도 특별히 악독하게 행동한 친일 면장과 이장 들이 청년들에게 공격당했다. 대개 몰매를 때리고 가재도구를 부수는 것으로 분풀이하고 말았지만, 성산면 면장은 하이하이 면장처럼 구타당한 뒤 마을에서 축출되었다.

전쟁터에서 생환한 학병 출신 지식분자들 중에는 황국신민으로서 자신의 정체성이 붕괴되는 충격을 겪어야 했던 이들이 적지 않았다. 그들은 통째로 뒤바뀐 환경에 적응하기 위해 재빨리 변신을 꾀했다. 약간씩은 친일의 죄가 있는 읍내 관공서 관리와 지방 면서기뿐 아니라 지식인들도 죄를 씻으려 신속히 몸을 바꿔 사회운동에 가담했다.

와흘리에서도 친일 이장이 마을에서 쫓겨나는 일이 발생했다. 와흘1리 이장이 단죄되었던 것이다. 2리 이장인 양산도는 인심을 잃지 않아 해방 후에도 계속 자리를 지켰다. 과연 그는 칭찬받을 만한 일을 했다. 일본이 망한 다음 날에도 그런 줄 모르고 "틀림없어, 나가 장담하주. 보나마나 일본이 몇달 내로 망하고 말 거여!"라고 말했던 그는 자기 집 마당에 세대별로 거둔 공출 보리를 가마니째 쌓아놓은 채 반출하기 싫어 미루고 있다가 마침 해방을 맞았던 것이다. 각각의 보리가마니에는 세대주 이름이 적힌 꼬리표가 붙어 있었다. 그는 지체 없이, 독단으로 그것을 다시 원주인에게 돌려주었다. 그의 모친이 집 마당에 쌓아둔 일본군 식량을 조금씩 훔쳐내어 이웃에 나눠준 선행도 그제야 밝혀졌다.

조천리 청년들은 그후에도 사나흘을 계속해서 마을길 여기저기를 누비며 만세 행진을 벌였는데, 어찌나 목청을 혹사했던지 나중에는 아예 소리가 안 나올 지경이었다. 창세도 목이 잠겨 말을 하려면 색색 헛김 빠지는 소리가 났다.

해방은 학교 아이들에게 빼앗겼던 여름방학을 되찾

아주었다. 줄곧 노역에 시달려온 아이들에게 방학은 해방이 가져다준 최고의 선물이었다. 9월 16일까지 한달간 학교는 휴식에 들어갔다. 창세와 행필은 소살(작살)로 고기를 쏘러 자주 바다에 갔다. 만세 소리가 입에 붙은 행필은 엉뚱하게도 바다에서 소살질을 하다가도 만세를 불렀다. 그는 '인민의 재산'인 면사무소의 유리 창문 쇠막대로 만든 소살로 고기를 쏘았는데, 적중할 때마다 물결 위로 몸을 솟구치면서 물고기가 꽂힌 소살을 치켜들고 만세를 불렀다. 물 밑바닥에 납작 엎드린 가자미도 쏘고, 흐느적거리며 기어가는 문어도 쏘고, 눈 큰 볼락, 붉은빛 붉바리도 쏘며 소리쳤다. "조선 해방 만세! 조선 독립 만세!"

조천소학교의 조선인 교원은 정두길을 포함하여 모두 세명이었는데, 그들에게는 방학이 주어지지 않았다. 새로운 교육을 위해 준비할 일이 너무도 많았던 것이다. 방학 기간을 이용하여 새 나라를 위한 새 교육 프로그램을 서둘러 마련해야 했다. 무엇보다도 십년 가까이 금지되었던 조선어 교육을 되살리는 일이 시급했고, 버려졌던 조선 역사를 다시 찾아 익히는 일도 중요했다. 아이들의 머릿속에 있는 일본 군가를 내쫓고 그 자리에 우리 노래를 심어주려면 음악 공부도 새로 해야 했다. 방학 동안에 정두길은 풍금을 연습하고 그에 맞춰 우리 가곡을 배우기 위해 자주 학교에 나갔다. 늘 바쁘게 지내느라 신고 다니는 구두 밑창이 헐어 벌어진 것도 모를 지경이었다. 개 주둥이처럼 벌어진 밑창을 보고 아이들이 "선생님, 구두가 돈 달라고 해요" 하면서 깔깔거렸다.

해방 직후의 혼란을 우려하여, 다른 지역과 마찬가지로 조천에도 '치안대'라는 명칭의 청년 조직이 급히 만들어졌다. 그들의 왼팔에 찬 무명 완장에는 먹물로 '치안'이라고 쓰여 있었다. 본부를 향사에 두고 있었지만 그들은 더위를 피해 자주 비석거리 팽나무 그늘에 모여들었고, 밤에도 팽나무 아랫가지에 칸델라르 불을 걸어놓고 한참 시국담에 열을 올리다가 마을 순찰을 돌았다. 날마다 이른 아침에는 동네별로 길 청소를 했다.

갑자기 방학을 맞아 조기 청소 외에는 별로 할 일이 없어진 아이들도 저녁이면 팽나무 아래 나타나 청년들이 무슨 말을 하나 기웃거렸다. 창세도 거기에 자주 갔는데, 오랫동안 등화관제의 깜깜한 시간을 살아왔던 터라 오랜만에 보는 칸델라르 불빛이 너무도 신기하고 황홀했다. 칸델라르 연료는 값비싼 카바이드나 석유 대신 송진을 녹인 송탄유를 썼다. 공출 중단으로 저장 중인 송탄유가 더러 민간에 유입되고 있었다.

제주도 전역에 치안대에 이어 행정력의 공백을 메우기 위한 좌우합작 인민위원회가 출범했다. 일제 통치는 끝났으나 아직 새 정부가 수립되지 않은 이른바 '무정부 상태'에서, 인민위원회가 사실상의 지방자치 정부 역할을 담당했다. 도위원회, 군위원회, 면위원회에 이어 리위원회도 결성되었다.

제주도 인민위원회는 전라남도의 행정 관할권에서 벗어난 자치를 주장하고 있었다. 일제는 별개의 행정구역이던 제주도를 전남도에 복속시켜놓았는데, 일제의 패망으로 행정의 단일성이 해체되었다는 것이 도위원회의 생각이었다.

졸지에 찾아온 무정부의 공백 상태에서 벌어지는 이러한 자치활동에 참여하면서 무정부주의자 장영발은 후배들 앞에서 들뜬 목소리로 말했다. "바로 이거여, 자유와 자치! 지금 이 상태, 중앙정부의 간섭 없는 자치 공동체, 이것이 바로 코뮌이여!"

급사 한명만 남고 면장과 면서기들이 모두 떠나버린

조천면사무소에 이제 그들을 대신해 이름도 참신한 인민위원회가 들어섰다. 간판에 쓰인 "조천면 면사무소"를 대패로 박박 깎아 밀어버리고 그 위에 "조천면 인민위원회"라고 써넣었고, 사무실 내부 벽에는 "모든 권력은 인민에게!"라고 쓰인 벽보를 붙여놓았다. 미군이 입도하기 전에 인민위원회를 탄탄하게 꾸려 기정사실로 만들어서 인민의 자치 능력을 그들에게 보여주자고 했다.

조천면 인민위원회에는 조천리 출신 회원이 압도적으로 많았다. 인민위원회 소속 청년 조직은 청년동맹, 여성 조직은 부녀동맹이라고 했고, 치안대는 청년동맹의 전위 조직이었다. 일제의 관공리 노릇을 했던 자들이라도 악질분자가 아니면 위원회에 받아들이기로 했다. 다른 면과 마찬가지로 항일 인사를 추대하여 김시범이 위원장을 맡았다.

그런데 무슨 까닭인지 미군의 입도가 늦어졌고, 그에 따라 패전국의 칠만 군대가 여전히 제주 땅을 지배하는 아이러니한 상황이 계속되었다.

미군의 입도를 기다리다가 지치고 짜증이 난 마을 치안대 청년들이 더이상 참지 못하고 어둠 속에서 몰래 행동을 개시했다. 미루어오던 일본인들에 대한 공격이었다. 학교에서 동쪽으로 그리 멀지 않은 곳에 일본 귀신을 모셔놓은 신사가 있었는데, 방 한칸 크기의 그 조그마한 목조 건물이 한밤중에 불에 타 잿더미가 되었다. 이튿날에는 비석거리 게시판에, 팽나무에, 일주도로의 전신주에, 담벼락에, 통조림 공장과 정미소 정문에, 장수물통과 두말치물통에 삐라들이 나붙어 고함치고 있었다. "왜놈 추방!" "왜놈들아, 쪽발이들아, 환고향하라! 네 나라 찾아가라!" 치안대 청년들은 나중에는 더욱 당돌해져서 주재소 앞에 몰려가 주재소 건물을 치안대에 넘기라고 요구하기에 이르렀다.

일본인 거류민들은 귀국을 앞두고 살림살이와 양식을 싼값에 오일장에 내놓았다. 쌀, 설탕, 밀가루, 옷감, 가죽제품, 구두, 미싱, 경대, 장롱, 책상 등등이었다. 관동군도 진지 동굴 공사에 쓰려고 마련했던 두꺼운 나무판자, 담요, 배낭, 드럼통, 군화, 군복, 군마 등을 아주 싸게 내놓았다. 그러나 생활용품은 괜찮았지만 일본인이 주인이었던 주택과 공장, 가게 등은 매입 금지였다.

"그들의 재산은 조선인을 종처럼 부려서 일군 것이니 조선인 모두의 것이 되어야 한다. 따라서 일본인의 재산을 매입하는 행위는 공공의 재산을 개인의 것으로 독점하는 반사회적 악덕 행위이다."

인민위원회가 그렇게 각 마을에 통고하였지만 별 효과는 없었다.

일본인 민간인들은 보복당할지 모른다는 불안감에 외출을 삼갔는데, 악질 교원 기무라가 그중 제일 겁을 먹었던가보았다. 그가 묵고 있는 하숙집 함석지붕 위로 한밤중에 삐라 종이로 싼 돌멩이가 날아드는 일이 몇번 발생했는데, 한밤의 정적 속에서 함석지붕에 굵은 돌멩이가 쿵 떨어져 구르는 소리에 오죽 마음이 불안했을까. 삐라에는 "왜놈 추방!"이라는 문구가 쓰여 있었다. 하숙집 주인 노파가 말하기를, 함석지붕에 돌 구르는 소리보다 그 소리에 놀란 기무라의 고함 소리가 더 심란스러웠다고 했다. 그자는 밤늦도록 자지 않고 뜬눈으로 있다가 돌 떨어지는 소리가 날 때마다 화들짝 일어나 소리를 질렀다. 머리맡에 놓인 일본도를 뽑아들었지만 밖으로는 감히 나가지 못하고 방 안에서 "가캇테코이(덤벼라)!" 하고 소리만 질렀다.

그런 일은 나이 어린 재학생들이 했을 리 없고, 졸업생의 소행이 분명했다.

그 무렵의 어느 날 한밤중에 폭풍이 몰아쳤다. 거센 비바람이 마을을 덮쳐 집집마다 창문에 덧문을 닫아걸었고 텅 빈 골목길은 내달리는 바람으로 가득했다. 창세는 집 뒤가 바로 바다여서 바람 소리와 파도 소리 때문에 잠을 이룰 수가 없었다. 지붕 밑 들보와 서까래가 둔중하게 흔들리고 부엌문과 방의 덧문들이 세찬 바람에 미친 듯 들썩거렸다. 그런데 귀가 먹먹하게 시끄러운 소리 속에서 어렴풋이 귀신 울음소리 같은 것이 들려왔다. 히잉 히잉 훠엉훠엉…… 귀 기울여 들어보니 그것은 뒤뜰 장독대의 빈 항아리가 강풍을 받아 우는 소리였다. 빈 항아리인지라 바람에 넘어져 깨질 수 있어 다른 데로 옮겨놓아야 했다. 창세가 뒤뜰로 나가려고 마루의 덧문을 밀었는데, 그 순간 기다렸다는 듯이 요란한 파도 소리와 함께 바람이 거세게 밀어닥치는 통에 그만 엉덩방아를 찧고 말았다. 하늘에는 구름떼가 언뜻언뜻 달빛을 가리면서 다급히 밀려가고, 달빛이 비친 뒤뜰은 서리가 내린 듯 하얗게 빛났다. 크게 솟구친 파도가 울담을 넘어 들이쳐 뒤뜰 바닥을 덮었던 것이다. 바람에 날린 파도 비말의 짠 기운이 어둠 속에 자욱했다. 뒤뜰 울담 안에 바람막이로 서 있는 구럼비나무들이 강풍에 사정없이 휘둘리고 있었다.

그날 밤 광란의 바람 속에서 두건의 사고가 발생했다. 하나는 정미소 근처의 어느 집 사내가 초가지붕의 이엉이 강풍에 뜯겨 날아갈까봐 지붕에 올라 나무로 짓누르고 밧줄로 묶고 하다가 바람에 날려 떨어져 다리가 부러진 사고였고, 다른 하나는 바닷가에 위치한 왜막의 함석지붕이 홀떡 벗겨져나간 사고였다. 바람의 힘이 그렇게 셌던가? 아니었다. 왜막의 함석지붕을 벗긴 것은 바람의 힘만이 아니라 바람과 합세한 사람의 힘이었다. 마을 청년 댓명이 칠흑 같은 어둠 속에서 파괴 공작을 벌였던 것이다. 양쪽 추녀 끝에 말고삐를 걸어 동시에 힘껏 잡아당기자 거센 바람이 함께 밀어붙여 함석지붕을 벗겨냈는데, 그 안에서 자고 있던 일본인 잠수부 두명이 속옷바람에 혼비백산하여 비명을 지르며 어둠 속으로 튀어 달아나더라고 했다.

폭풍은 날이 밝기 전에 가라앉았다. 창세는 간밤의 거센 파도에 실려 날아온 멸치떼가 집 마당에 널려 있는 것을 보았다. 횡재였다.

한밤중 기무라의 하숙집 지붕에 투석질을 한 것은 조천소학교 졸업생들이었다. 그들 다섯명은 며칠 뒤에는 더욱 대담해져서 대낮에 그 집을 기습했다. 재학 중에 기무라에게 몹시 매질을 당하여 울분이 쌓여 있던 그들이었다. 네명은 졸업한 지 한두해밖에 안 된 스무살 아래 소년들이었고 나머지 하나는 졸업생이 아닌 퇴학생, 일본 오사카 스프링 공장에서 오른손 검지손가락이 잘리는 부상을 입고 돌아온 스물한살 고승우였다. 그는 잘린 손가락이 보기 싫다고 그 손가락에 골무처럼 붕대를 감고 다녔다. 6학년 재학 중 열일곱살에 장가를 간 그는 학교에서 담배를 피우다가 기무라에게 발각되어 졸업을 눈앞에 두고 퇴학당했기 때문에 제일 원한이 컸다. 퇴학당하는 자리에서 그는 귀뺨을 여러차례 맞고 모자의 교표를 떼이는 수모까지 당해야 했다. 자연히 그가 주동자가 되었다. 기무라가 일본도를 갖고 있었기 때문에 모두들 괭이를 쳐들고 갔다. 먼바다에서 해무가 밀려오는 오후 시간이었다.

기무라는 아무런 저항 없이 순순히 투항했다. 그를 방밖으로 불러내어 마당에 꿇어앉히고 그 주위를 바싹 둘러쌌다. 히틀러 콧수염을 달고 호랑이처럼 기세등등 날뛰던 자가 한마리 주눅 든 똥개처럼 움츠려 꿇어앉은 꼴이 여간 통쾌하지 않았다. 독하게 얻어맞은 것을 생각하면 너무 분해서 매를 때려 앙갚음하고 싶었지만 뒤탈이

날까봐 폭행을 삼가기로 했다. 그 대신 괭이 날로 땅바닥을 쿵쿵 찍으면서 반말로 욕을 해주고 낯짝을 향해 침을 뱉었다. 학교 다닐 때 그자한테 귀뺨을 맞거나 발길질을 당하지 않은 학생이 없었지만, 그 다섯명이 당한 것은 그 정도가 아니었다. 박달나무 목검을 허리에 잘못 맞아 까무러쳤거나, 목검에 맞아 머리가 터져 피를 흘렸거나, 주먹에 맞아 어금니가 깨지기도 했던 것이다. 겁을 집어먹은 기무라는 사타구니 사이로 꼬리를 감춘 똥개처럼 잔뜩 기가 죽어 있었다.

"어휴, 저 흉측한 콧수염 보라!" 검은 테 안경을 콧등 위로 밀어올리면서 고승우가 먼저 입을 뗐다. "야, 기무라, 히틀러가 그렇게 좋냐? 거시기, 느네 천황보다도 더 좋아?" '거시기'는 그의 말버릇이었다.

"아, 아니무니다."

"히틀러가 죽었는디 콧수염은 살아 있네. 하하하하!"

다른 소년들도 눈을 부라리고 발을 구르며 한마디씩 쏘아붙였다.

"이 쪽발이 새끼야, 히틀러가 느네 할아비냐, 엉?"

"고이쓰(이놈), 대답해!"

"아, 아니무니다."

"그 더러운 콧수염 당장 깎아. 알았어, 이 새끼야?"

"하이하이, 깎겠스무니다!"

"이 파쇼 새끼야, 벌써 얼마가 지났는디 왜 안 떠나고 있는 거냐? 전쟁에 졌으면 썩 나가야 할 거 아냐?"

"얀마, 무어 더 먹을 게 있다고 여기 남아 있는 거여? 썩 느 나라로 꺼지란 말이다!"

"당장 환고향하라!"

기무라가 꿇어앉은 두 무릎을 연신 손바닥으로 쓸고 머리를 조아리면서 곧 떠나겠다고, 잘못했다고, 용서해 달라고 비는데 고승우가 앞으로 썩 나섰다.

"야, 거시기, 이거 안 되겠다야. 말로만 해선 분이 안 풀려!" 그가 골무 모양으로 붕대를 감은 검지손가락을 흔들면서 말했다. "왜놈의 새끼들 땜에 내 손이 이 꼴이 됐단 말이다. 용서할 수 없어! 거시기, 매 맞은 거 매로 갚아줘야겠다. 어떠냐, 너희들 생각이?"

나머지 네명이 좋다고 소리치자 고승우가 대뜸 괭이 자루 끝을 땅에 탁 쳐서 날을 분리했다. 그러고는 괭이자루를 잡고 한번 본때 있게 휘두른 뒤 을러댔다.

"야, 이 쪽발이 파쇼 새끼야, 무사 날 퇴학시켠? 나가 장가간 몸인디, 거시기, 장가가면 바로 어른인디, 어른이 담배도 못 피우냐? 이 새꺄, 무사 날 퇴학시켠?"

"야레야레(아이고아이고), 잘못해스무니다! 잘못해스무

니다, 야레야레!"

괭이자루가 거침없이 기무라의 등판으로 날아갔고 그와 동시에 검지손가락을 감았던 붕대 골무도 날아갔다.

"이 새끼, 엎드려! 엎드려뻗쳐! 네가 때리던 식 그대로 때려주겠다. 엎드려뻗쳐!"

기무라가 죽는다고 비명을 지르면서 두 손으로 땅을 짚고 엎드렸다. 툇마루에 나와 있던 하숙집 할망이 그것을 보고 안절부절 발을 굴렀다.

"요 아이들이 큰일 내켜! 아이고, 어떵 하면 좋으리! 어떵 하면 좋으리!"

"걱정 맙서, 죽이진 않을 테니까. 거시기, 볼기 때려서 죽지는 않애여마씸."

그러고서 고승우가 다른 소년들을 둘러보면서 말했다.

"나가 먼저 이놈 볼기를 칠 테니, 돌아가면서 두대씩 치기로 하자. 더 때리면 탈 날지 모르니까 딱 두대씩만 거시기하자."

그렇게 기무라가 "이타이(아야)"를 연발하면서 괭이자루로 매 열대를 맞는 동안, 바다에서 밀려온 안개가 마당을 가득 채웠다.

이미 치안 능력을 상실한 주재소는 왜막 파괴 사건과

기무라 응징 사건에 아무런 반응이 없었다. 조천면 치안 담당은 이미 치안대로 넘어가 있었다. 이 두 사건이 발생하자 치안대는 청년들에게 더이상의 과격 행동을 하지 못하게 금지령을 내렸다.

"민간인들이 무슨 죄가 있나. 깨끗하게 보내주자."

"일본에 보복하지 말자. 그 땅에 아직 우리 제주 출신 수만명이 남아 있다."

왜막 파괴 사건이 있은 지 이틀 후에 치안대 청년 이십여명이 몰려가 주재소를 접수해버렸다. 조선인 순사들이 모두 도망가고 단둘만 남은 가케루와 모리는 보복이 두려워 전전긍긍하던 터라 군말 없이 물러났다. 벽에 붙여 세워놓은 서류장 속에는 조천면 항일 투사 명단만이 요시찰인물이란 이름으로 사진과 함께 남아 있었다. 그들의 악행이 기록된 중요 서류는 소각 처리되어 남은 것이 없었다. 난폭하게 휘두르던 고문용 목검과 사쿠라 몽둥이 들이 벽 진열대에 걸려 있었고, 공습경보를 한다고 벼락같이 괴성을 질러대어 마을 사람들을 놀라게 하던 조그만 괴물, 사이렌도 거기에 있었다.

청년들은 주재소 건물 뒤 담장 밑에서 일경에 압수당해 파묻혔던 항일 투사 부생종의 비석을 파냈다. 목포형무소에서 옥사한 그는 이웃 마을 함덕리 출신이었다. 비석에는 대쪽같이 날카로운 글씨체로 "獄死夫生鍾墓(옥사부생종묘)"라고 쓰여 있었다. 저명한 무정부주의자 고순흠이 쓴 비문이었다. 일제의 모진 고문으로 감옥에서 스물일곱의 젊은 나이로 죽은 피맺힌 원한을 드러내기 위해 비에 굳이 '옥사'를 새겨넣었는데, 바로 그 때문에 비석이 압수당해 파묻혔던 것이다. 빼앗겼다 되찾은 비석은 많은 사람의 애도 속에 다시 무덤 앞에 안치되었다.

이때부터 주재소는 치안대 사무실이 되었고, 현관 앞에 내걸린 주재소 간판은 '조천면 치안대'로 바뀌었다.

8·15 해방과 함께 투옥 인사들이 해방되면서 제주 출신 인사들도 마포, 대전, 대구, 광주, 목포 등지의 형무소에서 풀려났다. 조천리 소비조합 사건의 안세훈, 김류환, 현사선도 광주형무소에서 출감했는데, 돌아갈 배편을 구하지 못해 잠시 기다리는 중이라는 전보가 왔다.

조천리 빌레못 동네의 한 소년이 생이오름 근처 목장에서 잃어버린 소를 찾아 헤매다가 우연히 짝귀와 마주쳤는데, 농사꾼처럼 허름한 갈옷을 입은 그자는 소년을 보자마자 황급히 피하더라고 했다. 자기를 봤다는 말을 절대 하지 말아달라고 애걸하면서.

정기여객선이 두절된 상황에서 제주 거류 일본인들은 화물선을 이용해 제 나라로 돌아갔다. 빼앗은 땅과 재물을 떠메고 갈 수 없어서 거의 맨몸으로 제주를 떠났다. 조천리에서도 마찬가지였다. 불타버린 신사와 지붕이 벗겨진 왜막을 뒤로하고 떠났다. 정미소 사장은 건물과 기계를 모두 포기해야 했고, 통조림 공장 사장은 건물과 기계는 물론 재고 통조림 수백개와 소라 삶던 큰 가마솥도 내버린 채 떠나야 했다. 몰래 읍내에 사람을 보내 헐값에 팔아보려고 했지만 치안대 청년들의 감시를 벗어나지 못했다.

그 무렵의 어느 날 조천소학교 일본인 교원 와타나베와 기무라 등 네명과 그 가족들이 해물 운반선을 타고 제주를 떠났다. 창세와 행필은 부두가 집에서 바로 코앞인데도 그 배가 떠나는 줄 몰랐다. 떠나는 마당에 무슨 해코지를 당할까 두려워 새벽 시간을 택했던 듯한데, 생선 비린내 진동하는 해물 운반선을 타고 쫓겨가는 꼴을 구경하지 못한 것이 창세는 못내 아쉬웠다. 나중에 들은 얘기지만, 4학년 학생 스무명가량은 그 새벽에 부두에

나가 담임 슈아 선생을 전송했다고 한다. 마음이 따뜻한 선생이었다. 그녀는 아이들로부터 오메기떡 한보따리를 송별 선물로 받고 눈물을 흘리더라고 했다. 선생의 울음에 아이들마저 덩달아 울면서 일본어로 “사요나라”(안녕히)를 외쳤던 모양인데, 그 때문에 아이들은 나중에 마을 청년들로부터 꾸중을 들었다.

방학 중에 풍금을 연습하러 자주 학교에 나갔던 정두길은 일본인 교원들이 떠난 이튿날도 학교에 갔는데, 누가 망치로 때려 부쉈는지 풍금 덮개가 망가져 있었고 그 옆 기둥에 걸려 있던 트럼펫도 사라지고 없었다. 악종 기무라의 소행이 분명했다.

물론 리베라 상회의 일본인 아내 유리코는 귀국하지 않았다. “왜놈들이 철수해도 우리 각시는 철수 안 해. 우리 각시는 아주 제주 사람 되어버렸으니까” 하고 장영발이 말했다. 후배들이 농담 삼아 “성님, 성님은 친일파우다. 일본 여자를 각시로 삼았으니 친일파입주. 무사, 아니우꽈?” 하고 놀려대도 “야, 야, 그런 말 말라” 하면서 들은 체도 하지 않았다.

전쟁이 끝나고 보름이 넘었지만 여전히 해외에서 귀

향하지 못한 사람들이 많았다. 정기여객선 군대환이 침몰하고 배편을 구하기 어려워진 지 오래라 그들의 귀향은 한없이 느려졌다. 귀향민들은 주로 10톤 안팎의 통통배를 이용했는데, 제주에 오기까지 열여덟시간이나 바다에 떠 있어야 했다. 쌍돛배도 있었지만 바람을 만나지 못하면 하루 종일 바다 가운데 멈춰 있어야 했다.

멀리 북쪽으로 만주와 홋카이도, 사할린으로부터, 남으로는 남태평양과 인도차이나반도의 전장에 나가 있는 징병자, 징용자까지 돌아오려면 앞으로도 몇달이 더 걸릴지 몰랐다. 한없이 길게 늘어진 전재민의 귀향 행렬 속에는 죽어서 돌아오는 사람들도 적지 않았다. 히로시마와 나가사키 원폭, 오사카와 도쿄 폭격 등으로 죽거나 탄광에서 낙반 사고로, 가스 폭발로 죽거나 얻어맞아 죽은 주검들이었다.

조천 포구에서는 유골 상자를 안은 이가 배에서 내릴 때마다 전보를 받고 마중 나온 식구들의 통곡이 터지곤 했다. 오사카에서 온 한 중년 남자는 유골 상자를 안고 배에서 내렸는데 마중 나온 사람이 없자 아무라도 붙잡고 울음을 터뜨렸다. “아이고아이고, 내 말 들어봅서! 난 망했수다. 완전 망해서마씸! 아이고, 내 동생이 폭격 맞안 죽어서마씸. 동생하고 나하고 동업해연 십년 고생 끝에 조그만 구리 공장을 마련했는데 말이우다, 폭격 맞아 동생은 죽고 공장도 불에 타버렸수다게. 아이고아이고, 원통하고 절통해여마씸! 저금한 돈도 은행째 다 타버리고…… 아이고 아이고." 그는 조천리 양천동 사람이었다.

그러나 그보다 더 애달픈 것은 죽어서 뼈로도 돌아오지 못한 행방불명의 주검들, 혹은 수중고혼의 주검들이었다. 황평일이 탔다고 알려졌던 부도환 사건의 희생자들이 대표적인 경우로, 귀환 동포 수천명을 태우고 부산을 향하던 대형 선박 부도환이 정체를 알 수 없는 폭발물에 의해 폭침되어 오천여명이 희생되는 참사가 발생했던 것이다. 희생자들 중에는 제주인도 적지 않을 텐데 승객 명부도 없이 마구잡이로 태웠던 터라 신원 파악이 불가능하다고 했다.

사람들은 제 식구가 죽었는지 살았는지 설마설마하면서 불안해했다. 나무의 제일 높은 가지에 앉아 까악까악 까마귀가 울면 불길하다고 후여후여 소리쳐 날려 보내곤 했다.

사망이 확인되면 그 혼백을 달래기 위해 새곳알할망당에서 무혼굿이 벌어졌다. 붉은 머리띠를 맨 여자 심방(무당)이 한 손에는 푸른 잎 무성한 댓가지를 들고 다른 손에는 망인이 입던 무명 홑적삼을 들고서 바닷물에 들어가 먼 수평선을 향해 흔들면서 구슬픈 목소리로 망자의 혼을 불렀다. 징이 울리고 흰옷 입은 가족과 친지들이 바다를 향해 엎드려 흐느끼는 가운데, 심방은 그 저고리를 흔들면서 돌아오라고, 넋이라도 돌아오라고 애절하게 호소하며 진혼했다.

"서러운 영혼, 영신님은 성은 문씨, 이름은 성용, 나이는 서른둘, 금년 8월 부도환 타고 고향에 오다가 악마의 폭발탄을 맞아 마침내 수중고혼이 되신 서러운 영혼, 영신님! 악마 같은 금전, 말 모르는 금전을 좇아 일본에 갔다가 금전 일푼 벌지 못한 채, 부도환 타고 돌아오다가 폭발탄을 맞았구나예. 그 좋은 나이에, 그 좋은 청춘에, 아이고, 생각하면 원통함이 한이 없습니다. 수중고혼이 되어, 차디찬 물속, 젖은 옷, 얼마나 춥습니까……"

강제징병, 강제징용으로 끌려갔던 이들뿐만 아니라 일본 땅에서 오래전부터 이주노동자로 생활해온 동포들도 귀국을 서두르고 있었다. 그런데 미국은 조선인 귀환자들에게 큰 실망을 안겨주었다. 맥아더 사령부는 일본 경제를 보호할 목적으로 일본으로 입국하는 일본인 귀환자들에게는 조선의 은행에 예금한 돈 전부를 인출할 수 있도록 허용했으나 일본에서 출국하는 조선인 귀환자들에게는 예금 인출을 극도로 제한하여, 개인이 지참할 수 있는 돈은 담배 두보루, 즉 스무갑 이하에 해당하는 액수뿐이었다. 담배 스무갑이라니 참으로 어처구니없는 처사였다.

그래서 그 수가 약 오만명에 달하는 제주 출신 이주노동자들 중에는 십여년 동안 피땀으로 모은 예금과 재산을 포기할 수 없어 일본에 눌러앉기로 결심한 이들이 많았다. 자연히 귀환자들 대부분은 가진 것이 별로 없는 사람들이었다. 그들은 현금을 물품으로 바꾸거나 사용하던 가재도구를 헐값에 팔아 돈이 될 만한 생활용품으로 바꾸거나 해서 몇사람이 화물선을 세내어 고향으로 돌아왔다. 이양일의 50톤짜리 화물선 두척도 귀향민과 그들이 갖고 들어오는 생활용품을 운반했다.

귀환자들 중에 이삼년 징병이나 징용에 동원되었던 이들이 갖고 들어오는 것은 달랑 배낭 하나, 혹은 보따리 하나뿐이었다. 어깨에 둘러멘 초라한 보따리, 보따리들…… 그들 자신이 초라한 고생보따리들이었다. 그들은 화물선 갑판 밑 화물칸에, 혹은 갑판도 없는 조그만 배 위에 헌 보따리처럼, 쓰레기처럼 담겨 바다를 건넜다.

전후 혼란 속에 전보 치기가 어려워서 귀향민들 대부분은 아무 날 무슨 배로 간다고 가족에게 알리지 못했기 때문에, 배가 들 때마다 부두에는 행여나 하고 달려온 사람들이 들끓었다.

포구에 배가 들어 징이 울리면 창세는 동네 아이들과 함께 부둣가로 달려가곤 했다. 그때마다 부두에는 환희와 눈물이 뒤섞인 광경이 연출되었다. 돌아온 이들은 대개 헐어빠진 당코바지를 입었고, 바싹 여위고 우글쭈글 주름이 잡혀 늙은이 꼴이 되어 있었다. 환자가 되어 돌아온 사람들도 있어 등에 업혀가거나 들것에 실려갔다. 대개는 폐결핵 환자들이었다. 얼굴에 화상을 입거나, 팔뚝 혹은 종아리가 뭉뚝하게 잘린 채 돌아온 사람들도 있었다.

귀환자가 배에서 내리면 마중 나온 가족들이 달려가 겹겹이 에워싸고 껴안고, 볼을 비비고, 환성을 지르고, 기쁨의 눈물을 뿌렸다. 마중 나온 어머니를 향해 반갑다고 달려들다가 돌부리에 걸려 넘어지고 그 위를 어머니가 달려와 엎어져, 그렇게 부둥켜안고 뒹구는 장면도 보였다.

우스운 광경도 있었는데, 어떤 청년은 배에서 내리자마자 "아이고, 더워 죽겠네!" 하면서 바지를 훌훌 벗어던졌다. 주위 사람들이 놀라 질색을 했다. 그런데도 청년은 껄껄껄 호기롭게 웃으면서 매미 허물 벗듯이 계속 바지를 벗는 게 아닌가. 알고 보니 풍덩한 무명 홑바지 아래 새 양복바지를 세벌이나 껴입었던 것이다. 그것은 소지 재산을 담배 스무갑 이하로 제한한 법망을 피하기 위한 속임수였다. 여자들도 더러 그런 속임수를 썼는데, 치마를 두세벌씩 겹쳐 입었던 것이다.

무엇보다 감동적인 장면은 귀향민들이 배에서 막 내렸을 때였다. 고향 땅을 오래 떠나 있던 그들은 너 나 할 것 없이 털썩 무릎을 꿇고 엎드려 흙냄새를 맡았다. 아예 큰대자로 몸을 던지거나 두 팔로 땅바닥을 안는 시늉을 하기도 했다. 고향의 바다 냄새, 그 달콤한 갯비린내가, 향긋한 건초 냄새가, 우람한 팽나무와 검디검은 현무암이, 그리고 어머니 한라산이 그들을 고향으로 이끌었던 것이다. 떠난 자들이 꿈에도 그리는 한라산, 떠났던 자들이 반드시 돌아오는 곳, 그들은 이 땅은 바로 나 자신이다 하고 말하는 것 같았다. 마중 나온 사람들에게 겹겹이 둘러싸인 그들이 사뭇 들뜬 목소리로 말했다.

"우린 삼팔선이 그어진 중도 몰랐수다. 전쟁 중에 정신없이 살아서…… 시모노세키 항구에서 출국심사하는 맥아더 사령부 미군이 우리한테 물읍디다. 북조선으로 가겠느냐, 남조선으로 가겠느냐고. 허 참! 북조선, 남조선이라니, 난생처음 듣는 말 아니우꽈? 그래서 물어십주. 거 무슨 말이냐고, 북조선은 뭐고 남조선은 뭐냐고 하니까 삼팔선이 그어졌다는 거라예. 허, 그것참!"

"그래서 모두 이구동성으로 말해십주. '우린 남도 아니고 북도 아니고, 제주도로 가겠다!' 하고."

통쾌하게 웃으면서 이렇게 말하자 마중 나왔던 사람들이 감격해서 환성을 질렀다.

"맞아, 맞아, 우린 북조선도 남조선도 아니고 제주도란 말이여!"

"하하하, 우린 북도 아니고 남도 아니고, 제주도다!"

학병으로 징집되었던 양갑추의 동생 양순태가 돌아왔다. 그의 부모는 오사카에서 구리판을 프레스로 찍어 부품을 만드는 조그만 구리 공장을 운영했는데, 공장을 매입할 임자를 만나지 못해 귀향을 미루고 있었다. 그래서 양순태는 얼마간 누이 양갑추의 집에 머물기로 했다.

제주해를 건너 육지부 바다 여기저기로 떼지어 물질을 나갔던 해녀들도 돌아왔다. 문상옥이 인솔하여 강원도 고성 근처로 물질을 갔던 고염숙 등 여덟명의 해녀들도 돌아왔다. 그들이 종전 소식을 들은 것은 보름이 지나서였다. 금강산 밑 외진 곳에 위치한 작은 어촌이라 뒤늦게야 소식이 전해진 것이다. 졸지에 작업장이 삼팔선 이북에 놓이게 된 그들은 서둘러 작업을 중단하고 배를 남쪽으로 돌렸다. 다행히 바닷길이라 그들의 월경을 가로막는 감시병이 없었다.

그 10톤짜리 발동선이 징 소리 울리며 조천 포구에 들어올 때 창세도 누이와 함께 달려가 맞았다. 갈 때 그랬던 것처럼 통통배는 꽁무니에 조그만 덴마배를 매달고 통통통 소리를 울리며 경쾌하게 물살을 가르며 포구 안으로 들어왔는데, 마치 어미 말이 어린 망아지를 데리고 오는 것처럼 정겨운 광경이었다. 해녀들이 먹을 양식을 싣고 갔던 덴마배에는 시장에 내다 팔면 돈이 될 만한 마른 오징어와 북어 묶음이 방수천에 싸여 실려 있었다.

그런데 재미있는 것은 고염숙이 돌아온 즉시 문상옥네 집으로 살러 들어간 일이었다. 석달만 살아드린다면서 들어갔다는 것이다. "석달만 살아드리겠다? 아니, 그럴 수도 있나? 별꼴이여, 별꼴, 하하! 무스거 석달? 하이고, 염숙이 그년, 말이 석달이지 아주 살러 들어간 거라." 만옥은 그렇게 말하고서 어쨌거나 홀아비와 홀어미가 합쳤으니 좋은 일 아니냐고 깔깔 웃었다.

'석달만 살아드리겠다'의 사연은 이러했다.

어느 날 저녁, 고성의 포구에 정박한 제주 배 여섯척의 해녀들이 선상 오락회를 열어 한바탕 즐겁게 놀고서 배 위에서 그대로 잠이 들었다. 한밤중에 모진 돌풍이 몰아쳤다. 산더미 같은 파도가 배를 마구 뒤흔들어 하늘인지 땅인지 바다인지 구분을 못 하게 어지러운 상태에서 선주 한 사람이 익사하고 해녀 하나는 긴 머리채가 돛대에 감긴 채 휘둘려 중상을 입는 사건이 발생했다. 그 와중에 고염숙도 뱃전에 머리를 부딪혀 정신을 잃은 채 바다로 떨어졌는데, 그 즉시 바다에 뛰어들어 그녀를 건져올린 사람이 문상옥이었다. 돌풍에 배들이 서로 부딪혀 부서지기도 했는데, 요행히 문상옥네는 사람도 배도 크게 다친 데가 없었다. 염숙은 상옥에게 목숨을 구해준 보답을 하고 싶은데 줄 것이 없자 석달만 살아드리겠다고 말했다는 것이다. 그러자 그는 좋아라고 허우덩싹 웃으면서 "아니, 석달만이 아니라 아주 같이 삽시다"라고 했단다. 상옥의 그 말에 염숙은 안 된다고, 꼭 석달만 살아드리겠다고 우겼다지만 속마음은 그게 아닌 모양이라고 만옥은 말했다. 다섯달이나 물 위에 떠 있는 배에서 같이 생활하면서 이미 정이 깊이 들어버린 게 틀림없다는 것이었다.

문상옥은 돌아온 즉시 통통배로 해변 마을을 돌며 해산물을 운반하는 일을 다시 시작했다.

따알리아도 일본에서 돌아왔다. 간호병 징집영장을 받고 하마터면 전쟁터에 끌려갈 뻔했던 그녀는 시모노세키 항구에 일주일쯤 머물면서 기다린 끝에 부산행 화물선에 편승할 수 있었다. 부산에 도착한 따알리아는 다행히 도착 즉시 제주행 화물선을 얻어 탔는데, 출발하기 전에 집으로 전보를 쳤다. 당연히 따알리아의 귀향을 맨 먼저 안 사람은 우편소 전보 담당 부대림이었다. 그 배는 한밤중에 도착할 예정이었는데, 도착 포구가 조천포가 아닌 읍내의 산지항이었다. 마침 그녀의 오라비 이민하가 건국준비위원회 일로 상경해 있고 모친은 편두통을 앓고 있어서 누군가가 대신 마중을 가야 했다. 부대림은 우편소 숙직 당번이라 옴짝달싹할 수 없었다. 그래서 정두길이 혼자 마중을 가게 되었다. 선수를 빼앗긴 부대림은 여간 낙심한 것이 아닌가보았다. 그날따라 두길은 평소에 부스스하던 머리를 동백기름을 살짝 발라 빗어 넘겼는데, 그것을 본 대림의 눈길이 곱지 않았다. "아따, 멋부렸네. 어이구, 좋기도 하겠다!"

따알리아가 탄 배는 열시간 넘게 항해하여 새벽이 가까운 시간에 도착했다. 배에서 내린 따알리아는 자기를 부르는 소리에 얼른 두길을 알아보고 "두길 오라버니!" 하고 소리치면서 손을 흔들었다. 스물한살의 그녀는 감색 세일러복에 흰 머플러 차림이었다. 두길이 얼른 달려가 그녀의 트렁크를 받아들려고 손을 내밀었는데, 뜻밖에도 그 손을 그녀가 반갑다고 두 손으로 감싸쥐었다. 전등 불빛에 번들거리는 올백 머리의 두길은 그 순간 정신이 아뜩했다. 아직까지 한번도 따알리아의 손을 잡아본 적이 없는 그였다. 전선주에 달린 보안등의 밝은 불빛 아래에서 두 남녀는 손을 맞잡고 눈물을 글썽거렸다. 두길의 가슴이 마구 울렁거렸다. 그녀의 손은 말할 수 없이 부드러웠다. 자기 손이 그 손에 잡혀 있다는 것이 믿을 수 없었다. 일본 유학 가기 전, 그러니까 이년 전만 해도 저만큼 떨어져 말없이 수줍게 웃기만 하던 그녀가 아닌가! 보안등 불빛 아래에서 그녀의 얼굴은 전보다 더 아름다워진 것 같았다. 양 볼에 있는 보조개가 전에 없이 어여뻤다. 따알리아와 맞잡은 두 손아귀에 땀이 부쩍 솟았다.

"아, 따알리아, 무사히 돌아왔구나! 다행이다, 다행! 얼마나 걱정했는지!"

"오라버니도 그동안 고생 참 많았지예!"

부두에는 승객들을 다른 포구로 날라다주는 통통선들이 있었다. 따알리아와 두길은 오사카에서 들어온 다른 네 사람의 승객과 함께 조천포를 경유하는 배를 탔다. 5톤짜리 작은 배는 어둠 속에서 통통통 소리를 내면서 동쪽을 향해 출발했다.

두 남녀는 선장실 앞 벽면에 나란히 기대고 앉았다. 동쪽 하늘에서 밝게 명멸하는 샛별은 곧 여명의 시간이 다가옴을 알리고 있었다. 샛별을 바라보는 두길의 가슴이 감격으로 들끓었다. '저 밝은 샛별 봐. 새벽을 알리고 있어, 동트는 새벽을! 이제는 새 세상이야! 새 세상이 동트고 있어!' 두길은 따알리아에게 그렇게 말하고 싶었지만 목소리가 떨려 나올까봐 입을 떼지 못했다.

두길의 가슴은 흥분으로 울렁거렸다. 전쟁의 혹독한 압박에 짓눌려 특히 지난 이년간은 어떤 생각도 할 수 없는 막막한 공백의 시간이었다. 모든 것이 정지된, 아무 내용도 없는 듯한 시간이었다. 따알리아를 좋아하긴 했지만 그 감정은 막연하고 무력한 것이었다. 그런데 그 무력감이 해방의 감격과 더불어 뜨거운 격정으로 변하여 그의 가슴속에서 소용돌이치고 있었다. 이제 그에게 있어 따알리아는 이전처럼 막연한 존재가 아니었다. 뜨겁고 매혹적인 열기를 발산하는 존재가 되어 바로 눈앞에 있었다.

머리칼을 날리며 상쾌한 바닷바람이 불어왔다. 두길은 격정을 가라앉히려고 바람을 깊게 들이마셨다. 새벽바람은 허파뿐만 아니라 심장까지 시원하게 가득 채우는 것 같았다. 여러번 심호흡을 했지만 가슴의 울렁거림은 좀처럼 가라앉지 않았다. 따알리아의 손을 잡은 것이 방금 전의 일인데도 꿈만 같았다. 아직도 손바닥에 남아 있는 그 부드러운 감촉! 그 손을 다시 잡고 싶었다. 과연 따알리아의 속마음은 무엇일까? 그저 오랜만에 만나서 반갑다는 표시였을까? 전쟁의 손아귀에서 벗어나 무사히 고향에 돌아오게 된 기쁨을 도착하여 처음 만난 사람에게 그렇게 표현했을 뿐 다른 뜻은 없었을지 모른다. 무엇보다도 삼천리강산을 뒤흔들고 있는 해방의 감격이 그러한 행동을 낳았을 것이다. 하지만 두길은 방금 전 그녀의 손을 잡음으로써 시작된 그녀를 향한 감정의 격류가 앞으로 영원히 멈출 것 같지 않았다. 다시 그 손을 잡고 싶었다.

따알리아는 바로 옆에, 팔을 뻗으면 닿을 거리에 앉아 있었지만 펄럭이는 머플러의 흰빛만 도두보일 뿐 얼굴은 깜깜한 어둠에 잠겨 보이지 않았다. 그는 어둠 속에서 보이지 않는 얼굴을 향해 불쑥 말을 거는 것이 어쩐지

망설여졌다. 그런데 마침 그 침묵을 깨뜨릴 기회가 왔다. 검은 바다에 새벽빛이 은은하게 비치기 시작한 것이다. 두길이 들뜬 목소리로 말했다.

"따알리아, 저 물빛을 봐! 여명이 시작되고 있네!"

"아, 여명!"

따알리아도 탄성을 질렀다.

어둠이 빛으로 바뀌는 시간, 새벽에 가장 먼저 깨어나는 것이 바닷물이었다. 육지는 아직 깜깜한 어둠이지만 은은한 물빛이 시시각각 검은 바다 위로 퍼져나가고 있었다. 샛별이 더욱 밝게 명멸하더니 동녘 하늘이 희부윰하게 밝아왔다. 그 빛이 넓게 퍼지면서 하늘빛이 점점 넓어졌다. 어둠에 묻혔던 따알리아의 얼굴도 흰빛으로 봉긋이 떠올랐다. 바람에 날리는 단발머리, 쌍꺼풀의 고운 눈매와 오뚝한 콧날, 전에는 언제나 저만큼 떨어진 곳에 있던 그 아름다움이 이제 바로 코앞에서 생생했다.

이윽고 수평선 위로 아침노을이 붉은 댕기처럼 가로로 쭉쭉 뻗어나가더니, 드디어 해가 불끈 솟아올랐다. 빛이 터져나왔다. 순식간에 햇빛이 퍼져 바다와 들판에, 따알리아의 얼굴에 범람했다. 붉은 해는 바퀴처럼 구르면서 서서히 어둠을 감아내기 시작했다. 그랬다. 지금 두길에게 일출은 이전의 일출이 아닌 것처럼 느껴졌다. 늘 보던 일출인데도 마치 한번도 본 적이 없는 특별한 것처럼 느껴졌다. 자신의 가슴에서, 자신의 혈관에서 고동치며 태양 하나가 태어나는 듯한 감동이었다. 그것은 해방이었다. 찬란하게 퍼져나가는 그 햇빛은 마치 온 누리에 해방을 선포하는 것 같았다. 두길이 낭랑한 목소리로 하우스먼의 시를 읊었다.

> 멀리 서쪽으로 어둠의 수레바퀴가 굴러가면
> 동쪽에는 하늘 높이 아침의 찬란한 깃발이 걸린다.
> 유령과 공포, 악몽과 그 새끼들
> 아침의 황금빛 물살 속에 침몰한다.

유령과 공포, 악몽과 그 새끼들, 그것은 바로 일본제국주의였다. 따알리아의 입에서 "아!" 하고 탄성이 터져나왔다. 환한 미소를 띠고 일출을 바라보는 그녀의 얼굴이 눈부시게 아름다웠다. 두길은 가슴이 뭉클했다. 온몸에 햇빛을 받은 그녀의 모습은 도저히 거부할 수 없는 아름다움이었다. 너무 아름다워 자신의 분수에 넘치는 게 아닌가 하고 두려운 마음도 들었다. 그러나 도전을 두려워해서는 안 된다고 두길은 생각했다. 다시 태어나는 듯한 장엄한 일출을 보면서 그는 자기 앞에 새로운 시대, 새로운 세계가 놓여 있음을 실감했다. 따알리아 역시 그가 마주할 또 하나의 새로운 세계였다.

그때 갑자기 스무마리쯤 되는 돌고래떼가 왼쪽 뱃전 가까이에 나타났다. 돌고래들은 배와 나란히 같은 방향으로 돌진했고, 신생의 햇빛 속에서 번들거리는 몸뚱이를 수면 위로 힘차게 솟구쳐 금빛 물보라를 일으키는 장관을 연출했다. 따알리아가 탄성을 지르면서 두길에게로 얼굴을 돌렸다.

"오라버니, 저거 봅서! 저 돌고래들, 해방 춤을 추엄수다!"

활짝 피어난 웃음, 하얀 치열이 햇빛에 빛나고 바람에 날리는 머플러 자락이 두길의 얼굴에 닿았다. 그 순간 가슴속 심장에 확 불이 붙으면서 머릿속이 하얗게 바래지는 느낌에 사로잡힌 두길이 와락 두 손을 내밀었다. 그 손을 따알리아의 두 손이 기다렸다는 듯이 마중 나와 감쌌다.

그날 그 새벽의 감동을 담아 두길은 며칠 뒤에 '새 시대의 여명'이라는 제목의 시를 썼다. 말할 것도 없이 하우스먼의 시에서 영감을 얻은 것이었다.

일본인들이 너도나도 앞다퉈 섬을 탈출하면서 조천

우편소에도 서기 부대림과 집배원 한 사람만 남았다. 대림은 직접 침 발라 우표를 붙이고 때로는 우편배달까지 나가야 했다.

문득 우편소의 빨간 자전거가 밭과 밭 사잇길에 나타난다. 자전거의 빨간색이 조밭의 초록빛 위에 떠서 일직선으로 경쾌하게 미끄러진다. 부대림이 상체를 앞으로 숙인 채 좌우로 흔들면서 힘껏 페달을 밟아 빽빽한 공기에 구멍을 뚫으며 내달린다. 공기가 바람이 되어 바큇살에 휙휙 감긴다. 기분을 내려고 그는 흰 와이셔츠를 허리띠 밖으로 빼고 단추도 다 풀어 옷자락을 날개처럼 펄펄 날리면서 달린다. 자칭 '쾌남아 부대림'이다. 자전거가 드문 마을에서 날렵하게 질주하는 그의 빨간 자전거는 언제나 구경거리다. 쾌활한 성격의 그는 언제나 웃는 얼굴인데, 왜 그렇게 잘 웃느냐고 물으면 안면 근육이 고장 나서 그렇다고 답한다.

그의 자전거가 마침 학교를 마치고 돌아오는 창세를 향해 귀청 따갑게 벨을 울려대며 달려온다.

"안녕, 안녕, 창세야, 조선 독립 만세다!"

언제나처럼 노래하듯 쾌활하게 인사하며 창세 앞에서 자전거를 멈춘다. 그가 혀끝으로 입술을 핥으면서 눈알을 굴린다. 늘 입을 다시고 누군가를 만나면 자꾸 입을 놀리고 싶어 하는 것이 그의 버릇이다.

“대림이 삼춘, 어딜 경 바쁘게 감수광?”

“편지 배달 감져.”

“편지 배달? 그건 배달부가 할 일 아니우꽈?”

“글쎄 말이다. 배달부 한씨가 몸이 아파 결근했거든. 인원이 빨리 보충되어사 하는디, 이거야 원, 너무 바빠서 눈썹에 불이 붙어도 끌 여가가 없을 지경이다야. 보고 싶은 얼굴도 못 보고……”

보고 싶은 얼굴? 묻지 않아도 그게 누구인지 창세는 안다. 얼마 전에 따알리아에게 전해달라는 그의 편지 부탁을 받았다가 누나 만옥에게 호되게 야단을 맞았다. 만옥은 제가 우편소에 있으면 제 편지에 제가 우표 붙이고 제가 배달할 것이지 왜 남을 시키느냐고 하면서 화를 냈다. 그가 자기가 쓴 편지 봉투에 직접 침 발라 우표를 붙이고 그 편지를 빨간 자전거를 타고 가서 따알리아네 집에 직접 배달하는 장면을 떠올리면서 창세는 피식 웃는다. 대림이 눈을 빛내면서 어깨를 으쓱거린다. 말할 때 어깨를 으쓱거리는 것도 그의 버릇이다.

“창세야, 저기 저, 따알리아 말이다. 따알리아가 요새 느네 집에 자주 놀러 가는 모냥인데, 느네 누나하곤 단짝이니까, 창세야, 나도 거기 놀러 가면 안 되카이?"

"여자들 노는 디를?"

"아니, 나는 다른 방에서 너하고 놀면 될 거 아니냐게. 나가 노래를 가르쳐주지. 너 이런 노래 모르지? '바위 고개 언덕을 혼자 넘자니……'"

"누나한테 야단맞아마씸."

"하, 그렇겠지. 물론 안 되겠지. 안 될 거여, 그럼……"

대림이 멍한 표정으로 중얼거리다가 퍼뜩 정신을 차린다.

"아니, 다 잘될 거이다. 나가 누구냐? 쾌남아 부대림 아니냐! 이 빨간 자전거 타고 날쌔게 달리면 말이여, 길 가던 처녀들이 태워달라고 손짓하주. 난 인기가 좋아. 하지만 모두 거절이여. 따알리아를 태우기 전까지는 일체 거절이여. 언젠가 따알리아를 뒤에 태우고 저 일주도로를 신나게 달릴 거란 말이여. 잘 가라, 창세야."

대림이 자전거를 밀며 달리다가 껑충 올라탄다.

9월 초, 광주형무소에서 출감한 안세훈, 김류환, 현사선이 며칠간 그곳 병원에 입원하여 쇠약한 몸을 추스른 다음 고향으로 귀환하자, 조천리 인민위원회는 그들을 위한 환영회 겸 해방 기념 잔치를 베풀기로 했다. 귀향민 중에서 청년 지식분자들이 중심이 되어 잔치를 준비했다.

잔치에 먹을 술과 고기를 마련하기 위해 치안대 청년들이 걸립패를 만들어 마을을 돌았다. 종이 고깔을 쓴 이들이 북 치고 장구 치고 징을 울리면서 앞장서고, 그 뒤를 분장한 놀이꾼들이 춤을 추며 따라갔다. 헌 갓을 찌그러뜨려 쓴 파락호 양반은 찢어진 부채를 펴 덩실덩실 춤을 추고, 오소리감투에 개가죽 조끼를 입은 사냥꾼은 화승총을 이리저리 겨누며 껑충거리고, 얼굴에 숯 검댕을 바른 초라니는 치마 속에 뒤웅박으로 부른 배를 만들어 뒤뚱거리고, 누런 원숭이는 긴 꼬리를 끌면서 이리 호록 저리 호록 내달렸다. 여러해 만에 보는 흥겨운 걸립이었다. 하지만 공출로 양식을 빼앗긴 백성들에게 내놓을 것이 어디 있겠는가. 그들은 "부르주아는 더 많이 내사 한다!"라고 외쳤다. 친일파라고 지탄받을까봐 전전긍긍하던 부자 두 사람이 이 기회를 놓칠세라 눈치를 보며 돼지값, 술값을 내놓았다. 사업을 위해 어느 정도는 일제에 협력하지 않으면 안 되었던 그들은 단추 공장 사장 고영두와 남양호 선주 이양일로, 이양일은 일제에 빼앗겼던 화물선 두척을 되찾아 활기차게 새 출발을 준비하는 중이었다.

마침내 해방 기념 마을 잔치가 열렸다. 절기가 가을로

바뀌고 있었다. 한낮에는 여름 못지않게 더웠지만 짜랑짜랑한 햇빛 속에서 그늘과 그림자는 더욱 커지고 길어져 풍경이 그윽하게 보이는 계절이었다.

이른 아침부터 덩덩덩덩 북소리가 울렸다. 마을 심부름꾼 허서방이 절름거리는 걸음으로 마을을 돌면서 공지 사항을 알리는 북소리였다. 그는 북을 치면서 종이 확성기를 입에 대고 들뜬 목소리로 고래고래 소리를 질러댔다. 목청이 좋아 그 소리가 멀리까지 들렸다. "오늘 오후 4시에 마을 잔치가 있수다. 오후 4시에 학교 운동장으로 모입서!" 바로 얼마 전까지만 해도 일주도로를 달리는 일본군 군용차량을 위해서 "길 닦으러 나옵서!"를 외쳐야 했던 그이니 모처럼 기분이 썩 좋은가보았다. 소아마비로 한쪽 다리를 저는데다 지능이 좀 모자라 중년이 되도록 처자식 없이 홀로 사는 그는 마을에 공지 사항을 알리거나 부고를 전하고 남의 집 대소사에서 돼지 잡는 칼잡이를 하거나 영춘반점의 일꾼 노릇을 하면서 근근이 살아가는 형편이었다. 그의 옷소매에서는 늘 역한 기름때 냄새가 났다. 아침에 마을을 돌며 잔치 시간을 알린 허서방은 오후에 돼지 잡는 칼잡이가 되었다.

돼지의 비명 소리가 들려오자 창세는 방 밖으로 뛰쳐

나간다. 초상이나 혼인 잔치나 명절처럼 추렴 돼지를 매다는 소리다. 창세는 얼른 돼지털을 뽑을 펜치를 챙겨 달려간다. 창세의 동네에서 추렴 돼지를 매다는 곳은 언제나 정미소 옆 길가에 서 있는 팽나무다. 나무 밑에 벌써 구경꾼들이 모여들었는데, 대개 아이들이다. 돼지 잡는 현장은 아이들에게 여간 흥미로운 광경이 아니다. 그 나무는 허벅지만큼 굵은 가지 하나가 대들보처럼 수평으로 길게 뻗어나왔는데, 바로 거기가 돼지 목을 매달 곳이다. 허서방과 그의 조수가 돼지를 가지 밑으로 끌고 가는데, 돼지의 저항이 대단하다. 허서방이 목에 올가미가 걸린 돼지를 밧줄을 잡아당겨 앞에서 끌고, 조수는 버티는 돼지를 뒤에서 두 손으로 힘껏 떠밀면서 나아간다. 돼지가 머리를 마구 내두르며 막무가내로 버텨보지만 헛일이다. 팽나무 밑에 와서 돼지 목에 걸린 밧줄을 큰 가지 위로 휙 넘긴다. 곧바로 두 사내가 달라붙어 밧줄을 당긴다. 돼지가 꽥액꽥액 소리를 질러대는데 정말 귀청이 떨어질 지경이다. 단말마의 비명이건만 아이들의 가슴은 즐거운 흥분으로 가쁘다. 두 사내가 으쌰으쌰 구령을 붙이면서 밧줄을 아래로 잡아당기자 그에 따라 돼지의 몸이 주춤주춤 일으켜 세워진다. 드디어 뒷발이 땅에서 떨어져 몸이 허공에 뜨자, 목이 꽉 조인 돼지가 버둥버둥

몸부림치다가 마지막으로 비명을 내지르고는 축 늘어진다. 주둥이가 딱 벌어지고 목구멍에서는 잠시 가르릉가르릉 거품 끓는 소리가 난다. 마침내 그 소리마저 끊기고, 괄약근이 풀리면서 반드러운 배내똥 한자루가 쑤욱 빠져나온다. 바로 그 순간이 연극으로 치면 클라이맥스여서, 구경하는 아이들 입에서 저절로 "아!" 하고 감탄사가 새어나온다.

이때를 놓칠세라 창세는 매달린 돼지에게 달려들어 펜치로 빠르게 털을 뽑기 시작한다. 뿍뿍 소리가 난다. 돼지털은 옷솔이나 구둣솔에 쓰이는데, 목덜미에서 등까지의 털만이 쓸모가 있다. 펜치는 부친이 남긴 귀한 연장, 다른 아이들은 펜치가 없어 창세가 하는 일을 부럽게 바라보기만 한다. 그런데 돼지털을 미처 한줌도 뽑지 못한 채 창세는 허서방에게 떠밀려 물러난다. "야, 야, 비켜라이!" 하는 소리와 함께 매달렸던 돼지가 땅바닥에 털썩 나가떨어진다.

이제 연극은 두번째 클라이맥스를 향해 나아간다. 조수가 돼지 몸뚱이를 보릿짚으로 덮고 불을 붙인다. 허서방이 칼잡이가 되어 집에서 갈아온 식칼을 다시 한번 숫돌에 쓱쓱 갈고, 조수는 돼지 몸뚱이를 이리저리 뒤집으며 접힌 부위를 벌리고 구석구석 보릿짚 불로 털을 태운다. 털이 타는 누린내가 사방에 퍼지면서 코를 자극하고, 그 냄새가 곧장 돼지고기 맛을 연상시켜 아이들은 입안에 군침이 돈다. 오년 동안 계속된 공출로 굶주려 누린내 나는 것이라곤 구경을 못 한 탓이다. 어느 아낙이 아기를 뱄는데 눈이 돌아갈 지경으로 고기가 먹고 싶어 쩔쩔매다가 도저히 참을 수 없어 남의 집 돼지털을 한줌 베어다가 불에 그슬려 냄새를 맡아 허기를 달랬다는 소문도 있었다.

잠시 후 허서방이 숫돌에 갈던 식칼을 물에 씻고 나서 입에 문다. 예리하게 갈려 등골이 서늘하게 번쩍거리는 칼날, 그가 머리카락 몇오라기를 뽑아서 칼날에 갖다댄다. 칼이 잘 갈렸는지 시험해보는 것인데, 머리카락은 대번에 잘려 흩날린다. 허서방이 만족스럽다는 듯이 아이들을 향해 코를 벌름거리면서 헤벌쭉 웃는다. 다음 장면을 기대하면서 아이들이 호기심으로 눈알을 굴린다. 허서방은 돼지털을 깎기 전에 자기 수염부터 깎는 버릇이 있다. 아이들이 소리를 지르며 그 칼로 면도해보라고 부추긴다. 허서방이 다시 한번 헤벌쭉 웃는다.

"에헴, 게민 좀 해보카?"

조수가 돼지를 그슬리는 동안, 허서방이 날카로운 칼날을 코밑으로 가져가 수염을 깎는다. 아이들이 재미있다고 깔깔댄다. 창세도 깔깔대면서 손뼉을 친다.

콧수염 면도를 끝낸 허서방이 불에 그슬린 돼지 몸에 물을 몇바가지 끼얹어 검은 재를 씻어낸다. 이번에는 돼지가 면도할 차례다. 돼지 몸뚱이에 날카로운 칼날을 갖다대고 면도질을 시작한다. 숭숭 박힌 타다 만 털들을 칼로 말끔히 미는 것이다. 베인 자국 하나 내지 않고 피 한 방울 없이 칼질이 능숙하다. 그 칼의 움직임을 아이들이 숨죽여 바라본다. 사각사각, 뽀드득뽀드득 털 깎이는 소리가 귀에 들리는 것 같다. 검은 돼지가 검은 털을 벗고 탱탱한 밀가루 포대 모양의 흰 돼지로 탈바꿈한다. 희다 못해 푸르께하게 창백하다. 갓 면도한 사내의 구레나룻 자국 같다. 허서방이 칼을 입에 물고 바가지 물을 끼얹어 깎인 털을 말끔히 씻어낸다.

마침내 연극은 최고 절정에 이른다. 허서방이 입에 물었던 칼을 빼어 돼지 목에 부드럽게 찔러넣는다. 받쳐놓은 양철통에 콸콸 쏟아지는 진홍색 선지와 비릿한 피 냄새! 돼지 머리가 뎅강 잘려 보릿짚 위로 떨어진다. 그리고 배가 갈리면서 생생한 내장 꾸러미가 왈칵 쏟아져 큰 함지박을 가득 채운다. 아이들의 입에서 낮은 탄성이 새어나오고, 창세도 너무 긴장한 탓인지 저도 모르게 목구멍으로 침이 꼴깍 넘어간다. 이어서 분육, 해체 작업에 들어간다. 허서방의 칼질은 전혀 우악스럽지 않고 스윽스윽 어루만지는 것 같다. 열두 뼈 사이사이로 칼이 부드럽게 스며든다. 창세가 보기에는 칼로 자르는 게 아니라 가위로 오리는 것 같다. 어머니가 재단 가위로 옷감을 오리는 것처럼 부드럽다.

그러나 아이들이 정작 기다리는 것은 다름 아닌 오줌통이다. 허서방이 내장 꾸러미에서 오줌통을 떼어내 "아따, 이거나 먹어라!" 하면서 휙 내던진다. 아이들이 우르르 따라간다. 너도나도 달려들어 오줌통을 발로 땅에다 짓뭉갠다. 흙 속에 짓뭉개 남은 오줌을 빼고 퍼렇게 살아 있는 비린내와 지린내를 죽인다. 그런 다음 지린내를 참으면서 보릿대를 꽂아 탱탱하게 바람을 불어넣는다. 축구공이다.

잔칫날은 수업이 없는 일요일이었다. 학교 울담 너머로 여름 바다가 강렬한 햇빛에 한껏 푸르고, 수평선 위에 눈부시게 흰 뭉게구름이 둥실 떠 있었다. 창세는 일찌감치 운동장에 나가서 잔치가 열릴 오후를 기다리면서 동네 아이들과 돼지 오줌통을 차며 놀았다. 칼잡이 허서방이 이번에는 화장이 되어 다른 몇사람과 함께 큰 가마솥에 불을 때고 있었다. 교문 동쪽 한구석에 커다란 가마솥 두개가 나란히 설치되어 아침부터 돼지 두마리를 삶는 중이었다. 하나는 일본인 소유의 통조림 공장에서 소라를 삶던 솥이고, 다른 하나는 마을 공동 소유로 향사 창고에 보관되어 가정집 대소사에 돼지를 삶을 때 빌려 쓰는 솥이었다. 그 가마솥은 원래 이전 시대부터 전해 내려온 것으로, 대흉년에 굶어 죽게 된 백성들에게 죽을 쑤어 먹이는 데 쓰였다고 했다. 창세는 먼 옛날에 수백석 곡식을 내어 굶주린 백성들을 구했다는 조상 안씨 선주와 김만덕 할망 이야기를 떠올렸다. 아마 그때도 저렇게 큰 가마솥에다 죽을 끓였을 것이다.

돼지 오줌통 축구는 어린애들이나 하는 놀이라면서 빠져나간 열여섯살 행필은 본관 건물 앞에서 행사를 준비하는 몇몇 청년들 틈에 끼어 얼쩡거리고 있었다. 청년들은 조회대 오른쪽에 천막을 치고 그 아래에 교실 의자들을 갖다놓았고, 조회대 왼쪽에는 먹물로 "민족해방 만세"라고 쓰인 현수막을 매단 긴 장대를 세우고 마지막으로 중앙 현관 앞 깃대에 태극기를 올렸다. 허공에 높이 솟아 쾌활하게 펄럭거리는 태극기를 올려다보며 청년들이 거수경례를 했고, 돼지 오줌통을 차던 아이들도 경례를 붙였다. 태극기를 꼭짓점으로 해서 양옆으로 가지각색의 만국기를 매단 줄이 날개 펼치듯 팽팽하게 당겨졌다. 학교 운동회 때 사용하던 만국기였다. 학교 주변 집들의 대문에도 태극기가 내걸려 보기 좋게 바람에 나부끼고 있었다.

행필이 창세를 보자 "여, 눈 큰 볼락, 왕눈이!" 하고 부르면서 으쓱으쓱 어깨를 재며 다가와서는 창세의 발밑에 있는 돼지 오줌통을 툭 건드렸다.

"야, 왕눈이, 도새기 오줌통은 말이여, 신 벗고 맨발로 차야 미끌미끌 기분이 좋주. 그렇게 운동화 신고 차면 무신 맛이라."

"맨발로? 에이, 지린내 나는 걸 어떻 맨발로 차나."

행필이 오줌통을 냅다 걷어차 다른 아이들 쪽으로 보냈다.

"그런데 왕눈이, 저 만국기들 봐. 무스거 달라진 거 없나?"

"달라진 거, 무스거?"

"잘 봐. 있던 게 없어지고 없던 게 생기지 않아시냐."

두줄로 당겨진 만국기가 울긋불긋 허공에 떠서 바람에 날리고 있었다. 매끄러운 종이로 만들어 부산스럽게 파닥거리는 만국기의 꼭짓점에서 늠름하게 펄럭이는 태극기를 우러러 일제히 손뼉을 치는 모양새였다.

"달라진 거 모르겠는디……"

행필이 혀를 날름 내밀면서 말했다.

"왕눈이가 그것도 못 보나? 저기 저 꼭대기 쪽을 잘 봐. 나쁜 나라가 좋은 나라가 되고, 좋은 나라가 나쁜 나라가 됐주게."

창세는 만국기에서 일본, 독일, 이탈리아가 빠지고 그 대신에 미국, 소련, 영국이 들어간 것을 확인하고 탄성을 질렀다.

"아하, 그렇구나! 나쁜 나라가 좋은 나라가 됐네!"

"그런디 말이여, 왕눈이, 나가 시방 기분이 되게 나쁘단 말이주기."

"무사?"

"아까 저 성들한테 가서 치안대에 넣어달랜 사정했거든. 그런디 안 된다는 거라, 젠장! 아이는 안 된댄. 스무살 아래는 다 아이라는 거라, 나 참. 야, 창세, 나가 아이냐? 말해봐, 엉? 열여섯, 이팔청춘인디, 쳇!"

그때 두개의 가마솥 뚜껑이 동시에 열렸다. 하얀 김이 무럭무럭 솟구치며 기름지고 구수한 누린내가 사방에 확 퍼졌다. 삶은 돼지는 쇠스랑으로 찍어 건진 다음 펄펄 끓는 그 물, 우스갯소리로 도새기 목욕한 물이라고 부르는 물에 잘게 썬 내장, 선지, 모자반과 메밀가루를 잔뜩 쏟아부었다. 기념식이 끝나고 벌어질 잔치에서 먹을 죽을 쑤려는 것이다. 가마솥 하나에 장정이 한 사람씩 달라붙어 삽을 넣고 천천히 휘젓기 시작했다. 마치 뱃사공이 노 젓는 모양새였다. 처음 보는 멋진 광경에 창세가 탄성을 질렀다.

"야, 근사하다. 저건 완전 노 젓는 뱃사공이네!"

"흥, 저러다가 자칫 실수하면 끓는 죽에 화상 입주기."

"숙희 누나처럼?"

"야, 너 날 놀리기냐? 저 통조림 공장 가마솥, 보기만 해도 지긋지긋하다! 그 쪽발이 새끼, 끓는 물에 소라를 삶지, 왜 사람을 삶느냔 말이여?"

"설문대할망도 죽을 쑤다가 실수해서 죽 속에 빠져 죽었댄."

"맞아, 한라산 백록담 분화구가 가마솥이었댄."

거대 여신 설문대할망은 슬하에 아들 오백명을 두었다. 그 많은 자식을 먹이기 위해 날마다 백록담 분화구를 가마솥 삼아 활활 타오르는 화산의 불로 붉은 용암의 팥죽을 끓였는데, 어느 날 죽을 젓다가 자칫 실수로 죽 속에 빠져 죽고 말았다. 한라산 여기저기에 마를 캐기 위해 흩어져 있던 오백명 아들이 저녁에 돌아와 그 죽을 먹었는데, 그날따라 죽이 유난히 맛있었다. 분화구 가마솥에 가득한 죽을 다 먹고 나서야 그들은 밑바닥에 앙상하게 남은 뼈가 어머니의 것임을 깨닫고 큰 슬픔에 빠졌다. 일 년 삼백육십오일 밥도 먹지 않고 밤낮으로 울다가 결국 죽고 말았다. 그들은 죽어서 오백개의 커다란 석상이 되었는데, 그것이 영실의 오백장군이라고 했다.

오후 4시가 가까워지자 교문을 통해서 사람들이 속속 모여들었다. 햇볕에 그을어 까무잡잡해진 얼굴에 싱글벙글 웃음을 담고 있었다. 따가운 햇볕을 가리려고 대삿갓과 밀짚모자를 쓴 사람들이 많았다. 집에서 입던 옷 그대로 허름하게 입고 나온 사람도 있었고 일본군 군복을 고쳐 검정 물을 들여 입은 청년들도 더러 있었지만, 생애 최고의 기쁨이 펼쳐지는 자리인 만큼 대개는 깨끗한 흰옷 차림이었다.

남정네 중에는 흰 무명 셔츠나 무명 적삼을 걸친 이들이 많았고, 여자들도 대개 검정 치마나 검정 몸뻬에 흰 저고리를 입어서 눈높이에서 보면 거의 흰색 일색이었다. 조회대 앞쪽으로 와이셔츠에 넥타이를 맨 사내들 여러명이 모여들었는데, 이민하, 정두길, 부대림, 문상옥, 그리고 바농오름 숲에서 숯을 구워 공출을 바치던 송광일도 끼어 있었다.

눈을 펠롱거리며(깜빡이며) 사방을 두리번거리던 행필이 제 엉덩이를 철썩 쳤다.

"왔구나, 왔어!"

운동장 울타리의 동쪽 샛문을 통해서 만옥네 동아리가 들어서고 있었는데, 그중에서 오숙희를 발견한 것이다. 그들도 이날만은 물질을 쉬기로 한 모양이었다. 만옥과 나란히 따알리아가 걸어 들어오는데 옷차림이 대조적이었다. 쌍갈래 댕기머리를 한 만옥은 흰 저고리에 검정 동강치마를 받쳐 입었고, 따알리아는 단발머리에 나비 날개 모양의 흰 칼라를 단 하늘색 원피스 차림이었다. 그녀는 간호사 모집 시험에 합격하여 며칠 뒤 읍내 도립병원에 출근하기로 되어 있었다. 귀향하자마자 여독을 풀 새도 없이 만옥네랑 어울려 바다 물질을 한 그녀였다. 고달픈 타향살이를 하면서 고향의 푸른 바다가 얼마나 그립던지 그 바다, 그 물새, 그 동무들이 그리워 「가고파」를 자주 불렀노라고 했다. 석달만 살아드리겠다고 하면서 문상옥의 집으로 들어간 고염숙도 나왔고, 일본의 공장과 지옥 탄광에서 남편이 용케 살아 돌아온 현옥미와 강월아에 이어 뒤늦게 양갑추가 아기 동생을 업은 딸 공순을 데리고 나타났다.

모여든 사람들의 절반은 한라산과 바다 건너 일본 땅에 징용과 징병으로 끌려갔다가 돌아온 청년들이었다. 오늘의 주인공이나 다름없는 그들이 장내 가운데 자리를 차지하고서 서로 악수하고 부둥켜안고 왁자지껄 떠들면서 살아남은 자의 기쁨을 확인했다. 머리에 흰 무명 수건을 쓴 아낙네들도 많이 모였고 노인들도 적잖이 참가했는데, 손자 등에 업혀 나온 노인도 있었다. 노인들 중에는 『정감록』을 읽고 '死狗 三十六'을 '삼십육년이 되면 개가 죽는다'라고 해석한 창세의 작은할아버지도 끼어 있었다. 노인들과 마을 유지들은 조회대 오른쪽에 마련된 천막으로 안내되었다. 이 잔치를 위해 각각 돼지 한마리, 오메기술 한말씩을 내놓은 이양일과 고영두는 앞줄에 나란히 자리 잡고 앉았다. 어업조합과 금융조합 서기들도 왔고, 조천면의 다른 마을, 신촌, 신흥, 함덕, 북촌 등 어촌 마을과 선흘, 와흘, 대흘 등 중산간 마을에서도 유지들이 초대되었다. 그들이 타고 온 말들이 동쪽 돌담 울타리에 매여 있었다. 창세는 다른 마을에서 온 사람들 중에서 외삼촌 양산도를 발견하고 얼른 달려가 인사했다.

조회대 왼쪽에는 마을 치안대 소속 청년들 열댓명이 일렬로 죽 늘어섰다. 치안대원들은 똑같이 완장을 차고 검정색 바지에 흰색 와이셔츠 차림이었는데, 그중 젊은 사내들은 자신이 자랑스러운 듯 몸을 우쭐거리면서 처녀들을 향해 힐끗힐끗 시선을 던지곤 했다. 만옥네는 벌써 꽃밭 경계석을 하나씩 차지하고 나란히 앉아 있었다.

조회대 바로 앞에는 교모를 쓴 소학교 아이들이 진을 쳤는데, 거기에 창세와 행필이 끼어들었다.

조회대에서 동쪽으로 좀 떨어진 곳에 서 있는, 매미 소리 시끄러운 늙은 팽나무 그늘은 마을 노인들 차지였다. 큰 키에 머리를 빡빡 민 영춘반점의 중국인도 거기에 끼어 있었다. 네명의 조무래기가 개구리처럼 아기작거리면서 팽나무 몸통을 타고 올라가 굵은 가지를 골라 걸터앉았다.

두개의 가마솥 죽은 다 쑤어 식히는 중이었다. 빨리 식히기 위해 청년 두 사람이 여전히 노 젓는 뱃사공처럼 삽으로 휘저었고, 그 옆에서는 허서방이 넓은 송판 위에 삶은 돼지를 올려놓고 칼질하고 있었다. 두개의 가마솥에서 퍼지는 기름진 누린내가 오랫동안 주린 사람들의 코를 자극했다. 고기를 맛본 게 언제였나? 창세는 작년 가을에 먹은 돌고래 고기가 생각났다. 딱 비계 한점을 얻어먹었는데, 입안에서 살살 녹는 그 맛이 어찌나 달던지! 그 돌고래는 고등어떼를 쫓다가 바닷가 현무암 암초에 걸려 사람들에게 잡힌 것이었다. 펄떡거리다가 몽둥이를 맞아 뻗어버린 돌고래는 주둥이와 아가미에 피가 번져 있었다. 어른들이 칼질하기 전에 창세는 다른 아이와 함께 돌고래 몸통 위에 번갈아 올라가 뜀질하며 놀았는데, 고무 덩어리처럼 탱탱한 탄력이 맨발에 닿던 그 야릇한 느낌이 지금도 생생했다.

예정 시간에 맞춰 개회를 알리는 북소리가 덩덩 울리자 왁자하던 장내가 일시에 조용해졌다. 사람들이 조용하니 매미 울음소리가 더 시끄럽게 들렸다. 사회를 맡은 이민하가 단상에 올라 큰 소리로 말했다.

"이제 곧 대회를 시작할 테니 모두들 이 앞으로 바싹 당겨 앉읍서!"

삼백명 넘는 사람들이 조회대를 중심으로 부채꼴로 바싹 좁혀드니 운동장의 절반을 채웠다. 그렇게 많은 사람이 한자리에 모이기는 전엔 없던 일이었다. 모인 사람들이 대개 흰 무명 적삼이나 셔츠를 입고 있어 그 흰색 공간은 강한 햇빛에 눈이 부실 지경이었다.

사회자 이민하는 그나마 운 좋게 징역살이를 넉달밖에 안 했음에도 낯빛이 아직도 파리했다. 서른세살의 이민하, 그가 안경알을 번뜩이면서 삽날처럼 뾰족한 턱을 앞으로 쑥 내밀고 카랑카랑한 목소리로 개회를 알렸다. 그 첫마디가 "조천리민 여러분!"이었다. 긴 시간 공식 석상에서 일본말만 들어오던 사람들이 반사적으로 흠칫 놀라 눈이 휘둥그레졌다가 금세 정신을 차렸다. 오늘 이 집회에는 일본 순사가 없다! 집회 때마다 나타나서 조금이라도 듣기 싫은 말이 나오면 "도마레(멈춰라)!" 하고 연설을 중지시키고, 심하면 그 즉시 연사를 체포해가던 그들이었다. 그에 대한 항의로 어떤 청년이 단상에 올라 다른 말은 한마디도 하지 않고 몸을 마구 흔들면서 "으악! 으악!" 소리쳐 울분을 터뜨린 적이 있었는데, 그 역시 주재소에 끌려가 모진 매를 맞아야 했다. 그렇게 악행을 저지르던 그들이 이제는 사라지고 없는 것이다!

"여러분, 이런 공식 석상에서 조선말로 말하는 거 참 오래간만에 듣지예? 우리말을 들으니까 속이 시원하지예? 저도 막 속이 시워하우다. 그동안 우린 이런 자리에서 우리말을 쓸 수가 없었수다. 왜놈들이 우리 입에서 우리말을 빼앗아간 거라마씸. 나라를 잃고 보니 내 몸도 내 몸이 아니고, 내 혓바닥도 내 혓바닥이 아니었수다. 이제 우리는 우리말을 다시 찾았수다. 이것이 바로 해방이우다! 이것이 해방이라마씸! 여러분, 발로 땅을 차봅시다. 이것이 바로 내 땅입니다." 이 말에 사람들이 일제히 와아 환성을 지르면 땅에 발을 쾅쾅 찧었다. "이것이 바로 빼앗겼던 내 땅이우다! 우리 땅이우다! 해방이 기쁘다고 저 바당도 춤을 추고, 하늘에 구름도 춤추고, 저 들녘에 조밭 콩밭의 곡식들도 얼씨구 좋구나, 춤을 추엄수다!"

이민하가 제주말로 이렇게 말하자 장내는 왁자하게

웃음이 터졌다.

"자, 우렁차게 만세 한번 불러봅주. 조선 해방 만세! 만세! 만세!"

청중이 그를 따라 우렁찬 함성으로 만세를 외쳤다. 생전 처음 들어보는 엄청난 함성에 놀라 어린아이들이 으앙 울음을 터뜨렸고, 큰 아이들은 귀를 막고 눈알을 되록되록 굴리고 매미들은 울음을 뚝 그쳤다.

이민하는 이어서 말하기를, 이 모임은 소비조합 사건으로 옥고를 치르고 출감한 안세훈, 김류환, 현사선 세 어른의 귀환을 축하함과 동시에 도내 혹은 해외의 죽음의 현장으로부터 돌아온 많은 젊은이들을 축하하는 자리라고, 그런데 이 기쁜 자리에 현사선 어른이 옥중에서 얻은 병으로 자리보전 중이라 참석하지 못하신 것이 너무 애석하다고, 다 같이 그의 쾌유를 빌자고 제안했다.

안세훈, 김류환이 요란한 박수갈채를 받으며 나란히 단상에 올랐다. 김류환은 몸이 몹시 쇠약해져 한 청년의 부축을 받고 있었다. 안세훈도 참대같이 청청하던 예전의 모습이 아니었다. 몹시 야위어 두 눈과 양 볼이 푹 꺼진 몰골에 사람들의 입에서 탄식이 새어나왔다. "아이고, 저런!" "뼈만 남았네. 저럴 수가!" 두 사람에게 붉은 백일홍 꽃다발이 증정되자 다시 박수가 터졌다. 김류환은 고저가 없는 쉰 목소리로, 감옥에서 얻은 병이 다 낫지 않아 연설할 기운이 없으니 답사는 안세훈 선생에게 맡기겠다고 하면서 "조선 해방 만세!"를 부르고는 연단을 내려갔다.

쉰세살의 안세훈은 쇠약한 모습이었으나 그의 답사는 열정적이었다. 안세훈은 김시범과 함께 평생 반일 사상을 품고 반골로 살아온, 조천면의 생존 인물들 중에서 가장 존경받는 원로 인사였다. 그가 연설을 시작하자 청중들은 잘 듣기 위해 더욱 다가앉았다. 안세훈도 표준어에 사투리를 섞어 연설했다.

"조천리민 여러분! 그동안 우리가 나라를 빼앗기고 얼마나 고생이 많았수과? 얼마나 많은 피눈물을 흘렸수과? 부모 없는 설움보다 나라 없는 설움이 더 컸수다. 왜놈들한테 당한 일을 생각하면 참말로 치가 떨립니다. 멸시당하고 매 맞고…… 아아, 그러나 이제는 해방이우다. 압제의 굴레에서 풀려났수다. 여러분, 고맙수다. 이 기쁜 자리에 우리를 불러 이렇게 축하해주시니 참말로 고맙수다. 하지만 우리가 축하받기 전에 먼저 생각해야 할 어른님들이 있수다. 극악무도한 살인적, 강도적 일본제국주의와 싸우다가 해방을 보지 못한 채 돌아가신 순국열사, 우리 마을 조천리가 낳은 영웅들, 그분들을 먼저 생각하면서 애도를 표합시다!"

장내가 물을 끼얹은 듯이 조용해졌다. 고통스러울 만큼 코를 자극하던 구수한 죽 냄새도 더이상 느껴지지 않았다. 긴장한 청중들의 얼굴은 모두 똑같은 표정이었다. 모두 눈을 똥그랗게 뜨고 입을 딱 벌린 채 단상의 연사를 바라보았다. 단상 바로 아래 앉은 학교 아이들은 위를 올려다보느라고 머리통이 발딱 뒤로 젖혀졌다. 행필과 창세도 그 아이들 속에 있었다. 사람들이 서로 바싹 붙어 앉아서 시큼한 땀 냄새와 열기에 창세는 숨이 막힐 지경이었다.

안세훈의 목소리가 간절한 음색을 띠고 높아졌다.

"먼저 김시용 동지, 해방 얼마 전에, 불과 이십일 전에 목포형무소에서 옥사한 김시용 동지의 명복을 빕시다. 아아, 조천의 아들, 제주의 아들, 김시용! 동지의 그 비참한 죽음을 생각하면 너무도 가슴이 아픕니다. 우리 세 사람과 같은 죄목으로 감옥소에서 징역살이를 같이 했는디, 우리 세 사람은 이렇게 살아서 나왔건만 김동지는 끝내 그 감옥에서 고문 후유증으로 고혼이 되고 말았수다. 아아, 김시용 동지! 해방의 날을 불과 이십여일 남겨놓고 비명에 가시다니, 기어이 해방을 보겠다고 싸우고 또 싸운 용사인디, 스무날만 더 살았으면 해방을 볼 수 있었는디, 아아, 이런 애석하고 비통한 일이 어디 있겠습니까!"

장내에 일제히 한숨과 탄식 소리가 일어났다. 바싹 좁혀 앉았음에도 뒤에 있는 사람들은 잘 들리지 않아서 앞 사람들이 빠르게 연설을 뒤로 전해주어야 했다. "그분 시신이 어떻했다고?" "시신이 목포 공동묘지에 가매장되어 있댄!" "게민 어서 고향에 모셔와사주."

안세훈이 울음이 차올라 목멘 소리로 말을 이어갔다.

"그리고 솔뫼 김명식 선생! 아아, 이넌 전 모진 고문으로 불구의 몸이 되어 돌아가신 김명식 선생!"

장내에 흑흑 흐느끼는 울음소리가 번지기 시작했다. 사람들의 눈에서 눈물이 솟았다. 앞과 뒤로 등과 무릎을 맞대고 어깨와 어깨가 부딪히게 바싹 다가앉은 이들은 감동의 전율도 몸 전체로 함께 느꼈다. 모진 수난에 그 이름만 들어도 눈물이 나는 비운의 사상가, 창에 찔린 호랑이 김명식!

"그분이 숨을 거두면서 마지막으로 남긴 말, 여러분도 잘 알고 있지예? 나는 죽어도 눈을 감을 수 없으니, 사망신고는 조국광복과 민족해방이 되거든 하라고, 내 눈 부릅떠 일본이 멸망하는 꼴을 똑똑히 보고서야 눈을 감겠다고 하지 않았수과! 자, 여러분, 이제 일본이 망하고 해방이 왔으니, 선생을 불러 이 자리에 모십시다. 여러분, 저를 따라서 지하에서 들을 수 있게 큰 소리로 세번 외칩시다! 김명식!"

청중들이 그를 따라 외쳤다. 특히 가운데 자리 잡은 청년들의 목소리가 우렁찼는데, 그들은 팔까지 휘두르면서 외쳤다. "김명식! 김명식! 김명식!"

그다음에 호명한 것은 오사카 노동현장에서 우뚝했던 수만 제주인의 지도자 목우 김문준이었다. 그 역시 감옥에서 얻은 폐결핵으로 목숨을 잃었다. "김문준! 김문준! 김문준!" 그다음에는 해방 이십여일 전에 옥사한 김시용을 호명했다. "김시용! 김시용! 김시용!" 장내는 삽시에 흐느낌이 오열로 변하여 울음바다가 되었다. 특히 청년들은 격정을 토하며 아예 목 놓아 엉엉 울었다. 그들 자신이 겪은 징병과 징용의 갖은 수모와 굴욕으로 가슴에 켜켜이 쌓여 있던 울분, 그 울분이 마침내 울음이 되어 터져나왔다. 그들은 꺽꺽 소리 내어 울었고, 주먹으로 가슴을 치고 땅을 치면서 탄식했다. 김명식, 김문준, 김시용은 조천 마을의 자랑이자 자존심이었다. 연설하는 안세훈 자신도 눈물을 흘렸다. 그의 목소리에는 가슴 깊은 곳에서 솟구치는 열정이 담겨 있었다.

"여러분! 청년 여러분은 이 세분 투사의 죽음이 낳은

씩씩한 자식들이오! 그분들의 희생이 시방 이 해방 천지에 만인의 생명으로 나타난 것이우다! 그분들과 같은 순국열사가 있었기 때문에 해방된 것이고, 그분들이 있음으로 해서 여러분이 있는 것이다, 이거우다! 청년 여러분은 이제 일제가 만들어놓은 비굴한 인간이 아니란 말이우다! 그분들의 피가 여러분의 혈관에 흐르고 있단 말이우다!" 이 대목에서 그는 격정을 누르고 침착하게 힘주어 말했다. "새 나라 새 시대는 새사람의 것입니다. 청년 여러분이 바로 새사람이오. 지금은 청년의 시대요, 청년의 시대! 왜놈들과 친일파가 물러난 자리를 당연히 새사람이 차지해사 합니다. 그래서 청년 여러분의 역할이 절대적으로 중요합니다. 잘해사 합니다. 열심히 공부하고, 노력하고, 실천합시다!"

청년들이 흐르는 눈물을 손등으로 닦으면서 그 말씀 옳다고 연신 고개를 끄덕거리고, '청년의 시대'를 되뇌었다. 아이들도 감동하여 훌쩍거렸다. 행필 역시 울먹이면서 옆의 창세 손을 꽉 쥐었다.

안세훈이 연설을 마치고 내려가자, 이민하가 다음 연사를 소개하기 위해 단상에 껑충 뛰어올랐다. 그는 눈물 흘리는 분위기를 띄우고자 부러 웃으면서 말했다.

"하하, 좋수다! 실컷 웁시다! 이 기쁜 날, 물론 울어사 합주. 이럴 때 울지 않고 어떤 때 웁니까?” 그러고는 네 명의 아이가 올라앉아 있는 팽나무를 가리켰다. “저기 저 폭낭의 매미들도 해방이 기쁘다고 목청껏 울고 있지 않앰수과. 속 풀리게 한번 실컷 울어봅주. 이것이 바로 해방의 기쁨 아니우꽈? 자유 만세, 해방 만세입니다! 하하하!”

다음 연사는 귀환 장정들을 대표해 나온 양순태였다. 그는 대학 재학 중에 학병으로 끌려가 고사포 학교에서 훈련을 받던 중 졸업을 며칠 앞두고 해방을 만났으니 억세게 운이 좋은 경우였다. 단상에 오른 그는 얼굴이 곱상하게 생긴 청년이었다. 연설하는 동생이 자랑스럽다는 듯이 갑추가 빙긋이 웃으면서 만옥들을 돌아보았다. 순태는 먼저 도쿄 대공습의 참상부터 이야기를 시작했다.

“도시는 거대한 숯더미로 변하고 민간인 구만명이 죽었수다. 참말로 난 운이 좋았습주. 쓰이테타(재수가 좋았어)!” 입에서 자기도 모르게 일본말이 튀어나오자 그가 제 손으로 입을 탁 치면서 자책했다. “아이고, 이놈의 주둥이! 죄송하우다. 중학교 때부터 일본에 살다보니까 예.” 청중이 웃음으로 화답했다. 그가 말을 이었다. “예, 행운입주. 죽음이 너무도 흔한 전쟁 상황에서 죽지 않앤 살아남는다는 게 얼마나 어려운 일이우꽈? 저 자신이나 청년 여러분이나 우연히, 참으로 요행으로 살아남은 거우다. 우리 동포, 참 많이 죽었수다. 그리고 살았는지 죽었는지 무소식인 이들도 많아마씸. 심파이데스(걱정돼요).” 그가 다시 제 입을 탁 쳤다. 청중이 웃음을 터뜨렸다. “아이고 죄송하우다. 예, 무소식인 그들이 걱정됩니다. 그들을 생각하면 이렇게 살아 돌아온 것이 송구스럽수다. 아직 무소식인 채 돌아오지 않은 마을 청년이 절반이 넘습니다. 교통, 통신 사정이 안 좋아 살았는지 죽었는지 아무도 몰라마씸. 아아, 여러분! 그들의 무사 귀환을 하늘에 기원하고 세상 떠난 분들의 명복을 빕시다!” 그런 다음 그가 비틀거릴 정도로 격렬하게 몸을 흔들고 주먹 쥔 손을 휘두르며 말했다. “청년 여러분, 지난날을 생각하면 참으로 기가 막힙니다. 저 악독한 왜놈들을 위해 종노릇한 일을 생각하면 참으로 지긋지긋해여마씸. 식민지 청년이란 얼마나 가난하고 누추하고 비굴한 존재였수과? 우리는 채찍 맞아 돌아가는 팽이처럼 날이면 날마다 매 맞고 구박을 당해야만 했수다. 그러나 이제는 해방이우다. 압제의 족쇄와 쇠사슬이 풀리고 해방이 왔수다. 금방 안세훈 선생님의 말씀, 참말로 옳은 말씀이우다. 이제 청년의 시대입니다. 우리의 시대란 말이우다! 안 그렇습니까, 여러분?”

그의 호소에 청년들이 우렁찬 합창으로 "옳소"를 외쳤고, 갑추의 옆에서 공순은 아기를 업은 채 폴짝폴짝 뛰면서 소리쳤다. "우리 외삼춘 양순태 잘한다! 양순태 잘한다!"

양순태가 내려가고 인민위원회 위원장 김시범이 요란한 박수를 받으며 단상에 올랐다. 광대뼈가 돌멩이처럼 튀어나오고 수염발이 거칠어 강인한 인상이었다. 기미년 3·1운동의 주역이었던 그는 이후에도 야학과 소비조합 활동을 하는 등 대중노선을 걸어왔으나 최근에는 일경의 감시하에 집 안에서 유폐 생활을 강요당했다.

그 역시 '청년의 시대'를 피력하면서 청년을 지지하고 격려하는 발언을 했다. 청년의 시대에 청년은 배워야 한다, 공부해야 한다, '아는 것이 힘, 배워야 산다'를 좌우명으로 삼자고 말했다. 조선 백성 열명 중 일고여덟명은 눈 뜬 봉사인데 왜놈들이 우리를 그렇게 만들었다고, 이제는 마음 놓고 자기가 하고 싶은 공부를 할 수 있게 되었다고 말했다. 지식은 생존경쟁의 무기이다, 배운 자 승리하고 못 배운 자 열패한다, 일제 때는 청년들이 똑똑해지기를 원치 않았다, 똑똑하면 고문당하고 감옥에 가야했다, 그러나 이제는 공부해야 한다, 이제 새 세상이 되었으니 똑똑한 사람이 필요하다, 일제 치하에서는 공부를 해도 취직하기 어려웠으나 이제는 누구에게나 기회가 열려 있다, 자리를 차지하고 있던 왜놈들이 물러나고 그 앞잡이 친일파들도 당연히 물러나게 되었으니 거의 모든 분야가 새로운 시작이고 초창기라, 누구나 노력하면 그 무엇도 될 수 있다고 그는 힘주어 말했다. 연설 중에 그는 마을에 중학교를 세울 준비를 하고 있다는 중요한 발언을 해서 열렬한 박수를 받았다. 청년들은 모두 감격 어린 표정이었고, 가슴속에 같은 생각, 같은 꿈을 품고 한껏 들떠 있는 것 같았다. **아는 것이 힘, 배워야 산다.** 그것은 그들의 가슴을 가득 채운 구호였다.

그다음은 교원 정두길의 시 낭송 차례였다. 시인 지망생인 그는 이렇게 경사스러운 행사에 시가 없으면 안 될 것 같아 재주는 없지만 한번 써봤다고 하면서 장난스럽게 머리를 긁적거렸다. 그러고는 후문 쪽 꽃밭 곁에 동무들과 함께 앉아 있는 따알리아에게 힐끗 시선을 던졌다. 따알리아의 귀향을 마중한 그 새벽에 하우스먼의 시에서 영감을 받아 쓴 시 「새 시대의 여명」이었다. 뜨거운 열정을 담은 정두길의 낭송이 시작되었다.

해방이 왔습니다.

어둠을 부수고 붉은 태양이 솟아올랐습니다.
어둠의 귀신들, 죽음의 마귀들이
꼬리에 불붙어 왈강달강 달아나고
머나먼 땅, 죽음의 땅에 흩어졌던 동무들이 돌아옵니다.
삼천리강산에 해방이 왔습니다.
삼천리강산에 자유가 왔습니다.
한라산이 족쇄에서 풀려났습니다.
바닷물이 춤을 추고, 돌고래떼 물 위로 날뛉니다.
저 바다, 저 들판이 해방되었습니다.

이 대목에서 그는 저 바다와 저 들판을 끌어당길 듯이 차례로 두 팔을 벌리면서 목소리를 높였다.

빼앗겼던 땅, 상처뿐이던 이 땅에 새살이 돋아납니다.
우리의 여윈 몸에 새살이 돋습니다.
우리를 위하여
태양도 이전보다 더 열심히 일하고
비도 이전보다 더 열심히 일할 것입니다.
햇빛과 비가 서로 협력하여 이 땅을 다시 풍요롭게 만들 것입니다.
인간들을, 짐승들을, 초목을 다시 풍요롭게 키워줄

것입니다.

이제 죽음의 세월은 끝났습니다.
우리 모두 해방을 노래합시다, 자유를 노래합시다.
우리 모두 손에 손 맞잡고 발맞춰 걸으며
저 한라산과 함께
저 한라산과 함께
앞으로 나아갑시다.

마지막 순서인 만세 삼창을 위해 까마귀 죽지 같은 긴 머리의 장영발이 단상에 올랐다. 청중이 모두 자리에서 일어났다.

"여러분, 이 자리가 참으로 감격스럽수다! 빼앗겼던 땅을 되찾으니 너무도 좋습니다! 자, 발로 땅을 차면서 만세 삼창합시다, 제가 선창하쿠다. 조선 독립 만세!"

그를 따라서 청중들이 우렁차게 만세를 삼창했다. "만세! 만세! 만세!"

그때 예정에 없이 치안대 소속 고승우가 급히 단상에 뛰어올랐다. 그는 단상에 오르자마자 웃옷을 벗어 팽개치고는 상체를 벌겋게 드러낸 채 소리쳤다. 올빼미라는 별명답게 동그란 검은 테 안경 속에서 동그란 눈알이 뒤룩거렸다. 그가 "나도 한마디 하쿠다. 친애하는 조천리민 여러분!" 하고 운을 뗐는데, 너무 흥분한 탓에 그만 다음 말을 잊어버리고 말았다. 사람들이 낄낄거렸다. 그의 얼굴이 새빨개졌다. "친애하는 조천리민 여러분!"을 서너번 반복해도 더이상 말이 나오지 않자 그는 울상이 되더니 마침내 한마디를 토해냈다. "전진! 여러분, 전진합시다! 전진! 전진! 앞으로 전진합시다! 자, 다 같이 외칩시다. 전진! 전진!"

획획 휘파람 소리들이 일고 사람들이 환호하면서 대삿갓, 밀짚모자를 허공에 던져올렸다. 소학교 아이들도 교모를 허공에 날렸다. 스프링처럼 환성이 튀어올랐다.

운동장 가득 흙먼지가 뽀얗게 피어올랐다. 커다란 태극기가 펄럭펄럭 기세 좋게 나부끼고 그 아래의 작은 만국기들이 손뼉 치듯 명랑하게 까불거렸다. 북소리가 세마치장단으로 크게 터졌다. 덩 덩 덩더꿍, 덩 덩 덩더꿍, 북소리 장단에 맞춰 사람들이 어깨춤을 추기 시작했다.

아침에 우는 새는 배가 고파 울고요
저녁에 우는 새는 님이 그리워 운다
너영 나영 둘이 둥실 좋고요
낮에 낮에나 밤에 밤에나 참사랑이로구나

벅찬 기쁨으로 몸은 가벼워져 자꾸 허공으로 솟구쳤다. 그들은 허공에 펄럭거리는 태극기처럼 나부끼고 싶어 했다. 모두들 눈물 나게 신명 났다. 어떤 이는 앞뒤로 몸을 던지듯이 휘청휘청 춤을 추고, 어떤 이는 모자를 등에 넣어 곱사춤을 추고, 어떤 이는 땅바닥에 드러누워 사지를 뒤틀며 춤을 추고, 어떤 이는 어린아이를 목말 태우고 덩실덩실 춤을 추었다. 다들 감격의 눈물을 흘렸고 엉엉 소리 내어 우는 사람도 있었다. 얼씨구, 삼천리강산에 해방이 왔네! 삼천리강산에 자유가 왔네! 해방 만세! 자유 만세! 만세, 만세, 만만세! 분명히 왔다는데도 어쩐지 미심쩍고 두렵던 두 단어 '해방'과 '자유'가 이제야 실감으로 다가왔다. 고기는 씹어야 맛이고 말은 해야 맛이어서, 청년들은 몇번이고 자신의 입으로 해방을 외치고 가슴 벅차게 자유를 외쳤다.

그렇게 한바탕 요란하게 흥청거린 다음, 사람들은 죽 한사발, 고기 한점을 나눠 먹고자 동네별로 모여 앉았다. 동 이름이 쓰인 깃발이 운동장 여기저기 서 있었다. 유구동, 묵동, 진묵동, 원동, 다동, 이동, 연대동, 분선동, 계남동, 양천동, 신안동, 봉소동, 학교동, 백동…… 각 동네 반장이 양동이를 두개씩 들고 가서 가마솥에서 죽과 고기를 받아와 양동이 앞에 줄을 선 사람들에게 한사발씩 죽을 떠주면, 저마다 그 자리에서 후루룩 들이켜고는 사발을 다음 사람에게 넘겨주었다. 옛날 대흉년에 주린 백성에게 구휼 죽을 먹일 때도 아마 이랬을 거라고 창세는 생각했다. 자기 차례가 되어 죽을 떠먹었을 때, 창세는 그 놀라운 맛에 진저리를 쳤다. 그저 돼지 삶은 물에 내장과 모자반, 메밀가루를 넣어 걸쭉하게 끓였을 뿐인데 맛이 기가 막혔다. 전에도 여러번 먹었던 음식인데도 생전 처음 경험하는 맛인 양 혓바닥이 사르르 녹는 듯했다. 소금에 찍어 먹은 한점 고기는 더 맛있었다. 다른 사람들도 그 감칠맛에 놀라 눈이 휘둥그레졌는데, 오랫동안 궁핍한 생활에 주린 탓이었을 것이다. 청년들에게는 독한 오메기술이 석잔씩 돌아갔다. 잔치는 해가 뉘엿이 기울 때까지 계속되었다.

그날 집회의 연설은 조천리 청년들과 소년들에게 깊은 인상을 남겼다. 소학교 학생들은 자신들의 선생 정두길이 낭송한 시를 좋아했다. 창세는 아예 그 시를 공책에 베껴서 외우기까지 했다. "해방이 왔습니다./어둠을 부수고 붉은 태양이 솟아올랐습니다……"

그날 이후로 마을 청년들의 분위기가 달라졌다. 전쟁이 끝난 지 보름이 지나서도 무력증에 흐느적거리면서 친일 면장을 징치할 때도 소극적이던 그들이었다. 전쟁의 공포와 가혹한 노예노동에 오랫동안 시달린 탓에 매 맞은 개가 그렇듯이 여전히 주눅 들어 있었다. 그러한 그들에게 그날의 행사는 큰 충격이 아닐 수 없었다. 재갈 물렸던 입에서 거침없이 쏟아진 통쾌한 언어들, 그 언어들이 잠들어 있던 그들의 정신을 후려갈겼던 것이다. 지난날 자신들이 얼마나 가난하고 초라하고 비굴한 존재였는지 그제야 절절하게 깨달았다. 그 언어들이 가슴속에 켜켜이 쌓인 노예의 비굴과 치욕을 한꺼번에 쓸어버리는 듯했다. 무병을 앓던 자가 내림굿을 받은 것처럼 그들은 생판 다른 사람이 된 것 같았고, 모호하던 것들이 명백해지고 이해되지 않던 것들이 한꺼번에 깨달아진 듯이 느꼈다. 그들은 환호했고, 그 열광 속에서 고동치는 자신의 핏줄을, 자신의 젊음을 느낄 수 있었다. 내 땅임에도 살얼음 밟듯 살금살금 다니던 지난 세월을 벗어나 이제는 발을 구르며 활보할 수 있게 되었다는 사실! 그것은 지금까지 한번도 느껴보지 못했던 존재감이었다. '청년의 시대'라고 했다. 이제 모든 것이 새로운 시작이라고 했다.

이제는 공식 집회가 아니어도 몇명만 모이면 딸꾹질

처럼 만세 소리가 터졌고, 곳곳에서 새 세상을 만들자고 시국 토론이 벌어졌다. 비석거리에서, 포구에서, 불턱에서, 오일장에서 사람들은 조금만 모여도 새 세상, 새 나라를 이야기했다. 그중에도 토론을 주도하는 것은 일본에서 유학했거나 독학으로 세상을 바라보는 안목을 갖춘 청년 지식분자들이었다. 문상옥, 박털보, 정두길, 부대림, 양순태, 고승우 등이 그들이었고 선배 장영발과 이민하가 가세했다. 그런 자리에서는 일반에는 낯선 언어들, 어둠 속에 묻혀 있던 대담한 언어들이 빛을 발하며 쏟아졌다. 자유, 평등, 혁명, 자본주의, 사회주의, 공산주의, 무정부주의, 부르주아, 프롤레타리아 같은 말들이 거침없이 튀어나왔고 그 언어들은 새로운 지식에 목마른 열정적인 청년들의 머리에 빠르게 스며들었다.

장영발과 이민하, 문상옥이 몰래 보던 금서들도 저절로 해금이 되었다. 가택수색을 받을 때마다 베갯속에 책을 숨기곤 했던 이민하는 "베갯속 어둠에 숨어 있던 사상이 이제야 해방되었다"라고 말했다. 장영발은 무정부주의를 연구할 목적으로 자기 가게 한쪽에 조그만 문고를 설치했다. 이십대의 젊은 축은 대개 이민하와 문상옥 쪽으로 간 반면에, 장영발의 가게에는 박털보처럼 그보다 나이 많은 축이 드나들었다. 장영발 등은 제주 공동체를 무정부주의 관점에서 연구하고자 했다. 바쿠닌이나 크로폿킨보다는 노자의 무정부주의가 제주 공동체에 어울린다고 생각했고, 노자가 말한 소국과민(小國寡民), 즉 나라는 작고 백성은 적은 평화로운 공동체를 탐라의 옛터에서 이룩해보자는 것이 그들의 지향이었다.

영미야, 창근아, 그 시절엔 의리를 매우 중요시하고, 선배를 잘 따랐주. 반일 투쟁했던 선배들의 정신을 본받으려고 했어. 그분들이 대부분 좌익이었고, 그래서 후배들은 유식하면 유식한 대로, 무식하면 무식한 대로 좌익이 된 거라. 그땐 다 그랬주.

진뜨르 비행장 부지로 강제수용되었던 땅이 다시 주민들의 소유로 돌아왔다. 그 땅을 원상복구하기 위해 활주로에 덮였던 잔디를 들어냈고, 벗겨져 벌겋게 흙이 드러났던 무덤들에도 다시 잔디를 입혔다. 이어서 밭의 경계를 원래대로 구획하는 작업이 이루어졌는데, 활주로 공사에 차출되었던 창세의 당숙 안봉주가 그때 사용했던 레벨 측량기를 들고 이번에는 그 작업에 참여했다.

안세훈은 읍내 칠성골의 어느 적산가옥에 머물면서

정치조직 활동을 시작했다.

그 무렵 조천소학교와 함덕소학교 간에 해방 기념 축구 시합이 벌어져 행필과 창세도 선수로 뛰었다. 마을 해녀들이 만들어준 운동복을 입고 뛴 조천소학교가 이 대 영으로 이겼다.

온 마을이 해방의 감격으로 들떠 법석인데도 고문으로 머리를 다친 무정부주의자 김성주만은 그 감격이 무엇인지 몰랐다. 여전히 표정 없는 공허한 두 눈을 허공에 걸고 무어라 혼잣말을 중얼거리면서 느릿느릿 걸어다녔다. 그는 한때 문중의 상징이던 늙은 회화나무에 말을 걸며 오래 서 있었고, 그 나무 밑동의 큰 구멍에 들어가 태아처럼 쪼그려 앉아 있기도 했다. 헐렁한 와이셔츠 위로 솟은 가는 목이 점점 야위어갔다.

그런데 9월 이후 한반도 정세는 야릇하게 비틀려 돌아갔다. 미국이 소련과 함께 한반도 허리에 삼팔선을 그어 분할 점령하더니, 뒤이어 맥아더 포고령이란 것이 떨어졌다. 포고령은 미군이 북위 38도 이남의 조선 영토를 점령할 것이며, 일본군은 미군이 인수할 때까지 삼팔선 이

남에서 조선의 치안을 유지하는 동시에 행정기관을 존치할 것과, 경찰관, 면서기 등은 별도 명령이 없는 한 종래의 직무에 종사할 것을 명하고 있었다.

라디오를 통해 발표된 포고령을 받들고 바로 그 이튿날 함덕에 주둔하던 일본군이 조천리에 출동했다. 착검 무장한 이개 소대 병력이 공포를 쏘며 쳐들어와 인민위원회와 치안대를 접수해버렸다. 일본군 대좌가 일본도를 꼬나들고 "소란을 일으키면 모두 쏴 죽인다!" 하고 소리쳤다. 울분에 찬 대원들이 사무실에서 쫓겨나면서 맨몸으로 저항해봤지만 총칼 앞에서는 속수무책이었다. 그 와중에 대원 한명이 총검에 팔뚝을 찔리는 부상을 입었다. 일본군은 총검으로 위협하면서 일본인의 생명과 재산에 위해를 가하면 가차 없이 무력행사하겠다고 으름장을 놓고는 맥아더 포고문을 낭독한 뒤 게시판에 붙여놓았다. 이에 따라 일본인 경찰과 관리 등은 별도 명령이 있을 때까지 종래의 업무에 종사하게 되었다.

그러나 민심이 두려운 조선인 경찰과 관리 들은 즉각 복귀하지 않았다. 그것은 조천면뿐만 아니라 다른 지역에서도 마찬가지였는데, 그들은 숨을 죽이고 미군의 입도만을 기다리는 눈치였다.

며칠 뒤, 아직 미군이 본격적으로 입도하지 않은 상황에서 느닷없이 미군기 몇대가 제주 상공에 떴다. 옆구리에 별 딱지가 붙은 전투기였다.

그 비행기들 중 한대는 조천리 상공에도 나타났다. 그때 진뜨르의 넓은 들판에서는 조천리와 신촌리 사람들이 비행장 부지로 징발되었던 자기 땅을 경작지로 복구하는 작업을 하던 중이었다. 먼 구름 속에서 엔진 소리가 들리는가 싶더니 갑자기 전투기 한대가 날개를 번쩍거리면서 구름 밖으로 튀어나왔다. 그것을 보자 일하던 사람들은 한달 전 미군기의 공습을 떠올리고 혼비백산하여 숨기에 바빴다. 길가 밭담 밑으로 허겁지겁 달려가 엎드리고 웅크렸는데, 웬걸, 전투기는 기관포를 쏘는 대신 삐라를 뿌렸다.

푸른 하늘에 흩뿌려진 수많은 하얀 종이들, 그것은 과연 볼만한 광경이었다. 삐라는 가볍게 나풀거리면서 내려오다가 바람에 휩싸여 다시 솟아올랐고, 그러기를 몇번 반복하면서 느릿느릿 지상으로 내려왔다. 삐라를 살포하고 경쾌하게 지나가는 미군기를 우러러 몇몇 청년들이 두 손을 쳐들고 만세를 불렀다. "조선 해방 만세! 미국 만세!" 입을 딱 벌린 채 올려다보던 사람들이 삐라가 지상에 닿자 앞다투어 주워들었다. 삐라에는 며칠 전 발표된 맥아더 포고령이 영어와 함께 조선어, 일본어로 번역되어 실려 있었다.

조천면 인민위원회는 친일파의 복직을 반대한다는 성명서를 면사무소 정문과 비석거리에 게시했다. 삐라도 곳곳에 붙였는데, 창세, 행필, 찬일 등 소년부 학생들이 일본 교과서를 뜯어낸 책장에다 먹으로 글자를 써서 삐라를 만들었다. 글씨를 잘 쓰는 창세가 많이 썼다.

맥아더 포고령이 비행기로 제주도 곳곳에 살포된 직후의 일이었다. 이웃 마을 신촌리의 콩밭에서 할망 셋과 처녀 둘이 갈옷에 대삿갓을 쓰고 이랑을 하나씩 타고 앉아 김을 매고 있었다. 햇볕은 뜨거운데 바람 한점 없어 처녀들은 바람을 불러들인다고 휘익휘익 휘파람을 불면서 김을 맸다. 물질할 때의 숨비 소리에 익숙한 해녀들인지라 휘파람 소리도 잘 냈다. 휘파람을 불어 그런지 얼마 지나지 않아 동쪽에서 건들건들 바람이 불어왔다. 콩 포기들이 바람에 쓸리면서 우쭐우쭐 춤을 추었다. 그런데 그 휘파람은 다른 엉뚱한 것도 불러들였나보았다. 동쪽 하늘에서 갑자기 거대한 칼날처럼 은빛 날개를 번쩍거리면서 전투기 한대가 빠르게 날아왔던 것이다. 김매던 여자들이 기겁해서 밭고랑에 엎드렸다. 갈옷은 흙색과 비슷해 보호색이 되었다. 그런데 웬걸, 엎드렸던 처녀 둘이 벌떡 일어나더니 "야, 저건 미국 비행기다! 미국 만세!" 하면서 삿갓을 벗어 흔들어대는 것이 아닌가. 할망들이 질겁하여 두 처녀의 다리를 잡아당겼다.

"아이고, 이년들 미쳤져! 어서 엎드리라! 폭탄 떨어질 거여, 폭탄!"

전투기는 들판에 큰 그림자를 던지며 급히 날아오더니 과연 무언가 육중한 물체를 떨어뜨렸다. 폭탄인가? 그런데 그 물체는 콩밭에 풀썩 떨어졌을 뿐 아무 기척 없이 조용했다. 두 처녀가 용기를 내어 조심조심 다가갔다.

"아이고, 거기 가지 말라게! 그거 폭탄이여. 폭탄 터질 거여! 아이고, 저년들 죽젠 환장했져!"

그것은 폭탄이 아니라 골판지 상자였다. 그 속에서 양과자 등의 먹을거리와 함께 깡통 세개가 나왔다. 생긴 모양이 조천리에서 생산되는 소라 통조림과 비슷해서 처녀들이 호미 끝으로 쪼아 열려고 하자 할머니들이 다시 사색이 되어 비명을 올렸다.

"아이고, 그거 열지 말라! 그것이 폭탄이여! 쾅 하고 터진다, 제발!"

"폭탄은 무신 폭탄? 그냥 간즈메(통조림), 간즈메우다게. 아이고, 걱정 맙서. 뚜껑 열어방 폭탄이믄 저 물웅덩이에 던지쿠다."

두 처녀는 콩밭 옆에 있는 조그만 물웅덩이로 가서 호미 끝으로 그 깡통들을 땄다. 생전 처음 맛보는 미국 음식 햄과 버터와 땅콩잼이 나왔다. 미군 전투식량 시레이션이었다.

그 무렵의 어느 날, 이웃 마을 함덕에서 난데없이 총성과 포성이 낭자하게 터져 조천리 사람들을 놀라게 한 일이 발생했다. 늦은 오후에 시작된 총성은 밤새도록 계속되었고 포탄과 조명탄이 터져 밤하늘을 밝혔다. 천지가 붕괴하는 듯 엄청난 소음이었다. 다시 전쟁이 터진 줄 알고 조천리 사람들은 방 안에 납작 엎드려 바들바들 떨었다. 뜬눈으로 밝힌 공포의 밤이었다.

이튿날 날이 밝아 알아보니 함덕에 주둔한 일본 해군 부대의 화풀이 자작극이었다. 아직 입도하지 않은 미군으로부터 미리 무장해제하라는 명령을 받고 아무것도 없는 텅 빈 바다를 향해 그런 난리굿을 벌인 것인데, 혹시 있을지 모를 분노한 조선인들의 공격에 대한 방어용으로 극히 일부만 남기고 나머지는 모두 폐기하라는 것이 미군의 명령이었다. 함덕의 대대 병력 삼백명은 핑계김에 화풀이한다고 미친 듯이 총을 쏘아댔다. 그것은 전쟁 패배의 분노와 절망이 서린 집단 절규이기도 했다. 서우봉 포대에서 남은 포탄들도 바다를 향해 쏘아댔다. 서우봉에 굴을 파기 위한 다이너마이트도, 수류탄도 남김없이 바다에 던졌고, 어뢰정은 휘발유를 붓고 불을 질러 어뢰와 함께 폭파시키고 고사포는 다이너마이트로 폭파했다.

주로 수면 위에 삐죽이 드러난 여가 표적이 되었다. 새똥이 하얗게 덮인 그 여들은 물새들의 쉼터이자 해녀의 작업장이었는데, 애꿎게도 집중 사격을 당했던 것이다. 여 하나는 포탄에 명중되어 수면으로 드러났던 윗부분이 완전히 사라져버렸다. 함덕 앞바다에는 포탄과 수류탄, 다이너마이트 폭발로 인해 죽은 수많은 물고기가 흰 배를 드러낸 채 둥둥 떠 있었다.

그렇게 밤새도록 난동을 부린 99식, 38식 장총들은 백사장에 산더미처럼 쌓여 불태워졌다. 저장 중이던 휘발유도 총기 소각에 남김없이 소비되었다. 휘발유의 센 화력은 장총의 나무 부분만 태운 것이 아니라 쇠붙이까지 녹여 다시 무기가 될 수 없는 고철로 만들어버렸다. 탄환은 빈 놋쇠 껍데기, 탄피만 남았고, 진지 동굴에 깔았던 레일도 더이상 쓸모없는 고철이 되어버렸다. 아이들이 그 탄피들을 주워다가 대장장이 박털보에게 팔았다. 탄피를 줍다보면 총알이 그대로 박혀 있는 탄환도 더러 발견되었다. 탄환을 돌로 두드려 총알을 제거하면 탄피 속에서 화약 가루가 나왔는데, 아이들은 깜깜한 밤에 그 화약 가루를 태워 도깨비불을 만들곤 했다.

박털보가 서너 사람과 함께 입찰에 끼어 함덕 대대에서 나온 고철의 일부를 헐값에 사들였다. 아주 기분이 좋아진 그가 껄껄 웃으며 말했다.

"이 고철을 얻다 쓰느냐 하면, 불에 녹여서 마차 바퀴에 씌울 쇠테 만드는 사업을 하겠다, 이거여! 또 솥도 만들고, 쟁기 보습도 만들고, 호미랑 낫도 만들고 말이여. 그리고 또 이 탄피들은 얻다 쓰느냐 하면, 불에 녹여서 빼앗겼던 놋그릇, 놋대야, 놋화로 들을 다시 만들 거란 말이다!"

그 무렵 함덕리 해군부대에 붙어 정보원 노릇을 했던 친일분자 하나가 그 마을 청년들에게 몰매를 맞아 죽었다.

조천소학교가 한달간의 여름방학을 끝내고 다시 문을 연 것도 그 무렵인 9월 중순께였다. 그 한달간은 교직원들이 자율적으로 일제의 황민화교육을 폐기하고 민족교육의 새로운 기풍을 마련하기 위한 준비 기간이었다. 우선 선생들 자신부터 낯설어진 한글을 다시 익히고 한글과 함께 금기가 되었던 조선 역사도 다시 공부했다. 『우리말본』과 『조선사화집』이 교원용 교재였다.

방학이 끝나고 다시 학교 문을 열었을 때, 그것은 방학 후의 개학이 아니라 새로 학교를 연다는 뜻에서 '재개교'라고 불렀다. 식민지 교육으로 찌든 학교를 새롭게 탈바꿈한다는 뜻이었다. 재개교에 많은 재입학생들이 몰려들었다. 퇴학생, 자퇴생의 복귀였다. 교칙 위반으로 퇴학당하거나 가정 사정으로, 혹은 일본의 교육을 받기 싫다고 중도에 자퇴한 학생들이 적지 않았는데, 해방이 되었으니 이제는 다시 학교에 다녀야겠다고 찾아왔던 것이다. 공부는 제사에 축(祝)과 지방(紙榜)을 쓸 정도의 한문만 알면 된다고 아비가 학교에 가지 못하게 막았던 소년들도 입학했다. 학교에서는 야학을 몇달이라도 다녔으면 4학년에 넣어주었다. 그래서 나이 많은 학생들이 많아졌는데, 그사이에 장가가서 아기를 둔 아방들도 더러 있었다.

재개교를 하면서 육개월을 앞당겨 6학년 학생들은 졸업생이 되었고, 창세네 5학년은 6학년이 되었다. 일본인 순사의 자전거 두대를 박살 낸 행필이 선거에 따라 급장이 되었고, 창세는 부급장으로 내려앉았다.

6학년이 되어도 교실은 5학년 때 그대로여서 창세는 자기 책상 자리를 그대로 지킬 수 있었다. 바다가 훤히 보이는 북쪽 창가였다. 이른바 '호국봉사'라는 명목으로 반년 넘게 노역에 시달리느라 교실에서 공부한 적이 별로 없었기 때문에 창세는 다시 제 책상에 앉게 된 것이 너무도 기뻤다. 바다의 푸른빛이 가득한 유리창, 그것은 하나의 아름다운 풍경화였다. 그 푸른빛 속에 연북정이 솟아 있고, 목선들 서넛이 쉬고 있는 포구가 보이고, 어머니가 미싱 일을 하고 있는 그의 집도 보이고, 갈매기들이 흰 날개를 햇빛에 반짝이면서 날고 있었다.

일본인 교원들이 사라진 상황에서 5학년과 6학년 담임을 겸하게 된 정두길은 일본 이름의 출석부를 폐기하고 한글 이름의 새 출석부를 마련했는데, 갑자기 재입학한 학생들이 많아져 어차피 다시 작성하지 않으면 안 되었다. 한 학급의 학생 수가 서른명 안팎이던 것이 열댓명씩 늘어 그러잖아도 비좁던 교실이 미어터질 지경이었다.

하급반은 물론 상급반도 한글을 모르는 아이들이 대부분이었다. 야학 같은 데서 배워 한글을 이미 깨친 아이는 6학년에서는 안창세, 강행필, 송찬일, 신갑송 등 네명

뿐이었다. 찬일과 갑송은 창세와 동갑내기였다. 그런데 네 소년은 한글을 읽고 쓸 줄은 알았지만 맞춤법은 아직 배우지 못했다. 그동안의 한글 사용 금지 탓이었다. 맞춤법이 서툴기는 선생도 마찬가지였고, 그래서 학생들을 가르치려면 하루라도 먼저 익혀두어야 했다. 교재는 단 한권, 선생만이 갖고 있는 『우리말본』이었다. 정두길은 바쁠 때는 겨우 몇시간 전에 읽고 와서 가르쳤으니, 선생과 창세들 사이의 실력 차이는 종이 한장, 참으로 아슬아슬한 것이었다. 그럼에도 새로운 지식은 마른 땅에 떨어진 물처럼 순식간에 흡수되었다. 오랫동안 사라졌던 문세영의 『조선어사전』도 다시 나타났다.

창세의 교실에는 맞춤법은커녕 아주 까막눈인 아이들이 대부분이어서 그들을 대상으로 집중 속성 교육이 실시되었는데, 한글을 깨친 창세 등 네명의 학생이 선생을 도와 그들을 가르쳤다. 너희 넷은 계몽 투사가 되어라, 하고 담임선생 정두길이 말했다. 계몽 투사! 그 호칭이 자랑스러워 네 소년은 어깨가 으쓱 올라갔다. 투사는 일제에 대항했던 이들의 칭호였다.

그렇게 해서 방과 후 오후 시간에 열명씩 조를 짜서 학생이 학생을 가르치는 과외수업이 생겼다. 가갸거겨고교구규그기, 나냐너녀노뇨누뉴느니, 다댜더뎌도됴두

듀드디, 라랴러려로료루류…… 아이들의 낭랑한 목소리는 밖에서 들으면 개굴개굴 연못 속의 개구리떼 합창처럼 들렸다. 학교 운동장이나 학교 뒤 두말치물 근처 바닷가에서도 작대기로 땅을 긁어 글자를 쓰면서 한글을 가르치고 배웠고, 가끔은 연대 밑 바닷가 모래밭으로 가기도 했다. 발바닥으로 모래를 평평하게 고르고 그 위에 작대기로 끄적이면서 글자 공부를 하다가 싫증이 나면 씨름을 하면서 놀았다. 아이들은 빼앗겼다가 되찾은 자기 이름을 여기저기 다니면서 동물이 영역표시하듯이 낙서했다. 막대기로 긁어 땅바닥에 쓰고, 바닷가 모래밭에 쓰고, 용설란과 손바닥선인장의 깊은 잎에 새기고, 흙바닥에 오줌 줄기를 쏘아 쓰기도 했다. 행필은 오줌 줄기로 모래 위에 자기 이름을 쓰다가 남은 오줌으로 애인 이름까지 썼다. 강행필과 오숙희.

정두길은 한글을 깨친 학생들을 위해 따로 교재를 마련했다. 일제의 검열로 십년 전에 폐간된 신문과 소년잡지를 구하여 거기에 실린 글 중 좋은 것을 골라 줄판을 긁어 인쇄하여 나눠주었다.

창세는 선생이 교재를 인쇄할 때 옆에서 도왔다. 선생이 줄판 위에 파라핀지를 깔고 글을 써넣으면, 창세가 그 종이를 등사기에 붙이고 걸쭉한 검정색 잉크를 묻힌 롤

러로 밀어 인쇄했다. 손에 잉크가 새까맣게 묻는데도 알싸한 잉크 냄새가 좋았다. "우리 조선은 삼백만 소년을 가졌습니다. 우리는 충심으로써 여러분 소년을 사랑하며 또 존경하나이다. 장래 조선의 주인이 될 사람도 여러분 소년이요, 이 조선을 맡아서 다스려갈 사람도 여러분 소년이올시다. 우리 조선이 꽃답고 향기로운 조선이 되기도 여러분 소년에게 달렸고……"

창세는 선생에게서 『플루타르코스 영웅전』과 이기영의 『고향』을 빌려다 읽었는데, 이야기가 재미있을 뿐만 아니라 표준말을 배울 수 있어 좋았다. 책 속에 나온 표준말은 신기하게도 금방 익혀지고 금방 외워졌다.

일본 노래 대신 우리 노래를 배우는 것도 중요했다. 학생들은 입에 밴 「기미가요」를 폐기하고 「애국가」를 배웠다. "동해물과 백두산이 마르고 닳도록 하느님이 보우하사……" 그러다보면 "조상님이 보우하사'라고 해야 한다거나 "아니, '삼천만이 보우하사' 해야지 왜 '하느님이 보우하사'냐"라거나 "왜 백두산만 있고 한라산은 없느냐" 하고 투덜대는 학생들도 있었지만, 그러한 불평은 우렁찬 합창 속에 묵살되었다.

정두길은 부지런히 음악 공부를 했다. 방학 중에 그랬듯이 거의 날마다 방과 후 학교에 남아 풍금을 쳤고, 아침에 출근할 때는 혼자서 손으로 박자를 치며 노래를 연습하면서 걸어다녔다. 처음으로 울리는 그의 구성진 노랫소리를 학생들은 좋아했다.

강남 달이 밝아서 님이 놀던 곳
구름 속에 그의 얼굴 가리워졌네
물망초 핀 언덕에 외로이 서서
물에 뜬 이 한밤을 홀로 새우네

창세는 갑자기 달라진 학교생활이 즐거워 늘 흥분 상태였다. 풍선처럼 몸이 붕 떠 있는 느낌이었다. 담임선생이 자기 어깨에 손을 얹고 따뜻한 말로 격려해줄 때면 감격하여 울컥하곤 했다. 그런 상냥함, 다정함은 한달 전만 해도 학교에서는 찾아볼 수 없었던 낯선 감정이었다. 모든 것이 다르고 새롭게 탈바꿈하고 있는 학교생활 속에서 창세는 자유가 무엇인지 실감하는 중이었다.

어느 날 작문 시험을 내면서 담임선생이 말했다.

"작문 내용은 자유로 한다. 자기가 쓰고 싶은 것은 아무거나 써도 좋다. 해방의 감격, 학생이 해야 할 일, 새 나라 건설에 대해서도 좋고, 동무들 이야기, 가족 이야기도 좋고, 하여간 작문 내용은 자유로 한다."

그런데 창세는 어쩌다 "작문 내용은 자유로 한다"를 '자유'에 대해 쓰라는 말로 잘못 해석하고 말았다. 그래서 자유에 대해서 썼다. 창세는 자신이 겪은 일, 즉 불빛이 밖으로 새어나가지 않게 담요로 창문을 가린 어두운 골방 야학에 대해서 썼고, 어린 소녀 시절 누이 만옥의 야학 경험에 대해서도 썼다. 누이가 자기 연설 원고에서 제일 좋아했던 대목이 "자유가 아니면 죽음을 달라!"였다고, 그 때문에 일본인 순사한테 잡혀가 말채찍으로 맞기도 했다고 썼다. 그리고 자유 때문에 고문당했던 장발이 삼촌과 성주 삼촌의 활동에 대해 조금 언급하기도 했다. 그 작문은 최우수작으로 뽑혀 학생들 앞에서 낭독까지 하게 되었다. 창세는 여간 흐뭇하지 않았다. 지금까지 있었던 세번의 작문 시험에서 그때마다 최우수였으니, 웅변은 서툴지만 작문에서는 자신을 따라올 자가 없다는 자신감이 생겼다.

추석 무렵에 미군의 항복 접수 팀이 입도했고, 곧바로 미군정이 실시되었다.

일본군은 완전 철수에 앞서 남아 있던 모든 무기와 군수품을 미군 감독하에 파괴했다. 군용기와 장총이 불태워졌고, 해체된 비행기, 탱크와 대포, 기관총 들은 LST 함정에 실려 먼바다에 버려졌다. 불에 반쯤 녹은 장총들은 재생용 고철이 되어 극히 일부만이 제주 지역 대장간들에 팔리고 대부분은 육지로 실려나갔다.

엄청난 양의 군량미도 불태웠다. 병사 칠만명과 군마 천오백마리를 먹이려 비축했던 양곡을 가마니째 산더미처럼 쌓아놓고 석유를 뿌려 태웠다. 미군의 명령이었다. 정뜨르 비행장, 알뜨르 비행장과 군대가 주둔했던 어승생, 남조순, 부대악 등의 오름에서 양곡 태우는 푸른 연기가 고소한 냄새를 품고 사방으로 퍼져나갔다. 제주 백성의 피땀이 스민 양곡이었다. 아아, 천벌을 받을 놈들! 백성이 먹을 귀한 양식을 불태우다니!

서우봉 아래의 해군 대대에서 소각하는 군량미 냄새는 조천리를 비롯한 인근 마을에서도 맡을 수 있었다. 조천면 치안대 청년들이 달려가서 아직 덜 탄 양곡을 민간에 돌려달라고 요구했으나 소용없었다. 일본군은 총을 들어 치안대의 접근을 가로막았다. 병사들이 사용하던 장총은 일부만 남기고 소각되었으나 장교들은 여전히 권총을 차고 있었다. 일본도도 갖고 있었다. 혹시 있을지 모를 주민들의 공격을 방어하기 위해 허용된 것이었다.

"물러가라! 소란을 일으키면 쏘아 죽이겠다!"

"저것은 우리의 양곡이다. 인민의 것이다. 우리가 피땀 흘려 농사지은 것인데, 왜 우리한테 돌려주지 않고 태우느냐?"

"이것은 미군의 명령이다. 우리는 명령을 따를 뿐이다."

"불을 끄고 저 양곡을 우리에게 돌려달라! 저건 우리 것이다!"

곡식이 타는 이틀 내내 치안대 청년들이 진을 치고 앉아 항의하고 호소했지만 그들은 요지부동이었다. 이틀째 되는 날 명령권자인 미군들이 나타나긴 했지만 곡식은 거의 다 타버린 상황이어서 그들에게 호소하는 것도 무용한 일이 되어버렸다.

양곡 소각 상황을 점검하러 나타난 미군 무장해제 팀은 승리자답게 태도가 거만했다. 성조기와 무선안테나를 단 지프차에는 네명의 미군이 타고 있었다. 조천면으로서는 최초의 미군 출현이었다. 카키색의 맵시 있는 군복 차림에 챙 없이 앞뒤가 뾰족한 모자를 삐딱하게 쓰고 권총과 곤봉을 찼는데, 두명은 뭔가를 계속 질겅질겅 씹고 있었다. 청년들은 그들을 향해 열렬히 박수를 보냈다. 미군을 처음 보는지라 모두들 호기심에 눈을 빛냈다. 그런데 천천히 들어오던 차가 느닷없이 청년들을 향해 급히 방향을 트는 것이었다. 빵빵, 요란한 경적 소리와 함께 무섭게 달려드는 차에 질겁한 청년들이 뒤쪽으로 우르르 물러났는데, 그것을 본 미군들이 좋아라고 낄낄거렸다. 처음 만나는 주민들에 대한 인사가 그 모양이었다. 청년들은 기분이 나빴지만 별 악의 없는 장난질이거니 하고 좋은 쪽으로 생각했다. 어쨌거나 그들은 고마운 해방군이 아닌가. 그래서 청년들은 낄낄대는 미군들을 향해 멋쩍게 웃으면서 손을 흔들었다. 말이 통했으면 좋으련만, 영어를 아는 사람이 없어 몇명만이 무턱대고 "할로 오케이! 할로 오케이! 땡큐! 땡큐!" 하고 몇마디를 외쳤을 뿐이었다.

최초의 만남은 그런 식으로 이루어졌다. 바로 얼마 전만 해도 "흡혈귀 미국을 쳐부수자!"라고 외쳐야 했던 그 상대가 이제 '고마운 은인'이 되어 나타났던 것이다. 나쁜 나라였던 미국이 좋은 나라가 되고, 좋은 나라였던 일본이 나쁜 나라가 되었다.

그날 치안대 뒤를 따라갔던 행필이 나중에 창세에게 말해주었다.

"키가 엄청 크더라. 코가 길쭉하고 얼굴은 양초처럼 허영한디, 머리칼은 누런 쇠꼬리 색깔이고!"

“쇠꼬리?”

“그리고 눈이 푹 꺼져 들어갔는디, 눈알이 또 묘하게 생겼더라.”

“어떵 생겼는디?”

“고양이 눈 닮았어. 파란색 눈알도 있고, 갈색 눈알도 있더라. 하여간 사람은 사람인디 종류가 영 달라. 별종이여, 별종!”

“히히히, 재밌겠다! 그 별종들 나도 보고 싶은디.”

그런데 그날 행필은 보지 못했지만 그곳의 다른 장소에서는 또 하나 희한한 장면이 연출되었다. 미군이 어느 일본군 장교의 일본도를 빼앗자 그 장교는 자신의 조부가 물려준 보검이라며 제발 돌려달라고 울며 애원했는데, 그것을 본 다른 장교가 슬그머니 뒤쪽으로 돌아와서는 청년들 앞에서 자신의 허리에 찬 일본도를 가리키면서 아주 낮은 목소리로 흥정을 해왔던 것이다.

“누구 이 칼을 맡아줄 사람 없소? 나는 이 칼을 저 사람들에게 빼앗기고 싶지 않소. 이건 우리 집 보물이오. 일로전쟁에 공을 세운 부친이 물려준 거요. 부친은 내게 이 칼을 주면서 말했소. ‘대동아 평화를 위해 이 칼로 적군의 목을 쳐라!’ 아, 그런데 적군의 목을 한번도 치지 못하고 놈들한테 빼앗기다니 너무도 원통하오. 며칠 있으면 우리는 제주에서 철수하오. 당신들 중에 누가 이 칼을 당분간 보관해줄 수 없겠소? 몇년 후에 시절이 좋아지면 반드시 찾으러 올 테니, 그때까지만 보관해주면 아주 후하게 보답하겠소."

일본도라니, 어떤 골 빈 자가 그런 제의를 받아들이겠는가? 치안대 청년들이 코웃음을 치면서 조선말로 빈정거렸다.

"멍청한 새끼! 무스거, 대동아 평화를 위해 그 칼로 적의 목을 치라고? 어이구, 싸움에 진 주제에 주둥이는 살아서 함부로 놀리네!"

"야, 그 칼로 느 좆이나 자르라! 그 칼을 미국 놈한테 주기 싫으면, 저기 저 조천리 박털보네 대장간에 주고 가든지!"

그 장교가 그 말을 알아듣고 파르르 성질을 내며 칼을 뽑아들 기세였으나 거기에 놀라는 사람은 아무도 없었다. 그는 돌아서면서 몇마디 투덜댔는데, 그 말에 치안대 청년들은 가슴이 뜨끔했다.

"쳇, 이 전쟁에서 당신들이 이겼나? 우리는 싸움에 졌지만, 당신들한테 진 게 아니라 미국한테 진 거야! 우리가 져서 당신네 땅을 미국에 인계하고 가는 거라고. 정신

못 차리는 것들!"

제주 철수를 앞두고 관동군 병사들 중에는 '패전'이 아니라 '휴전'이라고 하면서, 십년 후에 다시 오겠노라고 허풍을 떠는 자들도 많았다. 혹여 재기하여 싸울 수 있지 않을까 생각했는지 약간의 군수물자를 몰래 땅에 파묻기까지 했다. 미군이 요구한 할당량만 소각하고 나머지는 미군정에 이관하기 위해 남겨두었는데, 그중 일부를 땅속에 파묻거나 몰래 민간에 팔기도 했던 것이다. 박털보가 손에 넣은 고철도 그런 일부였다. 민간인 손에 들어간 것은 대개 군복, 외투, 군화, 담요, 곡괭이, 삽 따위 개인용품으로, 병사들 개인이 직접 싼값에 팔았다. 돈이 없다고 하면 꿀이나 술을 받고 바꾸기도 했다.

창세의 어머니는 수선하고 염색해 시중에 팔 요량으로 군복 수십벌을 사들였다. 외삼촌 양산도가 와흘과 부대오름의 군대 주둔지를 다니면서 그것들을 구해다주었다. 특히 군용 담요가 인기 있어 창세네도 두장을 샀다. 담요를 사면서 빨랫비누 한개도 공짜로 얻었는데, 거기에 별 해괴한 소리까지 덤으로 따라왔다. 떼죽음당한 유대인의 몸에서 짜낸 기름으로 만든 비누라는 것이었다. 외삼촌은 드럼통 두개를 사들여 창세네에 하나를 주었다. 창세 남매가 와흘리에서 집까지 십리나 되는 돌길 위로 그 드럼통을 월컹덜컹 굴려오느라고 거의 두시간을 고생했다. 그 드럼통은 쌀통으로 쓰기에 안성맞춤이었다.

일본군의 군마 천오백마리 중 대부분은 미군정에 압수되어 육지부로 이송되었다. 그 과정에서 말 사랑이 지극한 장교들이 자신의 애마를 적군에게 넘겨줄 수 없다고 총살하거나 독극물을 주사해 죽이는 일이 더러 발생했다. 민간에 불하된 것은 얼마 되지 않았다. 말이라면 짐을 운반하는 짐말이어야 하는데, 승마용 군마는 체고가 높아 짐 싣기가 어려워 농촌 생활에는 별 소용이 없었다. 사료로 곡식만 먹어온 탓에 풀을 먹으려 하지 않는 식성도 문제였고, 말고기는 먹지 않는 것이 제주 풍습이라 잡아먹을 수도 없는 노릇이었다. 그래서 민간에서는 돈푼깨나 있는 한량들만이 호기심에 군마를 원했을 뿐이다. 조랑말 대신에 다락같이 높은 군마를 타고 거들먹거리고 싶었던 것이다.

창세의 외삼촌 양산도는 그와는 다른 이유에서 군마 한필을 사들였다. 그 말은 와흘 마을에 주둔한 부대의 중대장 다카하시의 소유였다.

군량미와 보급품 창고로 자신의 집 방 한칸을 내주어야 했던 양산도는 그 덕분에 다카하시의 신임을 다소 얻었는데, 어느 날 부대 막사에 군복과 담요, 삽, 곡괭이, 드럼통 따위 군수품을 사러 갔다가 언짢은 광경을 보았다. 다카하시가 부하들 여럿이 보는 앞에서 독극물을 주사해 자신의 애마를 죽일 준비를 하고 있었던 것이다. 부하들이 조금만 잘못해도 말채찍으로 후려갈기기 일쑤인 그자를 양산도는 싫어했다. 아니, 그보다 먼저 마을 사람들이 밥을 굶으면서 공출로 바친 곡식을 말 사료로 쓰는 그 처사를 괘씸해했다. 다카하시는 사람보다 자기 말을 더 아끼는 독종이었다. 그렇게 아끼던 애마를 감히 죽일 수 있는 것도 독종이 아니면 할 수 없는 일이었다.

말고삐를 잡고 서 있는 다카하시의 표정은 자못 심각하게 일그러졌고, 그 옆에 붉은 십자 완장을 찬 위생병이 독극물이 든 주사기를 들고 서 있었다. 그런 독종도 막상 자신의 애마를 죽이자니 가슴이 쓰린가보았다. 그가 떨리는 목소리로 말했다. 자기와 생사고락을 같이해온 애마를 차마 적군에 넘겨줄 수 없어 죽이는 것이라고. "나는 이 말을 사랑한다. 내 아내 이상으로 사랑한다. 정말이다. 사랑하기 때문에 죽이는 것이다. 생각해보라, 자기 아내를 어떻게 적에게 넘겨줄 수 있단 말인가!"

그가 속이 타는지 수통을 입에 대고 물을 벌컥벌컥 들이켰다. 그러고는 양쪽 호주머니에서 콩을 한줌씩 꺼내어 말에게 내밀었다. 말은 순식간에 콩을 먹어치우고 그것이 마지막 식사라는 것을 모르는 채 더 달라는 듯이 코를 벌름거렸다. 이제 위생병이 말의 목에 주사기를 꽂을 차례였다. 커다란 덩치의 건강하고 잘생긴 다갈색 군마였다. 옆구리에 자르르 윤기가 돌고, 가슴팍과 목 근육이 실팍하고 엉덩이도 탱탱했다. 지상에 우뚝 선 아름다운 생명체, 생명력 충만한 그 몸에서 강렬한 체취가 풍겼다. 죽음 앞에 선 말의 그 압도적인 체취를 맡으면서 양산도는 히뜩 어지럼증을 느꼈다. 실팍한 목에 길게 불거진 굵은 핏줄, 거기에 주사기가 꽂힐 참이었다. 돌연 다카하시의 눈에서 눈물이 주르륵 흘러내렸다. 그가 차마 못 죽이겠다고 말하면서 울먹거렸다. 마음이 혼란스러운 듯했다. 턱을 덜덜 떨면서 못 죽이겠다고, 차마 못 죽이겠다고 중얼거렸다가 다시 고개를 절레절레 흔들면서 아니, 사랑하지만 죽여야 한다, 사랑하기 때문에 죽여야 한다고 했다.

그렇게 양단간에 결정을 내리지 못하고 쩔쩔매던 다카하시가 갑자기 양산도에게로 다가와 자기 말을 맡아 달라고 애원하는 것이었다.

“제발, 당신이 이 말을 맡아주시오. 당신은 말을 사랑하는 사람이잖소. 이 말을 죽일 수는 없소. 제발, 이 말을 맡아주시오.”

그 모든 광경을 지켜보던 양산도는 콧수염을 잡아 비틀면서 잠시 망설이다가 승낙했다. 말을 죽게 내버려둘 수는 없는 노릇이었다. 미운 것은 잔혹한 그 중대장이지 그의 말이 아니었다. 짐말로는 쓰지 못하더라도 잘 길들이면 산판에서 통나무를 끌거나 동네 연자방아의 맷돌은 끌 수 있으리라고 생각했다.

그날 양산도는 미군에 압수당하게 된 94식 권총과 실탄 백사십발을 싸게 구입했는데, 꿩과 노루 사냥에 쓸 생각이었다. 이전에 갖고 있던 구식 단발 엽총을 일제의 총기 단속에 빼앗겨 아쉬워하던 터였다. 가죽장화 한켤레와 드럼통 두개도 헐값에 구입했다. 그 드럼통 하나가 창세네 몫이 되었던 것이다.

쇠붙이를 구하기 어려워 일을 놓다시피 했던 박털보의 대장간도 해방을 맞아 다시 활기를 찾았다. 날마다 뗑경뗑경 기쁜 쇳소리를 냈다. 밑 빠진 무쇠솥 하나만이 퍼런 잡풀 속에 벌겋게 녹슨 채 뒹굴고 있던 그 마당에 갑자기 고철이 많아졌다. 전쟁 물자로 징발당했던 쇠붙이가 다시 민간으로 돌아오고 있었던 것이다. 불에 녹아 총신이 휘어진 채 고철이 되어버린 총기들, 군화 뒤축에 박는 징, 군마용 편자, 놋쇠 탄피 들이 자루에 담긴 채 마당에 쌓여 있었다. 박털보는 일본군이 미처 처리하지 못한 실탄들도 총알과 탄피를 분리해 모아두었다. 탄피를 분리할 때 나온 화약은 한때 조무래기들의 좋은 장난감이 되어주었다. 남자아이들은 길을 가로질러 일직선으로 화약 가루를 뿌려놓고 여자아이들이 지나갈 때를 기다렸다. 한쪽 끝에 성냥불을 당기면 푸시식 하고 푸른 화약불이 일어나 빠르게 달려가고, 기겁을 한 여자아이들이 비명을 지르며 도망치곤 했다.

아이들에게 대장간 작업은 언제나 흥미로운 구경거리였다. 작업 현장에는 대개 구경꾼 아이들 서넛이 붙어앉아 있었는데, 99식, 38식 일본 장총을 녹여 농기구를 만든다니까 더 많은 아이들이 구경하러 왔다.

붉게 녹슨 함석지붕이 못이 빠져 바람에 덜컹거리고 내부 천장의 서까래는 그을음이 옮아붙어 까마귀 발처럼 시꺼멓게 뻗어 있는 허술하기 짝이 없는 집이었지만, 일단 작업이 시작되면 백열의 휘황한 불과 붉게 달궈진 무쇠와 힘껏 내려치는 쇠메와 꿈틀거리는 근육이 만들어내는 강력한 힘의 장소로 변했다. 벌겋게 웃통을 벗은 두 대장장이 박털보와 황평일은 한껏 기운을 쓰느라 팔뚝 근육이 마치 밧줄 두개가 맞물려 꼬인 것처럼 팽팽하게 꼬였다. 시뻘건 화덕 속에서는 불바람 소리가 연신 푸르륵거렸다. "불어라 불어라, 푸르륵 활짝, 불어라 불어라……" 황평일이 노래를 흥얼거리면서 풀무질로 센 바람을 불어넣으면, 화덕 속 백열의 숯불이 매캐한 숯 냄새를 피우면서 이글거렸다. 박털보는 땅딸막한 키에 가슴팍이 두껍고 목덜미가 짧고 굵었다. 화덕의 불빛을 받아 땀으로 번들거리는 그의 벗은 상체는 쇠메를 들어올렸다 내리칠 때마다 큰 근육들이 툭툭 불거졌고 사이사이 긴장한 작은 근육들도 쉴 새 없이 움직였다. 달궈진 쇠를 집게로 잡고 있는 황평일의 얼굴에서 길게 찢어진 상처 자국이 지렁이처럼 꿈틀거렸다. 박털보는 쇠메를 휘둘러 내리치면서 "이놈들아, 잘 들어라! 쇠는 매를 많이 맞을수록 단단해지는 거여!"라고 말했는데, 아이들은 자신이 매를 맞는 것처럼 흠칫흠칫 놀라곤 했다. "매를 많이 맞을수록 쇠는 단단해지는 거여! 이것이 단련이란 거다. 알았냐? 새 나라 씩씩한 일꾼이 되려면 몸과 마음을 굳세게 단련해사 해여!"

개머리판이 타버리고 녹아 휘어진 총신만 남은 장총들을 빨갛게 달궈 모루에 올리고 8킬로그램짜리 쇠메로 내리치면 따앙 따앙 따앙 사방으로 현란하게 불똥이 튀었고, 그렇게 두들겨 맞고 다시 불에 달궈지기를 여러번 반복하는 동안 장총은 본디 형체를 잃고 뭉툭한 붉은 쇠뭉치로 변했다가 서서히 곡괭이로 다듬어졌다. 그리고 마지막으로 붉게 달궈진 곡괭이의 가운데 구멍에다 나무 자루를 틀어박으면 푸시시 하며 한뭉치의 연기가 솟구쳤다. 그러면 지체 없이 곡괭이를 물통의 물에 지져댔는데, 푸시식 수증기를 뿜으면서 급히 냉각되는 소리가 요란했다. "작업 끝!" 하고 박털보가 쇠메를 구석에다 내던지면 아이들이 "히야!" 탄성을 지르며 손뼉을 쳐댔다. 박털보가 물통에서 물을 몇바가지 떠서 거뭇거뭇 검댕이 붙은 벌건 상체에 쫙쫙 끼얹었다. 마치 자신의 몸도 담금질하겠다는 듯이. "어어, 시원하다!" 텁석부리 검은 수염 속에서 치열을 하얗게 드러내고 웃으면서 그가 아이들에게 들뜬 목소리로 말했다.

"야, 느네들 보았지? 총을 녹여서 곡괭이를 맹글었다, 이거 아니냐? 무기를 녹여서 농기구를 맹근 거라! 이것이 해방이고 기적이여! 무기 없는 세상, 전쟁 없는 세상, 진짜로 이것이 기적 아니냐!"

그는 놋 재료가 되는 탄피도 많이 확보해두었다. 공출당했던 놋그릇들이 탄피로 둔갑했는데, 이제 그 탄피들이 다시 박털보의 대장간 화덕에서 녹아 놋그릇으로 환원될 참이었다.

마침내 칠만명 일본군이 집어삼켰던 제주 땅을 토해놓고 철수했다. 10월 하순에 시작한 철수는 거의 스무날이 걸렸다.

함덕에 주둔했던 일본 해군 일개 대대 삼백명의 철수 장면은 초라했다. 수송차량을 미군에 압수당한 터라 그들은 읍내 산지항까지 세시간 거리를 터벅터벅 걸어가지 않으면 안 되었다. 조천리 사람들이 동구 앞에 나와 일주도로를 걸어가는 마른 나뭇잎 색깔의 군복 행렬을 묵묵히 지켜보았다. 총도 칼도 없고 계급장도 떼인 채 담요를 둘둘 말아 묶은 배낭 하나만 달랑 짊어진 모습들이었다. 장교들의 모습은 더 초라했다. 계급장과 휘장을 떼이고 군마도 잃고 허리에 찼던 일본도와 권총도 다 빼앗긴 채 졸병들 속에 섞여 침울한 표정으로 걸어갔다. 여전히 가죽장화를 신고 있었으나 잘 닦아 번쩍거리던 광택은 이미 사라져버렸고 빛나던 놋쇠 단추들도 퇴색했다. 구령 소리도 군가 소리도 없이, 행렬은 먼지를 일으키며 느린 바람에 쓸려가는 마른 낙엽떼처럼 산지항이 있는 읍내 쪽으로 흘러갔다.

그렇게 함덕의 부대가 떠나자 바로 이튿날 부대가 주둔했던 그 장소에 조천면 치안대 청년들이 괭이와 삽을 들고 몰려갔다. 여기저기를 뒤졌으나 매장한 물자는 찾을 수 없었고, 다만 서우봉의 진지 동굴에 조금 남은 것이 있었다. 암벽을 뚫을 때 사용하던 다이너마이트 두뭇음, 여남은개의 곡괭이, 안전모 대신 썼던 철모들, 수통과 반합 따위가 아무렇게나 버려져 나뒹굴고 있었다. 치안대 청년들은 당장에 그 곡괭이를 들어 동굴의 벽면과 천장의 갱목과 널판을 뜯어냈다. 그것들은 다른 용도로 쓸 수 있는 좋은 목재였다.

와흘리의 양산도가 마을 사람들과 함께 뒤진 곳은 부대오름과 검은오름이었다. 진지 동굴 속의 갱목과 널판을 뜯어내려고 곡괭이를 들고 들어간 그들은 어느 굴에서 끔찍한 장면을 목격해야 했다. 동굴 바닥에 자살한 병사 시체 네구가 나뒹굴고 있었던 것이다. 패전에 절망하여 목숨을 끊었으니 그들의 입장에서는 자살이 아니라 자결이었을 것이다. 사람들은 그 시신들을 굴 밖으로 운반하여 땅에 묻어주었다.

그 굴에서 갱목과 널판을 뜯어낸 다음 다른 굴을 찾아가보니 그 안에는 불에 타서 녹은 총기가 잔뜩 쌓여 있었다. 석유를 뿌려 오래 태웠던지 마찬가지로 나무로 된 개머리판은 사라지고 총신은 화기를 먹어 푸르뎅뎅한 고철이 되어 있었다. 불에 녹아 엿가락처럼 휘어지고 엉겨붙은 것들이 많아서 괭이와 곡괭이로 찍어서 떼어내야 했다. 그 고철은 갱목과 널판과 함께 마을로 운반해 왔는데, 마차 두대의 분량이었다. 물론 고철은 대장간으로 팔렸다.

일본군이 철수한 뒤 그들이 주둔했던 지역 여기저기를 찾아다니며 뒤지는 일은 한때 유행이다시피 했다. 소각 처분한 곳과 매장한 곳을 찾아 뒤지고 다녔다. 하지만 군수품 매장지는 찾기 어려웠고 대개는 진지 동굴의 갱목과 널판, 드럼통, 반합, 수통 따위를 조금 얻었을 뿐이었다. 멀리 섬 서쪽에 위치한 가마오름 근처에서 일본군 사령관이 타던 쉐보레 승용차와 야전병원에서 사용하던 각종 의료 기구가 발견되었다는 소문이 들려오기도 했다.

미군에 압수당한 군용트럭 수백대가 육지로 반출되기 위해 산지항 부두에 집결해 있었는데, 그중 일부가 그 자리에서 민간에 불하되었다. 그때부터 군용트럭 위에 드럼통을 펴서 만든 철판으로 벽과 지붕을 씌운 버스가 등장했다. 조천면 인민위원회도 공무에 쓰기 위해 트럭 한대를 불하받았는데, 그 무렵 운전 시험에 합격한 박털보의 동생 박석호가 그 차의 운전사가 되었다.

일제의 극심한 압박에 짓눌렸던 제주 사회는 일본군이 떠나자 도처에 신생의 기운이 넘쳐흘렀다. 사방 초목도 억압에서 벗어난 듯 더욱 푸르고 푸른 바다, 푸른 하늘도 새로운 빛으로 더욱 아름다워 보였다. 밭마다 돌담 안에 가득 실린 조 이삭들이 탐스럽게 자라 풍작을 기약하고 있었고, 알뜨르, 진뜨르 비행장도 농토로 복구하여 주인에게 돌려주기 위한 작업이 한창이었다. 전분 공장, 단추 공장, 방직 공장이 작업을 재개했고, 공습으로 파괴된 주정 공장은 복구 중에 있었다.

시들었던 청춘들이 마을마다 푸르게 되살아나고 있었다. 가슴속 해묵은 응어리가 서서히 풀어지고 있었다. 조천리 리베라 상회의 라디오에서는 남인수의 「감격시대」가 자주 흘러나왔다.

거리는 부른다 환희에 빛나는
숨 쉬는 거리다
미풍은 속삭인다 불타는 눈동자
불러라 불러라 불러라 불러라

거리의 사랑아
휘파람 불며 가자 내일의 청춘아

'내일의 청춘'인 청년들은 그 노래를 즐겨 불렀다. 해방의 감격, 신생의 기쁨이 생전에 그런 뜨거운 감정의 분출을 겪어본 적 없는 그들을 한껏 고양시켰다. 모든 관계가 수월해졌다. 묵은 갈등이 눈 녹듯 풀렸다. 마주치면 서로 웃고 등을 두들기고 쉽게 어깨동무를 했다. 들뜬 어조로 인사말을 주고받았다. 새 세상, 새날, 새 힘을 외치면서 그들은 자신이 건국 전야의 위대한 시간 속에 있음을 실감했다. 약간씩은 친일의 죄가 있는 교원, 공무원을 비롯한 지식인들은 재빨리 변신을 꾀하여 눈치껏 그 열광의 분위기 속에 섞여들었다.

그런 가운데 창세 역시 날마다 들뜬 기분이었고, 길에서 아는 어른을 만날 때면 전보다 더 큰 목소리로 명랑하게 인사를 드렸다.

"할아부지! 할아부지!"

"오오, 규찬이 새끼로구나! 얼굴이 점점 느 아방 닮아 가는구나."

"예, 할아부지, 그간 편안하십디까?"

"오냐오냐, 별 탈은 없다만, 그저 안 죽어서 탈이구

나."

인민위원회가 학교 근처에 있어서 김시범 위원장이 가끔 눈에 띄었는데, 그때마다 창세는 그의 인사말 '건투'를 듣고 싶어서 잽싸게 쫓아가 인사를 드렸다.

"위원장님, 위원장님, 그간 편안하십디까?"

"오호, 새 나라 새 일꾼! 건투하자, 건투! 건투!"

양쪽 광대뼈가 돌멩이처럼 단단하게 불거진 그의 얼굴에 밝은 웃음이 번졌다.

제주도우다 1

초판 1쇄 발행 • 2023년 7월 3일

지은이 / 현기영
펴낸이 / 강일우
책임편집 / 정편집실 박지영
조판 / 황숙화
펴낸곳 / (주)창비
등록 / 1986년 8월 5일 제85호
주소 / 10881 경기도 파주시 회동길 184
전화 / 031-955-3333
팩시밀리 / 영업 031-955-3399 · 편집 031-955-3400
홈페이지 / www.changbi.com
전자우편 / lit@changbi.com

ISBN 978-89-364-3920-0 04810
ISBN 978-89-364-3919-4 (전3권)

* 책값은 뒤표지에 표시되어 있습니다.